U0466870

梦书

西南联大

时代出版传媒股份有限公司
安徽文艺出版社

　　海男，女，中国当代著名诗人、作家。曾获 1996 年刘丽安诗歌奖、中国新时期十大女诗人殊荣奖、2005 年《诗歌报》年度诗人奖、2008 年《诗歌月刊》实力派诗人奖、2009 年荣获第三届中国女性文学奖、2014 年获第六届鲁迅文学奖（诗歌奖）。已出版《男人传》《女人传》等作品 80 余部，现为云南师范大学特聘教授。

梦书

西南
联大

MENG SHU
XINAN LIAN-DA

海男 著

HAI NAN
WORKS

APTIME
时代出版
时代出版传媒股份有限公司
安徽文艺出版社

图书在版编目(CIP)数据

梦书:西南联大/海男著. —合肥:安徽文艺出版社,2017.1
ISBN 978-7-5396-5946-6

Ⅰ. ①梦… Ⅱ. ①海… Ⅲ. ①长篇小说-中国-当代
Ⅳ. ①I247.5

中国版本图书馆 CIP 数据核字(2016)第 292008 号

出 版 人　朱寒冬
选 题 策 划　岑　杰
责 任 编 辑　岑　杰　韩　露
装 帧 设 计　居　居

书　　　　名　梦书:西南联大
出 版 发 行　时代出版传媒股份有限公司　www.press-mart.com
　　　　　　　安徽文艺出版社　www.awpub.com
出版社地址　合肥市翡翠路 1118 号　邮政编码:230071
印　　　　刷　安徽新华印刷股份有限公司　(0551)65859551
开　　　　本　710 毫米×1010 毫米　1/16
印　　　　张　16
字　　　　数　250 千字
版　　　　次　2017 年 1 月第 1 版　2017 年 1 月第 1 次印刷
书　　　　号　ISBN 978-7-5396-5946-6
定　　　　价　39.00 元(精装)

Contents

目录

自
序

一个人的追思录

　　时间就是追思,在这点上,小说的虚构帮助我在流动的时间中追思着过去的时间。触碰时间,宛如在峡谷中触摸到了一块稳定不变的巨石,你看着它貌似不变,其实它已在我们冥睡或者远离它时演变了无数次。

　　写小说,是我的一种现实,很多时候,在绝望无奈的日子里,写小说让我拥有了时代和社会的背景。

　　《梦书:西南联大》本应是一首教育之梦与逃亡的史诗,它使我看见了一个人的述说:书中穿着蓝花布裙的女孩,也许就是前世的我。我对人的前世充满了种种的猜测和幻想,这是一个我们去不到的地方,然而,小说叙事可以帮助我去到那个遥远而神秘的地方。这个世界因为有了小说,就拥有了轮回史的革命。

　　《梦书:西南联大》毋庸质疑是一部梦书,教育本应是一座圣堂和一座花园,然而,战乱来临了,南迁之路开始,书中穿着蓝花布裙的女孩出现了。

　　迷茫的感觉越来越好,它适宜品尝。在写长篇小说的日子里,总有无法结束的叙事,而迷茫就像逃亡一样是所有叙事中难以摆脱的主题。我又回到了九十年代写小说的时光,那些被文字揭开的是我历练过的蒙难史。小说,证明了我们的梦与现实的关系,更重要的是呈现了人是怎样活下去的历史。

写作这本书已经很长时间,我感觉到了疲惫,当一个人经历了记忆中的战乱到结束战役的平静之后,剩下的只是冥息。

书中那个身穿蓝花布裙的女孩是一个符号,小说之所以能写下去,是因为有作家叙事的符号:这些符号仿佛一根火柴棒,因为它才可能点燃一堆柴火。而写作者的整个过程,就是点燃柴火,让每一根柴火燃烧下去,如果你细看就会发现,在一堆开始燃烧的柴火中,每一根柴火的形状结构导致了它们燃烧的迥异,有些柴火在边缘,有些柴火在中央;有些柴火因燃烧得太快而迅速地变成了灰,有些柴火因缓慢燃烧,则冷却得也很慢。写小说的过程仿佛是一堆柴火的燃烧,它以无限的可能性将自身燃烧的过程转换成从白昼到黑夜的尽头,而无论它以什么样的形式在燃烧,最终我们面对的无疑是一堆灰烬而已。

灰烬看似已冷却,却让我们看到了一场生死搏斗后的宁静。写小说的意义就在此,记录并描述穿透了一堆荒原上燃烧的柴火,而手中最初的那根火柴棒很重要,它是小小的魔杖,点燃了潮湿或干透的柴心,同时点燃了时间黑暗中心隐蔽的那根线索,写小说更多是揭示隐蔽而秘密的时间之线索,从而让它逐日敞亮。

《梦书:西南联大》是过去时间中的历史之梦。

我与这个梦的缔结,源于我有机会走进了原西南联大的校址,它就是今天的云南师范大学校区,里面有我的画室,每每我走在联大路上,我就会看见我的前世,于是,我就看见了那个身穿蓝花布裙的联大女学生……故事就这样开始了。

梦,并非全是虚无,书中的故事均是梦书的一部分。在写作这本书的日子里,我的现实生活经历了从未有过的战乱,我也曾坐在原西南联大的校园深处,与那些失散在时间中的亡灵们相遇……相遇同时也是一个鸟不拉屎的地方,在相遇中故事才会有惊雷和秋雨。

梦,意味着抵达,这条路看似平静,却布满险滩。书中的每一个人物都置身在他们的时代,因而也必然与他们时代背景中的时间相遇。书中多数人都在迁徙与逃亡中与命运中的人或事相遇,这当中,也包括空中飞来飞去的那只精灵之鸟,同时也包括那匹会通灵的白马,正是它们的存在,让我找到了梦书的飞翔与驰骋。

书,是凭借着作家心灵奥秘所书写的结构。

西南联大是在历史进程中诞生的教育史传奇。借助于这个特定的时间,穿蓝花布裙的女学生出现在南渡而来的长夜之下,她的出现让我由此看见了电影般的新浪潮画面,我不断地强调这条蓝花布裙,它是旧时代青春的标志,因为它我们由此可以看见另一个身穿中国旗袍的女人,她就是穿蓝花布裙女生的母亲……两个女人,因为战争,相遇在西南联大校园,最后又相遇在第二次世界大战中的缅北,母亲在前沿阵地做救护工作,女儿则在缅北的原始森林中的中国远征军救护站做护理工作。

《梦书:西南联大》所叙述的均是从联大历史中衍生出来的故事。西南联大不仅造就了教育的梦想,而且造就了时代浪潮中勇于探索生命意义的学子们,书中的男女青年们在第二次世界大战的缅北战场,以自己投身于战争的行为完成了他们对于生与死的实践或探索之旅。这本书也可以说是战事遗梦,一个人或一群人不知不觉就完成了他们在人世间辗转不休的命运交响曲。我在书中写到了他们的爱情和磨难,同时写到了他们年轻的生命相融于时间历程中的个人进行曲。

　　写小说，是一种敛集多种神秘滋味的过程，当然，在这些滋味中更多的是生命个体与命运搏斗和迂回周转的时间录。从那个穿蓝花布裙的女孩出场的时刻，就意味着一场逃亡录已经开始了，战争，是人类历史进程中最大的浩劫，对个体来说，也同样是劫难。写作中，我会相隔一个个漫长的时光，从楼梯、过道、花园深处，听见他们在轮船、陆地上奔跑，也会看见他们在金黄的麦田、弯曲的群山河流中奔逃……

　　从脚下的逃亡录开始，西南联大来到了彩云之南的滇池畔，一个不凡而伟大的传奇从逃亡开始，必将传唱出一代又一代人的歌声。逃亡是人类生活中的一个长久而恒定的故事，人们因战争、饥饿、瘟疫而逃亡……也会因为个体的灵魂迷乱而逃亡，我对逃亡感兴趣，是因为我自己每天也同样置身在逃亡中，而写作本身就是精神史的大逃亡，作家看见雷电时，同时也看见了被雷电击损的高空树枝以及在闪电之下奔跑的生灵。我们时时刻刻都在奔逃，带着自己的书卷、行李、工具，也携带着自己的亲人伴侣，逃亡是长久的；她们带着妇女用品和柔软的四肢，也带着女性主义的抗争和孤独在细碎的花园中拉开铁门，朝着广阔的星空奔逃；他们带着由来已久的刀剑和男权的话语权，同时带着自己冒险主义的理想生活，赴命于新的疆场……逃亡不仅发生在战乱中，也同时呈现在和平年代的日常生活体系中。

　　《梦书：西南联大》首先是纠结在我内心的一个梦，之所以称之为梦书，是因为只有梦可以用多种形式的结构捕捉过去、现在和未来。米兰·昆德拉说：机遇，只有机遇才给我们启示，那些出自必然的事情，可以预期的事情，日日重复的事情，总是无言无语，只有机遇能对我们说话，我们读出其中含义，就如吉卜赛人从沉入杯底的咖啡渣里读出幻象。

梦,犹如幻象之恋,在这个无眠的长夜里,无声而静默地想你。想你房间里堆集的书,没有崇高宣言的年华;想你窗前的布帘,像遮挡着暗红色的墙壁,想你刹那间的轻狂和始终如一的优美;想你怯懦之后的勇气,想你叙述别人故事时的忧伤及对自己命运的认同;想你爱上的女人以及突然中断的续篇;想你对自由的尊敬及关于崇高的内心规范;想你脸上变幻的帷幕以及对未来新的虚构;想你醉生梦死后醒来的黎明。

梦本应是虚无主义者的土壤,在此土地上可以筑铸超越现实的主题,然而,在这本书中产生的梦是拥有现实土壤的,沿着书中的线索,里面的人物有些是真实的,有些是虚构的,无论他们似曾相识,或者完全远离我们的生活,在里面,我所书写的梦书都是我们曾经的黑夜与白昼的史诗。

正像眼前涌来的一束束幽蓝的色光,我此刻的光芒,它拒绝一切,隐蔽在这天地的角隅,静静地垂下眼神,准备着在午夜以后看星空弥漫过的流星的轨迹。

所谓梦书,在这里就是精神和生命经历了一次次逃亡后,对于生命家园的守候,因此,我深信:书中的每一段叙事都已经替代我的灵魂守候着敞开而隐蔽的时间。而此刻,如此安静的黄昏继续上升着黑夜,尽管所有的美事物都将转瞬即逝,我却历经了长久的欢心和蹉跎。晚安,这梦间的轮回,这不倦的梦卷,无论你们在哪里,正轮回或与我即将相遇,你们都将是我的梦中人。

梦书

DREAM

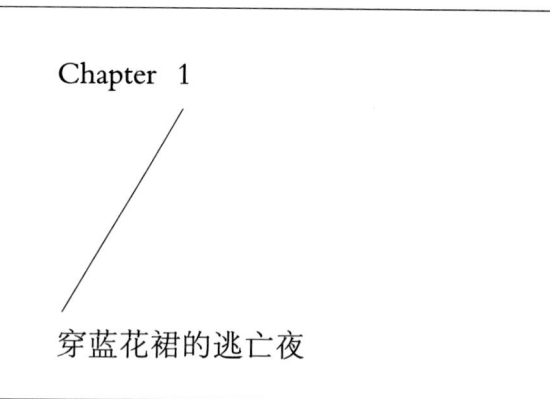

Chapter 1

穿蓝花裙的逃亡夜

　　时间已经很久了,当我的骨头开始衰朽不堪时,我又一次地回到了我身穿蓝花布裙逃亡的前夜。逃亡,是人生中最伟大而无常的艺术,也是用肉身与灵魂相互搏斗的一场战役。而那一夜,逃亡是因为战争,当我们在一个寒冷之夜回到北京大学国语系女生宿舍时,就开始收拾行装。我将一只从中国北方的老家拎来的棕色皮箱打开,这只箱子是母亲的嫁妆,也是我上北京大学时她馈赠给我唯一的礼物,因为自父亲死于肺病以后,母亲就改嫁了。我拎着母亲给我的棕皮箱子来到了北大,再将它塞进床头边唯一的衣柜里。半年时间刚过去,而我此刻却又匆忙将箱子打开,有限的箱子体积容不得我带走更多的东西。

　　时间已经很久了,我的老骨头已经开始咯咯作响,它剩下的几乎全部是回忆……回忆是人生的钥匙,只有它可以帮助我打开窗户、房门和箱子。那天夜里,我们撤离时,我攥紧了那只棕色皮箱,时辰已到,我的手心潮湿,心跳加剧,对于这条逃亡路,我们是迷茫的。尽管如此,出发之前,我仍然庄重而严肃地穿上了那条蓝花布裙,脚穿黑色布鞋,我跟上了学校逃亡的队伍,实际上我发现不仅我拎着箱子,几乎所有的人都在慌乱中拎着一只箱子,这几乎成为我们的标志。

　　前夜,是一个人和一群人的序幕,是我的青春所历经的战乱之初始。曾经,我手里拉着一只棕色皮箱从南方来到了帝国之城,在那个春天,我穿着蓝花布裙,曾穿行在帝国小巷深处密织如绸的燕语中,帝国之都浑厚深远,却已历经了无数战乱的洗礼。我们开始了南渡,在南渡的队伍中有我们的校长,有我们的教授。在人群中,我看见了沈从文;在人群中,我看见了杨振声、梅贻琦;在人群中,我看见了叶公超、周培源、朱光潜;在人群中,我看见了钱瑞升、张奚若、梁宗岱;在人群中,我看见了冯友兰、吴有训;在人群中,我看见了沈履、陈福田、潘光旦、赵世昌;在人群中,我看见了陈寅恪刚刚失去父亲后,悲郁满怀的面孔。南渡的队伍已拉开序幕,无论炮火多么猛烈,我们已开始了南渡的传说,从那一天起,在前景迷茫的战乱中,我们开始了南渡之夜的教育和梦想中的流亡。

黑夜弥漫中我们逃离了北京城,只感觉到上了一辆车,车厢里很拥挤,没有顶篷,没有缝隙,所有人的身体都是彼此依倚,要么背靠背,要么肩头挤着肩头,要么两肋互相挤压……逃亡就是从一辆快不起来的货车开始出发,我听见车下的轮子从布满冰凌的路面上滚过去时的声音,每次我抬起头来,面前的每张脸都是那样惊慌失措而又无望,我们无望地将所有身心依倚在这车上,再继续于无望中感受着异常缓慢的时间是怎样穿越着黑夜。后来,我便不停地打盹,我发现整车人都在打盹,这车轮轧着冰凌的缓慢的节奏,仿佛成了我们的催眠曲。数之不尽的小盹以后,也就是头碰头的摇摆曲以后无数的黑夜过去了……我们终于来到了长沙。

对于我们的逃亡生活来说,目的地十分重要,它就像我们离开了北京大学以后投奔的一座居所。在车厢里摇晃了数日后,感觉几乎所有的欲望都消失了,现在,我只想洗脸。我一下车,就在寻找着水,哪怕是几滴雨也好啊,在我又期待又迷茫的时刻,黄昏中雨落下来了。这是秋天长沙上空飘来的雨,这是我所渴望的一场细雨。我仰起头,细雨落到了面颊上,有几个女生看见我将面颊仰起,也同时仰起了面颊,在长沙,我们仰起头让细雨洗干净了流亡中的面颊。之后,等待我们的将是什么?

"1937 年 10 月 25 日,长沙临时大学开学,11 月 1 日正式上课。截至 11 月 20 日,全校有文、理、工、法商四个学院十七个系,教师 148 人(原北大 55 人,清华 73 人,南开 20 人),职员 108 人,学生 1452 人(包括借读生以及招收的大一新生)。校本部和理、工、法三学院都设在长沙韭菜园圣经学校,文学院设于南岳圣经学校分校……11 月 1 日,是长沙临时大学正式上课的日子(以后这个日子就成了西南联合大学的校庆日),当天没有举行始业仪式。上午九点多,长沙上空突然响起空袭警报……"

自从用秋雨洗干净了面颊之后,我就觉得自己活下来了。逃亡之路上充满了惊悸的尖叫声,幸亏我们挤在一辆大货车上,在互相依倚的摇晃中相互获得了慰藉,而且货车不慢不快的速度阻隔了车轮之外的关于生存与死亡的问题。我们看上去都活过来了。自从逃亡之夜开始,我似乎就开始深究两件事:第一,此生我开始第一次逃亡,这是一件生命攸关的问题,因为滞留就面临着死亡。所有人都必须走,不走是不可能的,走是为了保存生命,拥有了生命就拥有了一切。第二,此次逃亡,一是为了生存,二是为了完成学业,因为只有在逃亡之路上才可能抵达接受教育的梦想。对于我来说,接受教育并完成全部学业就是我青春期的梦想。

为此,我站在水龙头下洗干净了蓝花布裙,这一套衣服是我最喜欢的。我不允许它弄上污垢,事实上,它上面已经有三四块油渍,这可能是我在攀爬货车时不小心留下来的。我用巴掌大的一小块肥皂洗着污渍,逃亡路上什么都很紧缺,这块小肥皂是我从京城带来的,我有一种强烈的预感,哪怕我们已经在长沙校区落下了脚,但局势并不稳定,所以,在我清洗蓝花裙上的污渍时,我只在呈褐色的污渍上上了一层浅浅的肥皂……我使劲地搓洗,后来,几小块污渍终于消失了。我将水龙头下的蓝花布裙拧干,晒在了宿舍外的铁丝上。

那一天,我们女生宿舍的所有人都在清洗衣服,宿舍外一根早已生锈的铁丝上挂满了我们的衣服,我看着蓝花布裙感觉到了一种获得新生的喜悦。然而,这喜悦并不长久,我们听到了一阵阵来历不明的警报声。在乱世,所有东西都来历不明,警报之下将是什么?我本能地奔向我的蓝花布裙,本能在那一刹那告诉我,失去了什么,也不能失去我的蓝花布裙,它是母亲为我上北大而请裁缝量体裁剪而成的,它的降临,意味着我的青春期开始了,更为重要的是意味着我接受教育的时辰开始了。

我突然发现,当本能让我奔向那条蓝花布裙时,它在替我维护着青春的希望、母亲的嘱托、教育的理想……那条湿漉漉的蓝花布裙突然被我从生锈的铁丝上拉下来,女生们也纷纷奔向铁丝上水淋淋的衣服。我明白了,每个女生都拥有自己要命的、深藏诸多隐喻的玫瑰色、天蓝色、金黄色、翠绿色……的布裙,它们仿佛就是我们身体中的一面面旗帜。

我们将湿漉漉的布裙拥抱在胸前,如果此时此刻局势需要我们突然奔逃,我们一定会拥抱着胸前的布裙,沿着一条天空之下轰鸣着警报声的迷津跑出去。

然而,警报声消失了。我仰起头,天空很灰暗,从我们逃亡的那一天开始,我就没有见过蓝天。尽管如此,我们还是要将衣裙重新晒在生锈的铁丝上。我相信,即使天气灰暗,我们的衣裙也一定会干的。有了这小小的信念,我们因惊恐而变得僵硬的手脚渐渐开始变得柔软。

在南岳衡山脚下的临时大学文学院,我开始在阵阵的警报声中嗅到了秋野芳菲的味道。我抬头便看到了穿越战事硝烟的、我所仰慕的学者教授,他们穿着布衣西装,投入了临时大学的聚集地。我铭记了他们的名字:有朱自清、闻一多、叶公超、冯友兰、钱穆、金岳霖、汤用彤、陈梦家、吴宓、柳无忌,还有英国诗人兼诗歌理论家威廉·燕卜荪等。除此之外,还有我们的校友穆旦、王佐良、许国璋、赵瑞蕻等。

长沙首次被日军投掷炸弹的时间是 1937 年 11 月 24 日,这一天听说小吴门火车站附近中弹 6 枚……我们宿舍的三名女生,她们分别是穿玫红色布裙的吴槿之、穿乳白色布裙的周梅花,另外就是穿蓝花布裙的我自己,我的名字叫苏修:一个取自我父母婚姻生活的名字,它就是我的符号之一。人有了名字,就有了与这个世界会面的通行证,这名字中包括我们的性别和出生地,也同时衍生着在这个名字之下的与世界的生与死的未知联系。这一天黄昏,吴槿之提议说去火车站看看,我们在黄昏中溜走了,三个影子重叠着,如果在明朗的阳光下看上去我们会是画中人,因为恰好这一天,我们三个人又不约而同穿上了自己心爱的裙子。

吴槿之身穿自己玫红色的布裙,周梅花穿着自己乳白色的布裙,而我则穿着蓝花布裙——我不知道她们为什么要穿玫红色、乳白色的布裙,但我猜测都与她们的母亲有关系。一个女孩的身后一定有一位母亲的存在,哪怕母亲远在千万里之外,也一定穿过众多屏障,默默地注视着我们。而我们此刻终于溜了出来,走了不远就看见了湘江。来长沙已有些日子了,这是我们第一次很近地面对湘江。江岸很寂寥,在战乱时期,市民们都不轻易在外游荡。面对湘江,我们似乎又忘却了战乱,三个女孩站在湘江岸,倾听着江水的汹涌起伏,凉风吹拂着我们的裙摆……

尽管如此,我们还是离开了灰蒙蒙的湘江,在黄昏中我们无法看清楚江水的颜色,一切都被灰暗的色泽笼罩着。沿着江岸我们继续往前走,就到了小吴门火车站的附近,看上去这里显得格外混乱。天渐次变黑,火车站的附近出现了穿白大褂的人员,我们好奇着跑上前才发现地上趴着、躺着无数在日军轰炸中受伤的市民,我们分头蹲下去。我看见了一个女孩,她应该十三四岁,似乎睡着了,我蹲在她身边轻轻摇晃着她的身体,然而,她的身体似乎是僵硬的,我伸出手抚摸她的面颊时才发现她的脸是冰冷的,当我的手指往上抚摸时,突然触到了女孩头顶上的鲜血,这些血似乎已经凝固了……我惊悸中站起来想去寻找一位穿白大褂的医生,然而,每一个医生都在忙碌中。我好不容易挡住了一位已将手臂受伤者包扎好的医生,当我求她前去救救那位颅内流血的女孩时,我的声音是低泣而慌乱的。医生看了我一眼,随同我来到了那位女孩身边,她蹲下去触摸了一下女孩的气息后告诉我说,女孩已经死了。这是一个残酷的消息,我摇摇头,否定着这个消息,我说这么小的女孩怎么会就这样轻易地死去? 医生不搭理我,因为她没有时间搭理我,而对于我来说,申诉也是没有意义的。

接下来,我就目睹了两件事:第一,在混乱不堪的火车站附近,数之不尽的受伤者被穿白大褂的医生和援助者抱着、搀扶着、抬着进了车厢,这些是活人,可以治愈者,他们将有机会获得重生;第二,仍然有数之不尽的人从冰冷的地上被拉了起来,我能感受到这些被拉起来的人们身体是僵硬的,他们被抬到了大板车上,包括那个十三四岁的女孩子也同样被两个男人抬到了大板车上,这些人已无生命气息,他们将作为群体死亡者被载往城郊外去埋葬。

那一夜,我们很晚才回到宿舍,什么话也不说就在最短的时间内脱下了各自的布裙,然后在黑暗中按照各自的方式洗干净了面颊、手脚后就钻进了被子。

我是最后一个钻进被子的。在黑暗中,我似乎还能嗅到那种血腥味,这是我平生头一次面对死亡,满地的伤亡者是陌生的,他们中有些人将继续活下来,活下来意味着去医院疗伤,时间或长或短,最终将揭开绷带露出伤疤,奔赴人生的另一局势。而死亡者将终止心跳,他们将躺在大板车上,出城郊,去旷野,再变成尘土。我想起了那个十三四岁的女孩,她也许只是附近的一个中学生,却躺在了血泊中,甚至来不及与亲人告别。死亡猝不及防,对于生命,伏尔泰曾在《哲学词典》关于人的定义中说:人在母腹是植物状态,在孩提时是动物状态。由诞生至理性萌发需二十年。了解其结构,需三千年。了解其灵魂,需无限时间。若杀死他,只需一秒……

是的,杀死一个人,只需要一秒钟……那个女孩就这样倒下了,来不及叫喊,人类的炸弹从空中掷下并落在了她的身边,只需一秒她就倒地而亡,再也无法睁开双眼与这个世界晤面,而我,也许是最后见她并目送她远去的陌生人。当很长时间过去之后,我深信她的死亡仿佛还和我蹲下地伸手抚摸她前额时的场景一样逼真,有些东西一生一世也不会泯灭,她头顶上的凝血永远在我手指下像冰一样,因寒冷而永久凝固。

第二天我们开始面对各自脱下的裙装,上面都有斑驳的血迹,尤其是我的蓝花布裙,昨晚在火车站裙摆上染上了不少血迹……我们三个人什么都不说,从昨晚到今天黎明,我们什么都不说,到了中午清洗裙子的时候,我们各自端着脸盆来到水龙头旁边,我们还是什么都不想说……也许将来有一天,我们在追忆年华时会说点什么,然而,那一夜过去之后,我们对于在火车站目睹的生死之场景却什么都不想申诉。那天中午,我们用尽了所有的力量洗干净了我们裙装上的鲜血梅花般的图案,然后再将它们晒在了灰蒙天色之下的铁丝上。

我们三个人似乎都达成了默契,不想再向除了自己之外的第二个人,讲述我们在火车站遇到的生死之画面。而我自己之所以闭上了嘴巴,也许是因为害怕……我承认我是胆小的,我没有任何力量重新向他人复述一遍我在火车站所遇到的那个年仅十三四岁的女孩子的死亡,简言之,年仅十八岁的我,喜欢穿蓝花布裙的我,用我的身心经历并目睹了人生中的第一桩死亡事件后,身体中就埋藏下来了关于死亡的记忆,这记忆同样是一株幼小的植物,它将在我的身体中暗自生长。

何谓南渡?就是"稽之往史,我民族若不能立足于中原,偏安江表,称曰南渡"。何谓南渡?就是冒着第二次世界大战从天幕之下升起的战乱的炮火,为了保存教育之梦想的星星火炬,在风雨摇晃中探索并践行伟大而艰辛的真理。长沙已陷入战火的包围中,我们需要继续南渡。何谓南渡?这是穿越历史的拷问,我们的青春面临着汇入南渡的潮流中去。我们又拎起了手中的一只只箱子。许多年之后,我们的后人,在冯友兰撰文的西南联大纪念碑上读到了关于南渡的真理:"南渡之人,未有能北返者:晋人南渡,其例一也;宋人南渡,其例二也;明人南渡,其例三也。风景不殊,晋人之深悲;还我河山,宋人之虚愿。吾人为第四次之南渡,乃能于不十年间,收恢复之全功。庾信不哀江南,杜甫喜收蓟北。此其可纪念者四也。"

在南下的三条线路里,我选择了湘黔滇旅行团。这是第三条线路。第一条线路,将由长沙进入粤汉线,这是一条水路,由广州之水浪线铺展到香港、海防,再乘枕木铁轨的滇越铁路小火车抵昆。第二条线路中出现了我们的大师们,他们是冯友兰、陈岱孙、朱自清、钱穆、郑昕等,他们将途经桂林、柳州、南宁,将逾镇南关后,由水陆路抵越南后再改乘滇越铁路小火车而抵昆明……线路无非是海上、陆地村舍或与无数群山细流相遇,在三条线路之下,我们来不及质疑,那些擦上耳垂的流弹片带来了战事的烟尘,而我们则是这一幕一幕烟尘之下的青春……

　　离开长沙时，我们女生宿舍一片喧嚣，大家都在忙着试穿戎装，黄色的帽子、上装、裤子，再加上绑腿布……很显然，这是一次万里长征。当我们穿上了戎装，打上了绑腿后，我们看上去不再是大学生，有意思的是我的好友吴槿之、周梅花都选择了湘黔滇旅行团。我已在悄然中发现，在经历了火车站的生与死后，我们很容易在默契中选择同一个方向。我们开始出发了，我将吹乱的头发理在额后，我光洁的额头，映在湘江的水面上。那是 1938 年 2 月 20 日，环顾四野，荒凉的土地上，呈现的是流离失所，是一幕幕灰白色的苍生之逃亡。在长沙郊外，我看见那惊慌失措的水牛、鸡禽、羊群也在逃亡；仰头间，我还看见云在苍生以上滚滚不定的时序中也在逃亡，而我们也拎着箱子开始了南渡之逃亡……逃亡中的黎明，我们早早地醒来了，推开木窗，一只鸟栖在窗外的晒衣铁丝线上，这根生锈的铁丝线，曾承载过我们的裙装。一只绿翅膀的鸟栖在铁丝上，它显然是从炮火弥漫中的上空飞来的，对于这只鸟来说，天空中有炮火，是不祥的。看上去，它失去了伙伴，同样失去了与家人的联系，我是多么想带上它，让它陪同我们远行啊！这个主意突如其来。吴槿之、周梅花在我身后催促我尽快换衣时，发现了我视线中窗外的那只绿色小鸟，吴槿之低声说，好漂亮的小鸟啊！周梅花紧接着说道，如果能带上它旅行就好了。我悄然奔出屋外，我知道我在这一刻将要干什么了。

　　有些东西是命中需要的，你不费吹灰之力就会得到的。就像那天黎明，我来到了那只小鸟栖身的铁丝边，那只小鸟竟然没有跑亦没有飞，它是需要我们把它带走吗？这一时刻，我的心是那么柔软，我伸出手提住了它，在它纤巧的绿色羽毛里，我触到了它的温度，这跟我不久前在火车站抚摸到的那个女孩的冰凉体温不一样,这只小鸟,身体温暖,说明它具有生命特征。我们与世界的关系,拥抱与松手,就像阅读时眼睛中的光明与书中语词的阴柔相爱,是靠不断的呼吸荡漾朝前推进,从而共同完成乐章的。

我们三个人都喜欢上了这只孤单而可怜的小鸟儿,在经过短促而并不艰难的抉择后,默契地一致决定要将这只小鸟带走。我将母亲留给我的一只首饰盒启开,我忘了交代这只首饰盒的故事,它是母亲在送我箱子时送我的第二件物品,里面有一只母亲戴过的银手镯和一根珍珠项链,当时母亲暗示我说,如果我结婚的那一天,她无法赶到我身边,就让我戴上里面的饰品,这些东西都是她结婚时曾经用过的。当时的我,对这只首饰盒很漠视,但还是带走了它,母亲的暗示对我来说很遥远……而此刻,我从箱子里摸出了它,作为母亲的礼物,我当然会带上它走遍千山或万水,但它的无用性导致它是被压在箱底的。此刻,在我们三个人面对那只小鸟时,我想起了它,而且这只盒子也正好是镂空的,可以透风……它作为小鸟的巢穴真是再好不过了。

就这样,我们穿上了戎装,打好了绑腿后加入了南渡的队伍,而那只孤单的绿翅膀小鸟就进入了首饰盒,秘密地成为我们中的一员。在我们的队伍中有闻一多、许骏斋、李嘉言、李继侗、袁复礼、王钟山、曾昭抡、毛应斗、郭海峰、黄钰生、吴征镒……远征开始了,除了土红色戎装、绑腿,还有像肠子一样的干粮袋、绿色水壶,还有黑棉大衣、古老的黑布雨伞,还有眺望苍茫地理的比肩继踵的山峦大地之腹部。

走出湘江岸,就是长沙郊外,炮火声不时地掠过树枝村落,每当炮火在不远处轰鸣时,我就会本能地从怀里掏出那只盒子,这时候,身边的吴槿之、周梅花都会凑过来,暗示我要保护好那只小鸟。我从盒子镂空的缝隙中看见了小鸟翠绿色的羽毛,虽然隔着盒子,我似乎仍能感受到它那无所不在的体温,在它绿色羽毛之下的体温里,我感受到了生命的搏斗和远天的召唤。当炮火声来到身边我们就会迅速地趴在地上……那只首饰盒就在我身下,吴槿之、周梅花就在我身边,我们三个人在炮火中用身体护佑着这只小鸟,有了它,我们就不害怕死亡。

尽管如此,死亡就在前方的村庄里等待着我们。黄昏降临了,我们迎来了疲惫的最后时刻,我们朝着一片麦田走去,离开长沙以后,我感觉到了天空隐隐约约地出现了一线一线的蓝,尽管蓝周围仍有灰色云块在移动,我抬头看着那云团的移动,我们的身体也在移动,正是在这种移动中,我们离长沙已经很远很远。在四肢的移动中我们已经穿过了被落日笼罩的那片青麦地,麦田的前方隐隐约约地出现了一座村庄。这意味着我们今晚将有可能在这座村庄住下来,我们加快了疲惫的脚步,我感到那只小鸟也在饥饿地奔跳着,我们都饿了,前方出现了村庄就意味着我们将有房屋宿蜷,还有炊事班将搭起火炉来……一路上,炊事班的人们够辛苦的,虽然有后勤队的几十匹马为我们驮运箱子、粮油、食盐等,但炊事班的人们还得背铁锅。在南渡的每一天,最为幸福的日子就是看见炊事班为我们搭起火炉,支上铁锅。肚子在打鼓的时候,炊事员朝空中挥着锅铲大声叫道:开饭啰! 开饭啰……

当你期待着能够尽快喝上一口热汤时,我们脚踏着一线落日大踏步地前行着,看上去村庄就在五六百米外的地平线上等待着我们。确切地说,我们的旅行团正在战事中投奔一座村庄。

五百米很快就被我们逾越而过,我似乎再一次地倾听到了那只小鸟饥饿的叫声,我小心翼翼地安慰它说,快到了,我的小鸟儿,很快我们就可以吃饭了。

我记得在最后五十米时,我的脚已经无力量了。

力量,这是谁给予我们的力量?而眼下的现实就是只要我逾越眼前的五十米、三十米、二十米、十米……我就同我的旅行团抵达目的地了。目的地是一个关键词,从出发的那一天开始,每天都有目的地,也正是这每天的目的地,缩短了我们距离中的距离。当我们再次抬起头来时,落日已沉下山,地平线开始越来越模糊。队伍中有的人突然叫了声有枯臭味……是的,确实的,这是枯臭味,是从不远处村庄上空飘来的枯黄色光烟的味道,是一座村庄被焚毁的味道。

很显然,之前不久,日本人的炸弹曾经大面积地落在了这座村庄里。通往村庄的小路如此静寂,我们挟裹着一路上的疲惫和风尘悄无声息地进入了村庄的小路。这是一座三十多户人家的村庄,在里面看不到任何一个村民,一路上的见闻告诉我们,在日本人的炸弹轰炸之前村民们已经离开了村庄。一路走来,我们已经看到了太多的难民,他们中有人拖着水牛,也有孩子牵着羊群,妇女背着孩子,男人牵着老母老父……这是一幅战争难民图,这是一个兵荒马乱的时代,我的青春随同我们的旅行团再次流亡到了一座村庄,只见焚毁的房屋下有死去的牲口、牛羊,满地流淌着的血……好在村民已经全部撤离了,尽管如此,一座村庄看上去已经全部毁灭了。我嗅到了牲畜在火中焚毁之味,我看到了倒地的坛坛罐罐,村民的世俗生活已经被焚毁,而我们的旅行团就在这座焚毁的村庄外往前走去,我们不得不往外走……携带我们的饥饿和口粮继续往外走,去寻找新的避难之地。

就是在我们往外走时,我感觉到体力已经不支时,他来到了我身边……他就是那个叫周穆的男生,旅行团的另一个青年,他好像在外语系。他走到我身边,什么话也不说就从肩上取下了粮袋,低声说:这座村庄是无法住了,我们还得往前走……是的,我们必须往前走,只有走是出路。而往前走,则意味着我的体力已经全部崩溃了,终于在前面发现了水源,所谓水源就是可以支起炉架撑起铁锅让炊事班烧火做饭的地方。

天空已渐次黑下去,黑是我青春期每天相遇的色块,视线所触到处是由黑色演变的历史:日本人从天空投掷在大地上的炸弹是纯黑色的,它告诉我,毁灭人的武器都是黑色的,所以它就是死亡来临前夕的符咒。黑色落在屋顶上,必然毁焚无数的家园,所以,烧毁的梁柱是黑色的,死亡者的形象也是黑色的。而天空黑下去,意味着我们已经从黎明走到了天黑。我们坐在田野那高高的草垛上,不远处就是一条小河流,因为发现了这条河流的同时,也发现了这一座座草垛……这条河流可让我们饮水煮饭,而这一座座即使在黑夜之下也显得金光灿烂的草垛将是我们今夜的避难之所。

因为有水,我们可以在下游洗脸休整,上游的水则用来煮饭饮用。这是一个有星光的黑夜,我们坐在河岸浣洗着一路的尘迹后喝到了一碗热气腾腾的小米粥,我省下来了碗里的一些小米粥,我知道,我的小鸟快饿死了。在星空之下,我找到了岸上一片小树林,终于到了将银色首饰盒启开的时刻,那只小鸟趴在里面,已万分虚弱,我刚把一粒小米喂到它嘴里,就听到了一阵阵脚踏落叶而来的声音,果然是吴槿之和周梅花带着她们省下的那一口小米粥过来了,因为这是我们共同的小鸟。

一只绿色羽毛的小鸟被我们带到了流亡的途中,它的生命体态在一只玲珑的首饰盒中流亡着……每当此刻,我就会情不自禁地想念母亲,战争发生以后,母亲是否安好?我上北大之前,她乘火车匆匆赶到我当时就读的女子中学来看我,给我带来的礼物就是一只箱子,还有箱子里的首饰盒再加上一年的学费和盘缠。现在,我很感谢母亲,如果没有她事先送给我的这只首饰盒,我们就不可能将那只小鸟带到这条与我们一起共同流亡的路上。

禁不住地在抚摸到那只首饰盒时,想起我的母亲,作为女儿,因为天高路远,再加上南迁,我无法在这个乱世看到母亲的,只祈望生活在第二次婚姻中的母亲拥有她平静安详的生活。

现在我们明白了,那只可亲可爱的小鸟只需要三粒小米就可以填饱肚子。在它咽下了三粒小米后,它很快就从虚弱中活过来了,它在我们三个人的掌心中再一次地活过来了。

我们走出了小树林后,爬上了高高的草垛。

这一刻,我感觉到战争离我们是那样遥远,我和吴槿之、周梅花钻进了草垛,这柔软的草铺成为了我们临时的避难所,也是我们从长沙出发以来最为放松的避难之地,草垛上还残留着谷穗的香味,尤其是当我们躺下来时可以直接面对星空。在战乱中,很难看到这样的灿烂星空。而在这夜幕之下,到底有多少人在流亡?

在风雨和惊恐不安的奔亡中,我看到了国学大师陈寅恪携带着妻女在逃亡,他刚刚失去了父亲,并在混乱的京城为父亲办了丧事。之后,他就牵住了妻女的手,带着他满腔的郁愤,带着他因无限的劳顿而滑落的视网膜。除此外,还携带着他的部分书籍,携带着他对于人世间的无限探索,携带着对于历史长河之书卷的黑暗之拷问,携带着对语言和祖国古典文学之瑰丽的热爱。在那一年的逃亡途中,我看见了我们的大师,头顶着漫天黑暗,我看见了他头发上的黑,两鬓以上的黑。从北京到湘江之路的黑暗,翻滚着破碎的巨浪,大师携带着妻女及用人王妈,搭汽车到天津码头,乘英国邮轮,乘着黑暗的浪花往青岛港驰去。黑夜继续在无尽的长夜中穿梭不息。从青岛再到长沙,乘着乌黑的慢火车……火车的慢,就像蜗牛在兵荒马乱中呼哧呼哧,前移中飞扑着少许的火焰之舌,抵长沙后像扑空了的格局。一个缺少稳定的时代,一旦面临战乱,只会加剧人在命运中的离殇与奔逃。黑暗中一个又一个消息,从浮游中落下。我们的大师将再一次地扶正眼眶中的黑暗。这黑暗将使他的视线越来越黑,从长沙到广西再到梧州再择轮船漂向香港,这昏天黑地的波浪之黑,没有尽头,仿佛才是开始中的揭幕。从水路抵香港,黑暗继续着。黑暗继续穿越着整个逃亡之旅,继续择水路抵越南,再择火车,那是挟持在雾雨和原始丛林中的小火车,随同一阵阵的哐当声,小火车载着青山绿水,同时也载着车厢中的大师,奔向红河岸,奔向碧色寨,奔向蒙自。

首先是一只流亡中的小鸟醒来了,我问自己,小鸟的翅膀为何是绿色的?我们将它放在草垛上,其实,过去的一夜它的翅膀栖在草垛上同我们在一起度过了一夜。对于疲惫中的我们来说,一夜并不漫长,很快就过去了。漫长是我们的远征图景。此刻,晨曦降临,我听到了小鸟的叽叽喳喳,这好像是我们头一次听见它发出声音,一路上它似乎都保持着沉默。当它的嘴闭上,我们很容易忘却它的存在。我发现它的小腿受伤了,它在我们看见它之前可能就已经受伤了,也就是说它栖在铁丝上时已经受伤了。再追溯稍远一些,它是在飞行中受伤的,或许是被战乱中的炮火擦伤的。当第二次世界大战降临时,在战争所笼罩的区域,万物都经受着炮火的侵袭,对于一只飞行中的小鸟来说,它所途经的天空一旦有炮火轰鸣,它也难逃劫难。所以它离开了伙伴,落在了铁丝上。当然,也不排除第二种受伤的可能性,它的小腿是因为挤缩在坚硬的银首饰盒中受伤的……第一种可能让我们对战乱中生命的逃亡图像有了更深一层的、来自切肤之痛的认识,战争一旦爆发,连一只飞行中的小鸟都难逃劫难,所以我们的教育之梦只有在南渡中才能获得新生。在第二种可能下,我们在草垛上统一了意见,决定不再让这只小鸟躺在坚硬而冰冷的首饰盒中了,因为那只受挫的翅膀,解放它的时刻已到。

炊事班已在呼唤着吃饭,旅行途中我们只能吃两餐饭,第一餐饭通常是在我们黎明即起行走了两小时之后,而今天我们之所以在天亮之后就开始用饭,是因为这里面对水源,洗漱做饭都很方便。水源很重要,在战争时期能够在流亡中顺利地寻找到水源,就能解决饥饿问题。我们下了草垛后用极快的速度打好了绑腿,就到小河边开始了洗漱,昨天晚上因为天黑了,看不到这条小河流的容颜,现在我们才知道这条小河有多么清澈,水流中有许多青苔,它们看似随同波浪而逝,实际上青苔也有根须,它们将根扎在水底。看上去,整条河流中都飘忽着青苔,它们那么自由而欢喜,当炮火还未侵入这条河流时,它将自由和欢喜绵延下去的过程感动着我们,我们在水岸站了很长时间,直到再一次听到了炊事班长的吆喝声。于是,我们扼止了面对一条祖国的美丽河流,心灵随同水流青苔而绵延出去的自由之旋律……我们将回到现实中来,回到手掌心的这只受伤的小鸟,也同时回到我们的旅行团。

小鸟在我的掌心中开始面对我们的旅行团,让我们担心的问题并没有发生,当我们将这只小鸟呈现在手掌心时,它的存在很快吸引了人们的注意,大家都围拢来观看这只小鸟,有人说一路上都没有看见过一只小鸟,因为炮火轰鸣中小鸟们都跑到深山老林中去避难了。大家都想用苞谷窝窝头喂小鸟,我解释说小鸟的胃很小啊,吃多了会噎着的……吴槿之、周梅花伸出手臂来挡住了大家的热情。我们将小鸟放在草地上,它的一只翅膀和一只小腿都已受伤,所以眼下让它奔跑或飞翔是不可能的。

我发现,小鸟已经开始适应我们的世界,为了活下去,它努力地咽下了一小口揉碎的窝窝头,再咽下了我们用叶片喂它的几小滴河水……它将活下去,跟随我们的旅行团继续往下走。我们将它放在了肩膀上,它仿佛成了一只绿色精灵,它起初栖在我肩膀上,再后来又栖在了吴槿之、周梅花的肩膀上……再后来又栖在了旅行团其他队员的肩膀上……

　　周穆又来到了我身边,他对我肩头上的那只鸟很感兴趣,我差不多已经忘记他了,他的出现又让我想起了那天他帮我背粮袋的事……我还没有谢过他,黑夜又来临了,他总是在我步子趔趄不堪的时候出现。那一天,我们从早到现在一直在走着,因为身后似乎有炮火一直在追赶我们,所以我们总是偏离开战争的焦点。后来,我明白了,所谓战争就是要用炮火轰炸一个国家的政治中心,所以我们不得不南渡而下长沙,好景不长,等待我们的同样是炮火弥漫;后来,我又明白了一个道理,所谓战争就是要用炮火轰炸一个国家人口最密集的城市后再毁灭性地摧残人们生存的国度……而此刻,我又明白了战争给俗世者所带来的苦果就是让人们背井离乡而失去家园;再后来我明白了,所谓战争就是用其强大的武器和侵略者的野心,再进一步地用炮火毁灭逃亡者的路线……所以,我们不得不加快步伐。这一天,我们又一次地到了饥肠辘辘的时刻,每迈出一步都是艰难的。

　　尽管如此,我的心仍在支配着我的意志,面对炮火的追杀,我们每一个人体内散发出的意志都是不可估量的。

　　而就是在这条逃亡路上,一个青年不停地走到了我身边,他总是在我最艰难的时刻出现。这一天,又近黄昏,他来到我身边鼓励我说,快到前面的村庄了,这是一座大山里的村庄,听说我们今晚可以住在学校,还听说要在这里搞社会调查,休整三天时间……周穆的声音给予了我慰藉,他接过我的粮袋,我的身体仿佛轻盈了许多,脚步顿然间也加快了。我们逐次摆脱了身后追杀不休的一轮轮炮火,从田野拐上了一条山道。道路很窄,只容下一个人行走,我们的队伍从一片片灌木丛中走出去,山上的树大多落光了叶子,但我们确实感觉到了身体的轻盈,仿佛只要听不到炮火在身后几十里外轰鸣,就会再一次感觉到又活了过来。周穆一直走在我身边,而那只小鸟就栖在他的肩头上,偶尔它会叽喳着……它体内的灵性仿佛在为我们奏乐,仿佛在告诉我们快到了,快到了!

目的地就快到了,快要抵达那座村庄了,此时此刻我们突然就听到了一阵敲锣打鼓的声音……已经有很长时间了,这种喜气洋洋的声音离我们太远了。恍惚间,山间小路尽头突然出现了一群孩子和男男女女,成年人手敲锣鼓,孩子们欢笑着用目光前来迎接着我们。于是,我们开始踏上通往村庄的石板路。

仿佛天籁般的石板路,看上去已经有漫长的历史。而我们的脚踏过了血迹和空中落下的炮弹,正在轻盈地落在这些一块一块镶嵌起来的石板路上,街巷两边站满了小镇里的人们,他们身穿布衣,看得出来他们身上的布料都是当地人亲自纺织后经过染织而成的,妇女们穿着绣花鞋,仿佛从古画里走出来的美人……确实,我们来到了一个从未想象过的世界,在一个远离战争的世界里,我们的旅行团终于有了一个无忧无虑的时刻。周穆仍然走在我身边,他不时地看我一眼,看见我脸上的笑容,他似乎也很快乐。在镇里人的带领下,我们来到了镇里的小学校。

这座名为桃源的小镇,因坐落在群山的屏障中,从而远离了战争,在小镇上人们的脸上根本就看不到任何被战争所笼罩的阴影。我们很容易走近,刚落下脚来,镇里的妇女们便来邀请我们去她们家里洗澡,男子则邀请旅行团的男士们。洗澡是一件久违了的事情,我们已经有太长时间没洗澡了,所以,刚一听说有洗澡这件事,女生们的反应都普遍很强烈,仿佛洗澡是上个世纪的事情。刚才,旅行团团长已通知过,在桃源小镇可以洗一个澡,穿上自己箱子里的衣服,可以到小镇的街巷中品小吃……除此之外,每个人都要完成社会调查。

　　洗澡是一件令我们向往的事情,我们的肌肤已经有多长的时间没碰洗澡水了?我从亲爱的棕皮箱里又取出了那套蓝花布裙,由于挤压在窄小的箱子里,布裙上出现了许多皱褶,但不要紧,我知道只要穿上身,皱褶就会很快消失的。我们跟随镇里热情而朴素的妇女们奔往她们的家。吴槿之、周梅花和我同一组,奔往的是一位三十多岁的妇女家,她已经生育过三个孩子,当她告诉我们说她的丈夫到前方去打仗了时,我们都很惊讶。她补充说她丈夫已离家五年,但已经有三年没音讯了……她平静地述说,眼睛里看不到任何迷惘,正像她所说的那样,她坚信她丈夫会活着回来的。她叫桂枝,我们就叫她桂枝姐,她事先已经为我们烧好了一大木缸洗澡水,她说她自己,还有三个孩子,还有她的公公婆婆都是在这只木缸中洗澡……她还说十二年前她从几十里之外的另一座小镇嫁过来时就开始在这只大木缸中洗澡了……我们倾听着,我们什么也不说,只是倾听着,它是一个远离炮火的小镇上一个平凡女人的历史,而此刻她的男人作为军人正在战场上打仗……我们在这个女人的浴缸里开始洗澡,我们脱光了衣服,在一盏煤油灯下面开始赤裸裸地洗澡……我们什么都不说,仿佛在流亡而来遇到的这只浴缸里遇到了许多事,遗忘了许多事,又铭记了许多事情……微弱的光线和孤零零的一盏煤油灯下,我们赤裸裸地躺在这只远离战乱的木缸中洗澡……

　　我们三个人什么都不说,只想在这只远离战乱的木缸中避难……多年以后,在战争结束后的许多年里,我一直牵挂着生活在桃源小镇的桂枝,在经历了一系列的生离死别以后,我曾经再一次地来到了这座小镇……不过,这个故事要留在以后再慢慢述说。催人泪下的故事最好不要一次性地讲完,只要生命不息,我相信总有人在等待着我们,在将来的某一天,将那个悬而未结的故事继续讲下去。

那一夜,我们避开了战乱,逃亡到了桂枝家,这是战乱中的幸事。我触抚到了自己的四肢,人的四肢很重要,有了它们的骨骼挺立,我们才可能逃亡;我还触抚到了自己的内肋,有了它们,我的肉体才寻找到了支撑感;除此外,我还触抚到了胸乳,它们柔软而挺立……洗完澡以后已是深夜,桂枝在中间给我们加过两次热水,当她拎着一大桶热气腾腾的热水,掀开门帘进来给我们加水时,我们感觉到了一个生育过三个孩子的女人成熟的母爱……因此,我们放松地让身体浸泡在木缸中,忘却了时间的流逝。然而,时间总是要过去的。

当我们在午夜离开了浴缸时,身体的污垢已经被洗得干干净净。这干净使我们穿上了从箱子里取出的衣裙。久违了,我亲爱的蓝花布裙,我终于有机会再一次地将你穿在身上,旁边的吴槿之则穿上了她玫红色的布裙,周梅花也同样穿上了她那套白色的裙装。走出桂枝家已是午夜,我们的身体散发出浴后的清香气息,在南渡的长征中,这是唯一的一次全身心的沐浴。

第二天,我们女生从一间教室中醒来了,这一天不需要绑腿或赶路,可以休息一天。

我们的旅行也是一次社会调查,每每途经湘黔滇的村落或小镇,我们的教授和学子们就开始将探寻的目光垂向贫瘠的河山和村寨。我们寻访着国土中被人类所遗忘的众灵之呻吟,悲悯着芸芸众生的苦难和疼痛。在这条长旅中,我不仅看见了闻一多先生,也看见了年轻的诗人穆旦,看见了任继愈……眺望漫长之逃亡路,闻一多先生在黑暗中,手执着一盏马灯,在那微弱光束的照耀下,是一个人成就民主斗士的前夜。是流亡路上青瓦土坯屋的一座座村落潜在的黑暗,给予了闻一多先生探索真理的勇气。年轻的诗人穆旦初次出现在我们面前,他的眼睛尽管迷茫,却充斥着诗歌的光芒和忧伤。我记忆中的诗人穆旦,是当时清华外语系学生,他坐在村口的大榕树下正倾听着风声远逝,在辗转不尽的风雷中,我仿佛听见他用苍茫的嘴唇歌吟着。那是年轻诗人最早的诗歌:"澄碧的沅江滔滔的注进了祖国的心脏/浓密的桐树,马尾松,丰富的丘陵地带/欢呼着又沉默着,奔驰在江水两旁/千里迢遥,春风吹拂,流过了一个城脚/在桃李纷飞的城外,它摄下一个影/黄昏,幽暗寒冷,一群站在海岛上的鲁滨孙/失去了一切,又把茫然的眼睛望着远方……"诗人排列成诗句的悲悯旋律,在祖国的山川大地穿行,艰难的远征,培植着一个诗人的母语。我看见了在无数的时间絮语后,逃亡路使我们越过了黑暗中的距离。

那一天,在桃源小镇上没有绑腿的日子里,他来了,他就是那个叫周穆的青年人。在阳光明朗的小镇,我们都从不同的教室中醒过来了,女生们都穿上了箱子里的衣服,男生们也同样穿上了私藏的布衣。我们都想在这远离战火的小镇上,寻找到属于自己的青春,而我的青春无论如何总是与那套蓝花布裙联系在一起。我在女生下榻的教室里迎着第一束曙光的来临,穿上了蓝花布裙,我知道接下来我将带着那只小鸟去小镇上走一走。我的好友吴槿之和周梅花还在睡觉,她们让我不要唤醒她们,她们想好好睡上一觉。我走出了教室就遇上了周穆,他穿着一套灰白色的长衫,跟以往穿戎装的周穆完全不一样。我们的眼神相遇了,这是我们避开了逃亡之路的艰辛,从一座天籁般的小镇醒来后的相遇……这相遇使我们不由自主地往外走,我们已从小镇的小学校走到了青石板的街巷中……这样的走,与一个青年人的并肩行走,对于我是第一次,我的心有些来历不明的跳动……以往的跳动,是身体中正常循环的跳动,在战争期间的每一次心跳加剧,则是因为惊悸恐怖,是为了像小鸟飞翔一样逾越狂风暴雨的跳动。而此刻,我的心跳就像清晨叶脉上的露珠被清朗的空气弹起来……我们行走的背景是小镇的石板路,他身穿灰白色的土布长衫,而我则穿着我的蓝花布裙。这一天,我们脚步缓慢,在沉默中往前走,仿佛想走到世界的尽头。

世界有尽头吗?在眼下,我们已走到了一家银饰店门口,我们都同时听到了手工打银器的声音,声音不轻不重,仿佛从空气中散发出一种银亮的气息。我们被这种声音瞬间吸引过去,一个制银人坐在门口的矮凳上,正专心致志地敲击着一只银手镯。他四十多岁,在远离战乱的小镇,他守候着他的店铺,像诗人守候着他们的母语。我和周穆站在他身边,倾听着他敲击着银器的声音,像是倾听着来自两个年轻身体中正在发芽的那些与春天有关的声音。时间在慢慢过去,随同那只银手镯的成型而过去,我们在此滞留着,周穆从怀里掏出了一些硬币,摊在手心中数着,然后问店主他手中的这些硬币是否能买下这只手镯。我感觉到他一边说一边看了我的手腕,问我是否能替他试一试这只银手镯。他的目光有些恍惚,这恍惚中一只银手镯已来到了我手腕,为什么不可以呢?当然可以啊!我点点头,帮助周穆试着这只手镯。

这只手镯很亮,很像皎洁的月光。我有一种很奇异的感觉,这只银手镯仿佛是为了我的手而定做的,事实上,我却是正在帮助身边的这个年轻人试手镯。我的手腕上有一种凉爽,戴上手镯后,周穆认真地欣赏了很长时间后自语道:太好了,恰到好处,我要买下它,送给未来的女朋友。我点点头,仿佛在祝福他。而我的手腕仿佛有一种银手镯的爽朗,它沿着手腕在上升,我不知道它将上升到哪里去。最终,我们离开了银饰店,店主也是手工制银人,他站在门口,满脸微笑。

  我们继续前行,古老石板上的店铺已经相继打开了店门,我们沿途经过了百货铺,我们站在店门口,里面有布匹、丝绸、盐、油、辛辣品……过去年代的百货铺,其实放在今天就是一个收纳箱而已,它在小小的空间里,收纳了俗世者生活所需粮食和日用品。店主正在忙着收拾杂物,看见我们便点头,我突然在早晨升起在街心央的阳光之下看见了一个货郎,这个时候大约上午十一点钟,他正在街心四方形的石板路转着圆圈,使劲叫唤着:卖货啰,卖火柴、香烟、水果糖啰,卖针线啰,卖马灯啰……我们十分好奇地想走近这个货郎,周穆的脸上有一种我喜欢的阳光般明朗的笑容。我们不知不觉中已经朝着货郎走去,我仿佛正在面对儿时见过的一个旧时代的货郎,在他的叫卖声中有我们的嬉戏和童年时代所面对的寓言,在我看来,一个满世界奔走的货郎就是一个流浪汉,也同时是一个时间中的流亡者,在他随身斜背的那只木箱里,有他沿途收纳的货物,所以在他的箱子里有来自城市的用品,一旦他将这些日用品载往他乡,尤其是载往乡村小镇上,那么他将给一个封闭的世界带去小商品的活力。所以,他箱子里的每一件物品对乡镇上的孩子们来说都意味着是一个寓言。我们来到了货郎身边,虽然我们是两个流亡中的学生,然而,在那天上午我们依然乐不可支地面对着满脸堆笑的货郎。他头戴一顶皮帽,身穿一件黑透顶的棉袄,这棉袄即使三年五载不洗,似乎也看不出有什么污垢。是的,他就是眼前的货郎,我们从他脚底那双翻毛皮鞋看到了,看不到尽头的他所走过的从城市到乡镇的路,我们在那双已经开始显旧的翻毛皮鞋上看到了数之不尽的风雨和晴朗,同时也看到了战争的阴晦以及一个自由自在的货郎的人生插曲。

　　不知不觉中孩子们已经相继从不同方向听见了货郎的吆喝声,他们蜂拥而出,从梦中醒来的脸上挂着天真无邪的微笑。这微笑让我想起父亲的存在。某一天,在我童年的日子里,门口来了货郎,那应该是一个冬天的上午,我还藏在一床温暖的被子里睡懒觉……货郎在门口的叫卖声唤醒了我。我起初只是将头钻出了被子,后来就将整个身子从热烘烘的被子中钻了出来……父亲替我穿好衣服,牵着我的手来到了门外,只见寒风呼啸的街道上只有三三两两的人走过去,家门口站着货郎,寒冷中他的身体似乎在颤抖着。父亲给我买下一只手转小锣鼓……而我就是从那天开始,在这个又寒冷又温暖的世界上知道了货郎的存在。此时此刻,我想起了父亲,只要想到他已离世多年,我的生命旁边就会途经流水,那条哗哗流动中的水流一次次地告诉我说,父亲已乘着水流声到天上去了。在一个没有父亲的日子里,转眼间我已经到了穿上蓝花布裙离家求学的日子;转眼间,在一个没有父亲的日子里,我已经陪同我的旅行团开始了南渡的长征;转眼间,在一个来自小镇的货郎面前,也是我父亲离开了多年的一个日子里,我又一次看见了货郎,孩子们围在满脸笑容的货郎面前,这应该是流浪中的货郎最为快乐的日子。

　　孩子们从他们的存钱罐中找出了零零散散的硬币,就是为了买下货郎箱子里的一小件物品,他们叽叽喳喳,就像周穆肩头上的那只小鸟。开始从镇学校出发时,小鸟是在我手掌,走着走着小鸟就已经到了周穆的肩头,时间是幻变的,在我想象不到的时候,我又见到了货郎。我买下了他木箱中的一盏马灯,那也是他箱子中唯一的一盏马灯,对于已经有流亡经验的我来说,一盏马灯是有实用性的,它会照亮我们旅途中的黑夜。

　　突然耳边传来了喜庆的鞭炮声,我们转过身,看见了抬着轿子的新娘队伍,穿着大红袍衣的新娘头披一块四方形的大红色绣布坐在轿子里,满心喜悦的新郎则走在轿子旁边,前面是一阵阵的鞭炮声,再后面是五六个人手抚竹笛、二胡、锣鼓等乐器。周穆说,我们跟随婚礼去看一看吧,这也是社会调查啊。我觉得有道理,我们便跟上了迎接新娘的队伍。迎亲队伍很长,队伍中的一位大嫂看见我们加入了很高兴,她便开始带领着几位年轻的女人在扭秧歌,节奏好欢喜。周穆说,我们也学嫂子们扭秧歌吧!我经不住这种诱惑便开始参与了她们喜庆的队伍。有太长时间我们没有这样快活了,我们开始时是模仿,后来就渐次掌握了节奏,迎亲的队伍不知不觉出了小镇,我们拐上了林中的一条小路,古老的乐器一路演奏不息,在这样欢快的旋律中我们似乎已忘记了时间和地点的跨越。到了山下的一座不大的村寨,这时候已经是下午五点钟左右了,时间已经不在那座远离战乱的古镇中穿行,时间已经让我们在林中穿过了好几条弯曲的小路;时间已经让我们偏离开了旅行团,我们在中间还蹚过了一条河流,那是一条宽阔的河流,由于是冬季水并不深,我们脱下了鞋子,我记得很清楚,当我走向河边时有些紧张,也许是我不会游泳的缘故。周穆走了过来,我又看见了栖在他肩头上的那只小鸟,在阳光的朗照下它的绿翅膀让我想起了春天的颜色,我的目光仿佛正在穿越着一座春天的花园……

春天在哪里?我期待着春天尽早到来。与自己相处才会衡量轻重,世界摇晃不定,语态千姿无穷……我的小小自我似乎在夹缝中看见了千山越岭与我们的关系。

而正在我因面对一条宽阔的河流而眩晕时,一只手突然伸了出来,他的手只在空中停顿了片刻,这只手看上去迟疑过,但最终它是勇敢的。它落下去,寻找到了我的左手。这是头一次我的手被另一个人的手牵住。我感觉到空中有电流袭来,那是一种看不见的闪电,它穿过了我们正在蹚水过河的脚底板,

027

我的脚在那些光滑的石头上行走,我能感觉到石头上的青苔,除此外,对于我来说,感受得最深的就是从空中穿越而来的闪电,它最终落在了我的左手上,随同五指向着手臂、心脏和血液在蔓延。这是一条非常美丽的河流,水流漫上了膝头,我不知道我是怎样过河的,只感觉到水底像冰凉的时间轻托着我的身体,而他的右手则牵往了我的魂灵……没有多长时间,我们就蹚过了河流,当我们来到河岸上时,尽管他的手已收回去,我仍然感觉到那只手仍然在牵着我往前走。

蹚过河流以后不久就到了山下的村寨,这也就是新娘子嫁过来的村寨。只见进入村寨的小路上铺满了绿色而芬芳的松针叶,那种香味永生不灭,它仿佛铺展在我们流亡的路上,同时也会铺展到许多未知的遭遇中。我们走在铺满松针叶的小路上,感受着俗世的喜庆,同时也将我们自己融入了他乡的快乐中。那天晚上,到了新郎的家,小小的庭院中栽满了菜蔬,还有几棵李子树和苹果树。接下来是宴席,几坛子老酒看上去刚出地下酒窖,我能从空气中嗅到浓烈的苞谷酒味……接下来,是乡寨特有的大碗喝酒,周穆很爽快,一个老乡端着大碗跟他干杯,他就将碗里的酒全干了,我有些着急,拉拉他的衣角提醒他道:我们还得赶回桃源小镇去……他明白我的意思,之后就向老乡说明了理由后再没有大碗喝酒。

当新娘新郎拜过了他们的双亲后,我们就开始悄然地撤离了。走出村寨时已是黄昏,尽管如此,我仍然想着那个头顶红布的新娘,虽然我未见到她掀开红布后的容颜,但我深信她一定是一位美丽的新娘。作为一个女子,她将在这座村寨落地,在今后的日子里,她将像一架手工纺织机样开始将一根线头,嵌入纺布机。从桃源古镇到这座山下的村寨,织布机是人们最为重要的手工机器,女人从年轻时候就开始了纺线织布。她们必须从姑娘时就跟母亲学会织布染色,因为这是一种古老的技艺,不会织布的女人是嫁不出去的。因为纺布,会使一个未婚女孩拥有价值感,这里的价值就是接受了古老传承后的手工劳动,等待这个女人的将是一生一世地为她所出嫁的男方一家,织布染色,这是一个男人决定娶女人的最重要的择偶条件之一。我们悄然撤离了村寨,我见证了一个女人嫁给男人的仪典,我的一生,将用时间前去见证许多东西,我也知道,许许多多未被我见证的东西正在等待着我去经历,而此刻,我们悄然地在黄昏中沿着那条土路离开了村寨。

我知道,那些未知中包括从黑夜中升起的无常,我生活在一个充满战乱的年代,所以,我的心无法闲下来,也就是说我的心放不下忧患。从山下往山上走,天很快就黑下来了……我们很快就找到了那条林中小路,只有路会引领我们往下走,这就像我们的南渡之路,它是从无数细密的路线往下而行的,很多时候我们的避难就在羊肠小道上行走着。倘若我的生命中没有这次南渡,我就无法亲身经历生死,也无法走到远离帝国的这些僻壤山野……战乱虽然让我们历经了苦难,却让我们的青春见证了什么是战争,什么是流亡,什么是死亡或再生。黑夜的上升显得神秘莫测,我们快速地往前走。周穆说:"我们得尽快赶回去,我们走了这么远,而旅行团并不知道我们已经走了这么远,若他们发现我们很晚了还没有回去,团长和队员们都会为我们着急的……"是的,我还没有来得及想到的事情,周穆在我之前已经想到了,从这点上讲周穆比我更有责任和担当感。

突然,周穆站住了,他在侧耳聆听什么?我也随他而止步,我好像听到了什么。周穆趴下耳朵垂向地面后站起来说:"苏修,我们得隐蔽一下,昨晚我听本地人告诉我,这附近有土匪出入……"

这是我第一次听到周穆在叫我的名字……是的,我的名字叫苏修,在我出生以后，父母赐予我的名字，学校的档案中有我的名字，南渡而下的旅行团花名册上有我的名字……当这个名字由黑夜中的这个青年人叫出来，我有一种从未有过的感觉。而此刻我们所置身的背景下，是一阵阵从地面上所游荡而起的马蹄声，这就是周穆趴下身将耳朵贴向地面时所验证过的那种马蹄声吗？越来越近的马蹄声看样子已经离我们很近了，这时候周穆果断地伸出手来拉住我说："我们得避一下，很可能就是传说中的那支土匪……"他不容我再考虑就将我拉进了路边的一片丛林，我穿着蓝花布裙就这样跟随着这个来自中国北方的青年人，朝着黑暗中的丛林奔去。

我叫苏修，一个年仅18岁的女孩，因为战乱，我离开了母校北京大学，此时此刻，我正跟随另一个青年人奔向西南方向的一片幽秘的丛林，这一切都是为了避难。现在我好像明白了，这个世界除了日本人的炮火轰炸之外，这片丛林深处还有传说中的土匪出没着。在我们奔向那片丛林时，尽管有周穆牵住了我的手臂，而我还是被树藤所绊倒了，我叫了一声，周穆蒙住了我的嘴……很快，我们都同时感觉到马蹄声已经来到了这片丛林外的路上，同时，马蹄声突然停止了……这是一件可怕的事情，马蹄声为什么突然停止了？很可能他们听到了我被树藤绊倒时所发出来的惊叫声。谁知道呢，在这个世界上，什么事情都有可能发生，我原本以为这是一片远离炮火的区境，而在这种远离中却有土匪存在着。

生命的每一个过程都是如此的奇妙，它的变幻莫测远远超过了我们的想象。我和周穆都同时趴在丛林中的野生树荫下，那是一个月黑风高的夜晚。此时此刻，我们从树藤的缝隙中往外面看去，我知道我已经不会尖叫，哪怕看到传说中的土匪我也绝不会再尖叫……因为，我知道，在这样的时刻，作为一个已经历过 18 岁成年礼的女生,如果无法控制自己的尖叫,那么就是可耻的。我们的目光穿过了黑暗中的缝隙,来自黑夜中少许的光亮也许是微不足道的,却因此将我们的眼眸带到了丛林外的路上,于是我看见了几十个人的马队,他们脸上都蒙着黑布,头戴毡帽……一个下了马的男人说:"他妈的,老子刚才明明听见了一个女人的尖叫声,怎么一下马就没有了?"另外没下马的男人们嬉笑道:"你是想女人了吧!这穷山僻壤的路上怎么会有女人尖叫?""哦,我们还是尽早回山寨吧,麻袋里不是已经有一个被我们抢到的新娘了吗?这娘子已足够我们兄弟分享野味了……"

这番话从风中传来时竟然会如此清晰……这显然就是那支传说中的土匪了,我们看见了马背上的一只麻袋,并感觉到那只麻袋在动……刚才土匪们泄露的话告诉了我们,之前他们抢到了一个新娘……还没等我们思忖,马路上突然间已经扬起一阵尘土,这支传说中的土匪已扬蹄而去。

我已无法回忆,那一夜我们是怎样从黑夜中的野生灌木丛中爬起来的。当土匪们扬蹄而去,这条原始森林中的路又开始变得如此的寂静,而此刻,我和周穆都同时面对两个问题,第一个问题是迷茫而揪心的,然而,它还是在我们的忧患中上升着,那个驮在马背上的新娘,是否就是我们参加婚庆中的那个蒙着红盖头的新娘?是否就是那个同新郎站在一起,拜过了公公婆婆的新娘?是否就是那个从桃源古镇嫁到山下的村寨,准备为这个男人的家族生儿育女,终身为他们织布纺线的新娘?第二个问题,也是我们务必面对的现实,无论天有多黑,我们要尽快赶路,我们将用最快的速度回到我们南渡的队伍中。

回去的路上我们又将面对那条曾经穿越过的河流……即使年衰色盲,我仍然记得当我们站在湍急的河岸时,我感到身体在战栗,也许是刚才被土匪惊吓了,我承认我不是英雄,内心还需要无尽的时间去历练,再就是装在麻袋中的那个新娘一直使我惊悚焦虑,不知道她到底是谁?是否是我们参加庆典的新娘,无论她是谁,很显然,这个女人已经掉进了狼窝,在乱世,掉进狼窝的女人要么被凶狠残暴的人瓜分后吞噬了,要么就要与狼共舞……我想着这一切,当我面对这条哗哗流动的河流时,身体就禁不住开始战栗起来了……即使年老色盲,我仍然铭记着那个月黑风高的夜晚,周穆突然来到我面前将背弯下去说:苏修,水太凉了,让我背你过河吧!他说得很肯定。他说出的每句话都很肯定,包括刚刚所发生的那一幕,当他告诉我说,也许是传说中的土匪来了,于是,果然,土匪们就来了。

面对这样的一个青年,我无语言抵抗,何况,我战栗的身体确实需要紧倚他的脊背。我趴了下去后就感知到了他的脊背,我的手伸在他的肩膀上时又碰到了那只小鸟,在如此风云变幻的时间里,令人惊奇的是这只小鸟同我们一起渡过了黑夜中的惊悚,它一直就在他的肩膀,仿佛他的肩膀就是这只小鸟温暖的巢穴。我的心胸紧贴着他的脊背,我感觉到身体中的战栗由冰冷开始变得灼热……即使已经年老色盲,我的七窍似乎仍然能倾听到周穆背着我蹚过那条河流时,我听见了他赤脚蹚过河流的声音,无数的激流和暗涌已被他那坚韧和温良的心灵所蹚过去……永远,永远,这一幕已经成为了我身体中的记忆。也许,我的爱就是从这一刻开始的……回忆,是一根巨大的魔杖,又仿佛是一只行将被焚尽的烟蒂所烙伤的手,现在,那些苍茫时空的回忆又将我带到了哪里?而我的手,在此伸出去,是否就可以抚摸到那些致命的忧伤,它们在我身体的疆域中千回百转,只有在它们遇上剑一样锋利而逼近胸前的山峦河流时,它们才会通灵于那些忍不住的歌唱。

他背着我到了河的另一边,他把我放在高高的石滩上,仿佛想让我看到星月,遗憾的是记忆中那确实是一个月黑风高的夜晚,我什么也没有看到,只是感觉到了我年轻的心脏在撞击着胸膛……我承认，就是在那样的时刻，我第一次产生了关于爱情的迷乱。而他却什么也不说就再一次地牵着我的手往前走，我们要追赶时间，我和他都已经意识到了我们已经出来太长时间了。我们走了许多路，我只记得那些像蛇一样弯曲的路上，我们在奋力不息地追赶着时间，在这种追赶中我已经不知不觉忘却了恐怖。

我似乎长出了一双翅膀，当他的手牵住我的手时，命运就是这样，让我们在追赶时间中开始超越自我的局限。所有的一切都有可能插上翅膀的时刻，只要你愿意，在任何一种境遇中都有可能遇上天空，遇上你自己和他人的飞行状态。我们之所以哪怕深陷黑夜，也要将目光仰向天空，更多意义上是为了找到自己飞行的翅膀。人在意念中的一次飞行可以解决许多问题，只有在你抽身飞起来时，你才可能真正成为自己。这时候，有些东西可以彻底地放下了，你需要的东西是那么少，只要有一双翅膀已经足够飞行于黑暗之天空。人这一生，要尽可能地插上翅膀往高空飞一次，只有这样你才会让生命越来越简洁。飞行是生活在地上的人最高的理念和幻梦，但只要你愿意，你们要相信自己能飞起来。

因此，我相信那一夜，我们长出了翅膀，穿越了黑夜，从而抵达了目的地的桃源镇小学校。而这一刻已是下半夜，正像我们所预料中的一样，因为我们的失踪，旅行团的人都已分头出发在寻找我们，我们的出现令大家感觉到终于嘘了一口气，我的好友吴槿之和周梅花一看见就走上前来抱住了我说，回来就好，回来了就好……言下之意却揭示了那些失踪于战乱中的人们，很多人走着，奔跑着就消失了，再无音讯。而我们走过了山路，蹚过了河流后却回来了。之后，面对旅行团团长，面对在场的所有人，我们开始讲述今天的故事，起初是周穆讲述，后来是我补充……

　　一路上,闻一多先生总会在时间的变幻中出现:亲爱的闻一多先生,那时候,在微风和春天的寒流中,你多么像一支火炬。从一开始,你就是我所看见的火炬。当一支火炬穿过了春天的麦浪,在战火的硝烟之下,你始终走在最前面。那支火炬在夜晚是一盏油灯,哪怕我们居住在乡村学校、村舍,你在每个夜晚总是会为自己点一盏马灯。我一次次地看见了从你下榻处的木格窗户外弥漫出的一束灯光。而当白昼垂临时,你仍然是一支火炬,你走在前面,有时走在我们中间。你带领我们走访了一座座祖国版图上的村落小镇。走访就是深入一户户家庭中去;走访就是去了解一亩地收多少小麦、大米;走访就是去了解一户人家有多少只水牛、有多少只鸡鸭;走访就是去体恤民情并感知土地与人的血脉关系。走访让我们进一步地了解祖国大地的贫瘠和荒凉。于是,我看见了你,闻一多先生,在你的眼眶中积蓄着无限的忧思,一个民主壮士就这样诞生了。你从书斋中走了出来,走向了芸芸大众的苦难历程。你走了出来,在南渡之旅中,由于天高路远,你蓄起了胡须,你就是你,闻一多先生。我看见了你,面颊上越来越长的胡须,被一路上的尘风吹拂着。你的身影忽而被荒野所湮没,忽而在一条生长着野草和庄稼地的山坡上,我们又抬头看见了你……

　　黎明仿佛又听见了一只猛虎跃过了云下天幕,那一阵阵的穿越声从潮湿的原始丛林传来,再从晨光普照下的石崖深境传来。勇猛的姿态撼人心魂,所有生灵都在付诸行动,以其内心光焰喷薄的潜力,从而引领我们的理想生活,再与其神性的力量会合。人之实践是自己一生德行中的探索,也是一生与教育相遇的大熔炼。无论舍弃坚守都在引用潜游其生命全力,以其生,获得光芒和黑夜的吟诵,以其行,获得旅路漫漫的所向,以其灵,获得承纳万物的喜悦。

所谓信仰,就是在自己的心迹中看到萌芽出世的故乡。简言之,在路上的泥洼中看到辙迹之舞所抵达的乡壤。在梦境的屏息中,不辜负自己身陷薮渊时的精神之跃起。在南渡而下所面临的寂寥的山水中,倾听到潜伏于内心的那一束束青黛色的音韵,召唤你,如召魂者已在四野平川中回到了焰花四闭时的静息与喜悦……

等着我吧,当警戒线或明或暗,天空越来越悲壮或抒情,道路越来越被纠缠……我又会回到你们的队伍中去。这是我们在南渡而下中遇到了饥饿的日子……当补给遭遇失联后,我们正置身在一座荒野上……那一天,撑起人灵魂的不是肉体,而是由细小的枝蔓和血液穿越中的最原初而古老的时间。

时间就在那里,离开桃源小镇的头一夜,桂枝来与我们告别,自我们在她家的木缸沐浴之后,我们就成为了姐妹,我们叫她桂枝姐,她则叫我们妹妹,她就是我们选择做社会调查的人选,与周穆历经了那场惊悚不已的跟婚事件之后,第二天我和吴槿之、周梅花就来到了桂枝的家,她正坐在后花园的庭院中织布。她说,她出生在山下另一座小镇,上了初中就没再上学了,因为上高中要到远离小镇的县城,她父母说在这兵荒马乱的年代学多少学问都没意思,她就顺从地听从了父母的话。那一年,她已经满 17 岁了,她父母又对她认真地说,作为女孩子,在这个兵荒马乱的年代里,什么都不重要,最为重要的是找一个本分的男人嫁出去。过了数月,父母就给她带来了一个男人,这个男人个儿高大挺立,像一块岩石,父母让她相了几眼后,将她秘密地唤回卧房对她说:"桂枝,你相中他了吗? 他家住在几十里之外的桃源古镇,有良田数十亩……在这个兵荒马乱的年代,那座古镇隐藏在山林中,你嫁给她也就寻找到了靠山和避难所……"就这样,随同订婚的银器、几担大米到了桂枝家以后,再过了几个月后,男人就带着婚轿前来接新娘了……桂枝穿过了几十里路,当然她并不知道几十里路意味着什么。因为一路上她都身穿大红的布衣,头顶红盖头坐在轿子里,有四个男人在轮流抬着她,尽管如此,哪怕坐在轿子里,头顶着红盖头,她凭着轿子的一起一伏,仍能感觉到出了家门后,远嫁几十里山路的艰辛,她就这样认了命运的安排。她的脚落在桃源小镇的青石板上时,那已经是黄昏,坐了一天的轿子,刚把脚伸出轿子外时,她就听到了迎接她做新娘的鞭炮声,一双手伸过来扶住了她的手臂,她能感觉到这是那个男人粗壮而结实的手臂,他扶住了显得有些心悸而眩晕的 17 岁的新娘。

桂枝给我们沏了一壶茶水,坐在织布机前继续着她的故事:从那个男人伸出手扶着她的手往前走时,桂枝就告诉自己说:"认命吧,我已经嫁给这个男人了,我已经有了除了父母家外的第二个家园了;认命吧,我的 17 岁,我将不再会有到县城上高中的梦想,因为自从我的脚踏在桃源古镇的青石板上的那一时刻,就意味着我再无别的企图;认命吧,在接下来的时间,我拜过了公公婆婆,拜过了祖宗的祠堂,拜过了天地;认命吧,随同那一晚婚庆的夜色上升,我看见了像刀一般悬挂的新月,揭开红盖头以后,我看见了我的男人……"

桂枝仍在边织布边口述着她的历史:"认命吧,只有在认命中我和这个男人经历了新婚之夜的喜乐后,在随同肉体的亲密关系中我们渐渐地敞开了心房,而此刻,天已晓;认命吧,这是新婚之夜后迎来的黎明,洗漱完毕后,男人牵着我的手从前花园漫步到后花园,花园中有李子树、柿子树,树下种植着水灵灵的青菜,紫色的茄子,还有正开花的豌豆……在后花园,我见到了织布机,男人问我是否会织布,我有些恍惚地说因为一直在上小学初中,所以父母没有让我学织布,男人说,别急,你会学会的;认命吧,只有在认命中,我才会在那个上午,随同男人出了门,他手牵手引我在明亮的阳光下走在青石板上,让我看见了街道两侧那么多的店铺,难怪父母告诉我说这是一座古老而富裕的小镇,在这个兵荒马乱的时代,可以避开战乱;认命吧,男人牵着我的手来到了小学校门口,我看见了古镇里的许许多多孩子们正在下课的铃声中奔出教室,男人充满希望地对我说,你要为我生好几个孩子,今后我们的孩子就在这里上小学,我迷惑地点点头,似乎也开始向往着男人滋生的那种梦想生活;认命吧,男人转身就将我引向了出小镇的路,之后在小镇外的山坡男人让我认了那几十亩山坡地,上面有蓝色的土豆花正在开放,男人说,他是家里唯一的孩子,所以,在我没有嫁过来之前,都是他一个人承担着几十亩地的种植……

我看见桂枝的织布机每每往前滑动一下,她的口述历史就朝前递增了一步,我们同时也在记录着一个女人独特的口述,我仿佛看见17岁的女孩桂枝开始了婚姻生活后的许多现象。首先,作为嫁到桃源古镇的桂枝,她务必学会织布,按照这种俗世规律,桂枝开始了织布的练习曲,这需要付出许多时间,她果然学会了织布。之外,她开始了生育的高峰期,实现了男人的理想,将到了学龄期的孩子们送到了学堂。再之后,她便和这个男人开始在这几十亩山坡按照四季来种植土豆、苞谷、红薯。再之后,镇里招兵,身强力壮的男人都要上前线打仗,男人就走了。

男人离开了,他之所以勇敢地离开这个家,是因为他的女人已经学会了织布和种植庄稼,已经为他生育了三个孩子……而她却留了下来,除了织布、种植,侍候公婆,抚养三个孩子上学之外,她最重要的是在这里作为一个忠诚的守望者,等待着男人回家……

我们完成了这次社会调查以后就离开了桂枝,临行前,她从箱子里掏出了三双绣花鞋,分别送给了我们三个人。我们出发了,回过头去,桂枝站在人群中正在朝着我们挥手,她将留下来,等待她的男人从战场上归家。在充斥着尘埃的路上,突然降临的一场雨,让我们旅行队员的足尖激起了泥浆,无论如何,我们就是在尘埃和泥浆中活下来的。南渡之旅让我明白了一个道理,生命最尊贵的不是冠冕,而是你的足在人生的泥浆中能走多远? 走出了古镇,等待我们旅行团的又是什么? 我们又打上了绑腿,我褪下了那条蓝花布裙……亲爱的蓝花裙,你将暂时回到箱子里去,相信我,待到春光弥漫时,我一定会穿上你,让自己变得漂亮起来。

　　突如其来的荒野茫茫无涯,这是我们离开了桃源小镇行走了两天之后所面临的现实,看上去,荒野见不到牛羊,自然也就见不到牧羊人,当然也就见不到村落,这时候天已近黄昏,为什么我们总是在黄昏之前才可以落脚,这是因为我们需要赶路,我们要争取速度和时间。所谓南渡,就是渡过教育史上最艰难的一页又一页,当我们不断朝向新的方向时,诸多未知的困境总是在等待着我们去解决,我们之前曾途经了一座大山深处的寺庙,那是一条被无数残枝落叶所覆盖的小路,我们就在寺庙外小憩,几个僧侣守着寺庙,诵念着阿弥陀佛……我跪在菩萨面前祈祷着,我的母亲是一个佛教徒,我经常听见她祈念,小时候我也经常陪同母亲去附近的庙寺敬香。而当我站在山间的庙寺外即将离开时,深感到所有的祈音就像山冈上的皎月映现出了梦的又一个尺度所抵达的远方,所谓远方不是茫茫无涯,而是我们的唇齿相依,是我们的血肉缠绵之下的南渡。而当我再次回过头去时,看见几个僧侣站在那座古老的寺庙门前的台阶下,为我们虔诚地诵颂着阿弥陀佛……

　　所谓阿弥陀佛就是超越着众生的苦难。在我对于母亲的记忆中,母亲通常是在黎明和黄昏两个不同的时段诵念阿弥陀佛……现在我突然感悟到了,对于我的母亲来说,黎明是一个新的开始,随同黑夜逝去之后明亮光线中总是会冉冉升起母亲虔敬的诵颂,这新的一天对于母亲来说是丧失父亲的悲痛后,另一个男人的出现,是把我安置在这个世界上的另一种寄托;而母亲面对黄昏时的吟诵会使母亲的面孔变得模糊,因为做梦的时辰降临了……我回过去仿佛在与这座大山深处的庙寺告别,我轻声地默诵着阿弥陀佛……道路正在向前延伸……许多年以后,我明白了,可想而知的结果是没有神秘感的,我们所有的人生风景中都充斥着焦灼疲惫,发现和等待,甚至这一生都是为了与另一个灵魂相遇而活着。所以,即使是在荒野中我也会试图寻找到一朵突然绽放在天边尽头的花骨朵,或许是一只奇异的蘑菇,它们存在吗?美和忧伤相互交融,爱与哀愁永远是彼岸之窗。此刻,我们置身在荒野深处,旅行团的那面旗帜仍然在前方高高地飘扬……而我自从走出那座大山深处的寺庙之后,内心深处就一直在默诵着母亲曾经在朝暮间吟诵的阿弥陀佛……眼前出现的是四个僧侣穿着青灰色袍衣站在寺庙台阶下目送我们的场景……阿弥陀佛……阿弥陀佛……阿弥陀佛……转眼间,黄昏像散开的一卷卷经书铺展着未知路,巨大的荒野上却看不到一个精灵,这就是佛陀考验我们的时辰吗?

再往下走是不可能的了,旅行团团长发令说就在荒野上休整过夜,同时寻找水源和野菜充饥……这时候我们才发现随身携带的粮袋中已经没有一粒粮食了,后勤的马队也已经没有一粒粮食了。造成此状况的是补给困难,因为要绕过新的炮火和隐藏在此地的土匪,我们只得在被迫中踏上这片荒野。如果可能,人这一生一定要有直面荒野的机会,首先,只有到了荒野上你才会知道自己有多渺茫。饥饿早就已经降临了,之前,我们曾经历经过的饥饿,都发生在我们奔赴目的地的途中,而那时候要么前方有补给,要么布袋中还有粮食……而这一次,我们将面临着纯粹的饥饿……

　　人之饥饿就像飞禽野兽们所能感知的饥饿,造物主给予了我们身体,并使我们身体中每一个器官都会发出不同的要求和声音,饥饿与肠胃有关,胃有帮助消化的功能,而身体中盘旋起来的大肠和小肠均在接受着我们给予它的食物。当食物没有时,大肠和小肠都会发出呼叫,这就是饥肠辘辘那个词汇的意象。我们在休整地开始分小组前去寻找野菜野果,还有水源……在出发寻找之前,后勤队长告诫大家,所有小组寻找到的野菜野果都不允许私自品尝,包括水源……采集到的东西都要带回休整地经检测后才能品尝。

　　此时此刻,我们将带着饥饿之身前去寻找食物。这是现实中最大的理想生活……倘若你这一生中没有尝试过真的饥饿,你无法理解在南渡的荒野上我们的无望和渴望。我们躬身前行,因为饥饿已让我们无法将青春的身体挺立。我和吴槿之、周梅花成为了一个小组,当然还有我们的那只小鸟。这只小鸟,一直在与我们和谐相处着,看上去它的翅膀和小腿很快就会痊愈了……我不敢多去想象当这只小鸟身体痊愈后的一系列问题。

　　我献给你我的一个早晨,为你而开始的破啼,这是属于鸟的生活。我献给你我的一个凌晨,为你而开始的劳作,这是我因你而成为朝圣者的生活。我献给你黑夜和白昼的辗转,为你而开始的又一天,因为你,我也许会快乐也许会忧怀,无论今天有雨还是有风云,我已经从早晨走到黄昏……我们将面朝荒野前去寻找充饥的野菜。吴槿之走在前面,小鸟栖在她的肩头,她的身材修长,如果不是在乱世,她若穿上那条玫红色布裙,会有不一样的人生,而此刻她脚下之力比我们要快一些,原因是她告诉我们在故乡北方的荒野上经常会挖到野薯。周梅花对野菜野果没有任何概念,她的娃娃脸永远挂着稚气的向往。而对我而言,野菜野果是可以遵循内心的搜索寻找到的现象……尽管饥饿已让我们浑身无力,我们仍应匍匐向前,因为只有寻找到食物我们才能活下去。

饥饿就是那样的催命，它使你舍尽其力也要往前走。

朝前走，就是朝着荒野深处，我们不知不觉已经走了很长时间，吴槿之一直在用心地寻找她记忆中的野薯藤，她的脸显得很苍白，但她仍然坚持着告诉我们说，荒野上大凡有野藤缠绕的地下就生长着乳白色的野薯……不知道为什么，她的声音已经给予了我们力量。在虚弱不堪的我们面前，希望非常重要……于是，我们三个人的目光都在不同的触力下搜寻着野生而相互缠绕的藤蔓……突然，我们的身体被绊倒了，我们三个人的身体都被绊倒了，我们竟然是被脚下的一堆野藤所绊倒的。吴槿之惊喜地叫道：这就是我记忆中的野藤，下面肯定有野木薯……

确实，这是一个令我们垂危的身体惊喜而奋力抗起的现实。我们爬起来时便看见了一大片野藤，难道下面就是木薯吗？不管怎么样，对于饥饿者来说只要能找到食物就会寻找到可食物的源头，我们蹲下再双膝伏地，此时此刻，我们似乎忘却了饥饿，奋力伸出手臂，这一刻，唯有人生中的这一刻，我们的手臂替代了锄头、铲子和镰刀，替代了人类劳动时所发明的铁器，虽然我们的手柔软无比，因为这黑黝黝的野藤下就有我们寻找的食物……用手指破开了野藤，再用手指破开了沉土，再用手指深挖下去，这一刹那间，我感觉到身体在朝前倾动，手指甲里灌满了泥土，如同整个血液溶入了泥土中去……我听到了吴槿之惊喜地叫出了声："我找到野薯了，天啊，我找到野薯了……"

接下来我也惊喜地叫唤道："我也找到野薯了……"

周梅花也同时惊喜地叫唤道："我也找到野薯了……"

你无法理解我们当时的惊喜，任何一个没有遭遇过饥饿的人都无法对我们刹那间的惊喜评头论足。哪怕世纪轮回，我们正遭遇着对无自然生态食物的恐惧症时,我依然会回到我们所遭遇的史无前例的那场教育史上的远征,回到我们青春所遭遇的那场饥饿中去……那一时刻,我们三个人都在先后从泥土中刨出了一个个的野薯,这就是吴槿之记忆中的野薯,这也就是填补我们饥饿之梦的野薯。我们再一次地倾尽全力刨出了更多的野薯,而此刻,我们再也无力伸出双手……我们躺在被撕裂开来的野藤间,如果在白天,它们应该是绿色而偏黄,而此刻,它们全都变成了一片杂乱无序中的黑色的植茎横七竖八地抛洒在荒野之上。我们又看见了天空之上闪烁的星群,这是地球人每天都可以直面的星空,只要睁开眼睛与它相遇,似乎我们都会寻找到方向。所以,我们很快回到了现实,三个人将刨出的野薯拥在怀里,在星月的朗照之下,我们开始寻找荒野上升起的火焰,在出发寻找食物之前,团长就宣布,找到食物就不要再耽误时间,一定要寻找天空下火焰升起的地方,那就是我们旅行团的落脚站。这一点很重要,当我们拥抱着一大堆野薯从泥土中站起来时,就在茫茫夜色下的荒野上看见了升起的火焰,只有在这一刻,我们的心才寻找到了方向。

我们坚持着在饥饿中不顾一切地往前走,但因为饥饿,我们的步子怎么也无法加快,而就在这一时刻,我们突然看见了荒野上的一只野兔,它正站在前面审视着我们,这只野兔它大概太寂寞了,所以,看见我们后便迎着我们的目光跑上前,我们轻声地用语言与之交流着,吴槿之蹲下去抱起了野兔说,它太可怜,让它跟我们走吧……就这样,我们的前行中又增加了一只野兔。回到目的地时,旅行团的队员们已陆续回来了,他们都从荒野上带回来了我们没有找到的众多野菜,还找到了柴火等等,唯一没有找到的是水源……我们的野薯成为了聚焦点,因为它分量重,是我们三个人伸出手臂抱回来的,炊事班长一见到我们的野薯就很惊喜,在老家时他吃过这种东西,很充饥的。现在,吴槿之怀中的那只野兔成为了另一个聚焦点,有人说,原来这片荒野上还有野兔啊,为什么我们就没有遇到野兔呢？如果我们能多找到几只野兔，我们今晚就能尝到烤兔子肉的味道了……说话的队员一边说一边盯着吴槿之怀中的那只野兔说："今晚大家都太饿了，要不我们将它烤了充饥吧?"吴槿之紧紧地护佑那只野兔说："我告诉你，你别想这个主意，我们是怎么饿也不会杀死这只野兔的，我之所以抱它来，是因为它太可怜了……"吴槿之一边说一边朝荒野后面退去，我也紧跟着她退去，我感觉到了吴槿之正在用全部的力量护佑着那只怀中的野兔，而面对饥饿的旅行队员，吴槿之却转身朝着黑暗中的荒野退去，之后，她突然转身面向荒野，怀抱着那只野兔跑了大约三百米后停下来了，我和周梅花也跟随着她奔跑着，之后，我们也跟着她止步于荒野深处……我们三个从流亡那天开始，就带着自己的裙装，一路走来，我们经历了心悸恐怖和血腥，而此刻，我们又经历着身体中的饥饿……面对这饥饿，我们该怎样抵抗？

吴槿之蹲下去，将怀中的那只野兔放回到荒野上，我们听见了她轻声说道："去吧，去吧，回到荒野上去吧！去追赶你的伙伴吧……"

这声音转而已被阵阵凉风吹散……每个人面对生命的方式也许不一样，因为人世间是存在差异的。我们在不同的差异中趋向于某种时刻……每一种生命焕发的风格和差异都是为那个人而准备的，这就是无论白昼或黑夜，它们从不雷同。无论是多少古老的箭簇刺破了风中幕布，也无论是多少悲壮的史篇中哀鸣着多少英雄的孤独，在白昼与黑夜之间依然保持着永不逾越的距离。正像孤独和狂欢，水与酒是两种完全不同的存在。

那天夜晚，在面对一只从荒野上闯进来的野兔时，同是饥饿者，面对野兔的态度却不一样，前者是想在饥饿中吃到这只野兔子的烤肉，当然，这也是合乎情理的，人类在地球上生存，已经杀死了太多的空中飞禽和地上奔跑的动物，因此烤吃野兔也许是一个饥饿者所发出的合乎常理的渴望……而与此相反的还有后者,就是吴槿之,她在荒野上与那只野兔相遇,即使怀中塞满了野薯,也要蹲下地,将这只孤单的野兔抱回去。在面对一群饥饿者时,她突然明白了,怀中的那只野兔萌生了饥饿者的杀气……她拒绝着这杀气,她背朝荒野后退着,她无法带走它,也无法排遣那只野兔的孤单,因为她所面对的是人类,而她也是人类中的一员,因而她了解人类的特性……就这样,她毫不犹豫地将怀中的那只野兔放回了荒野……很快那只野兔就朝着荒野奔跑而去,它看上去,也是这荒野上的流亡者,我们不知道它会流亡到哪里去。

我们重回到营地时,满锅的野薯和野菜已经煮好了,我们终于坐在可以品尝到这些奇特的食物的荒野上。饥饿的胃终于有了来自荒野的食物,那一刻,我感觉到我的胃里有了温暖的东西填补,一切穿梭的、停顿的、握住的、松开的、悲伤的、喜悦的、所投身的并非都是在索取真理,而是在不知不觉中陷入生命过程中的一个时刻,流亡中所陷入的这个漫长过程,自从体验了饥饿以后,就感觉到了味蕾的存在是为了让我们品尝或感恩大地。因此,当我们那一天在荒野的营地上露宿时,我知道流亡如果没有这片荒野,我们就没法寻找到野菜、野薯充饥,我们也不会有这片荒野之上的营地。而味蕾变得温暖时,我们重新又获得了休整。钻进营帐时,又开始迎接下半夜的黑暗……我深信,过了今夜就会好起来的,也许这是一个信念的玄想,我们和衣躺下,身下就是荒野……我们一直在穿越时间,而时间的另一边是什么?我躺在马灯之下,这盏灯只在关键的时刻出现,因为马灯之所以能燃烧,全靠里面的油芯,就像身体之所以能循环全靠血液的畅通。这盏途经桃源小镇时买来的马灯,让我又想起了那个戴着兽皮帽子的货郎,依此类推,马灯下又出现了已逝父亲的面容和母亲短暂的婚姻关系。任何东西都会过滤消失,唯其那些植入血液深处的战栗和感念,像是晃动于来自魔法中的镜面,每天倒映着你生命的底片……一些撕碎的东西无论多么沉重,都是你窗前悬挂的灯盏,与日月相遇,成为你身体中的事件。

他来了,有时候我会忘记他的存在,因为脚在前行,由不得我们止步思虑太多的东西。在前移的脚步中我们开始摆脱着距离,同时也将战乱摆脱在我们身后。他,就是周穆,他会走到我身边来问候我肩头上的那只小鸟,也会为我背一背沉重的粮袋……除此之外,我们的见面是公众化的,我们的眼神刚一相遇,一个个来自身前身后的背景就会笼罩我们……也许,我们的故事才刚刚开始。我总是移开他的目光向前看去,我看到了什么? 一些甜而涩的味道在舌尖下涌动,长旅中安详的村庄是我想要的夕阳下的风光,凋零的树枝下麦片儿般呼啸而去是我想留宿的地方,沉醉的地窖中冒出的酒味儿是我想用舌尖融及的味道。

从乡村到小镇再到县城,这是又一个远方,它意味着道路正一寸寸地缩短。祖国的县境划分出了更大的一些版图,我们正在沿着旅路向着县境线在奔走。入县城就看见了学校,它让我们兴奋不已,其感受力犹如万分疲惫之神经突生旋起的汪洋。来自县城的学校并不大,却奔涌出一个个鲜活的生命。从小学到中学,我们看见了一张张儿童和少年的脸,他们是我们在逃亡路上迎候我们的旭日东升,也是山野上摇曳出的一片片向日葵。虽然秋日遥远,我们却看见了这一束束朴素的,生长在远离战乱地区的向日葵。县城,通常出现在小镇的中间和小镇的前方,相比小镇来说,县城显得人口更稠密些。如果说乡村是农事之书的原乡,小镇则是自然人生活的乌有之邦。那么县城则是中国行政版图中呈现出的一座座古老的城堡,当我们往城门口走去时,又看见了一个来自西南方向的货郎,他当然不是昨天我们在桃源小镇所见到的货郎,看上去他才有三十岁左右,肩的两侧挂满了小小的货物,确实,卖货郎这个身份只可能出现在我所置身的那个流亡的时代,在通过我的目光所观测过的一个个货郎的形象中,我寻找到了一个个平凡者的传说。再往前走就看见了卖粮的、卖商品的、卖家禽的……再往前走就看见了前来迎接我们的人们,在人群中有学生,地方官差,市民等等,他们举着旗帜……无论到哪里,只要看见了旗帜,仿佛就看见了星宿引路。

经过了一片春风呼啸的山冈,这一天有万里无云的天空照耀着我们。就是在我们刚刚走入这片春风扑面而来的山冈时,我感觉到了一种十分异样的声音,它来自我的右肩膀,来自那只小鸟的栖身处,在我们做出决定从长沙临时大学的一根锈铁丝上将这只受伤的小鸟带走时,已过去了很长的时间……我们曾一次次用针挑开了脚上的那一个个血泡,这些血泡是我们走路而走出来的。我们途经了被日军投弹而焚毁的村庄,我们走出了那座村庄……我们经历了一幕幕饥饿寒冷后终于走到了这座阳光明媚的山冈,当感觉到时间过去得如此之快,往往是因为我们的身心已被历练过。

此时此刻,只有在面对那些历练过的身心的记忆深处,我们才知道,当你目睹生命毁于炸弹时,你的心已经破碎过,简言之,只有破碎过的心灵才能复述花瓶为什么是长形的、圆形的,月光为什么像弯月又酷似银河,每颗心面对流亡生涯时都务必经受历练,只有这一刻你才知道,人之生存是与苍蝇和猛兽们互相搏斗又可以和谐相依的过程。当我目送长沙火车站的那个年幼的女孩被冰冷的大板车运走时,我感觉到死神也同时在召唤我,可我没有听从死神的召唤,我活下来了,从我心底深处涌动出的热血告诉我说,我活下来了……这也许就是身心被时间所历练的一次过程。

我们的小鸟也同时活下来了……我们的执着和悲悯之力终于产生了效果，这只纤巧的小鸟不仅活下来了，而且已经结束了疗伤的日子，当我们有了这个突如其来的清醒的意识时，这只小鸟已经发出了声音，我的目光移向右肩时，看见小鸟的翅膀张开了，旁边的吴槿之高兴地说，看啊，小鸟终于张开翅膀了，我们的小鸟终于张开翅膀了……尽管活下去是一个问题，我们的小鸟却已经张开了翅膀，这是我们头一次看见它大幅度地张开了双翅，而对于一只鸟儿来说，张开了双翅就意味着要飞翔了。然而，它却在看着我们，仿佛在征询我们的意见，它是否可以飞翔了？

突然间，在我们周围围起来了许多人，他们大约都看见了这只小鸟翅膀张开了，在这一路上小鸟成为了所有旅行队员的好朋友。而此刻，小鸟就像往常一样栖在我肩头，在过去的日子里，它曾栖在吴槿之、周梅花的肩头，我们是三个将它携手带到旅路中的，因为我们在离开长沙继续南渡的那个苍茫的早晨与它相遇，同时也使用我们的心力在刹那间选择了将它带走，从那以后，它就成为了我们中的一员，陪同我们一路上感受变幻无穷的那些逃亡进行曲，它陪同我们吃苞谷窝窝头，咽下旅路上来之不易的水滴，并陪同我们感受饥饿的滋味……而此刻，它已经疗好了伤……周穆来了，他总是在最为关键的时刻出现在我身边，之所以称这个时刻是关键的，是因为在与吴槿之、周梅花的目光交流中我们已经获得了内心的召唤，它告诉我们说，让小鸟飞起来吧，因为小鸟是属于飞翔和天空的。而此刻，周穆来了，我想起来了小鸟栖在这个青年人肩头的时光……我又想起来了小鸟栖在我和周穆的肩头，我们沿着桃源小镇的青石板路往下走，我们到了那家古老的银首饰店，观赏到了银匠打制银器的过程，并用我的手腕为他将来的女友试戴了一只银器……之后，我们走向了货郎,再之后我们跟上了婚庆的队伍,再之后我们经历了那么多人世间的惊恐。我想起来了,当他背我蹚过那条长夜中的河流时,小鸟就在我们的肩头上,陪同我们穿过了那条冰冷的河流……

周穆来了,他注视着那只小鸟,仿佛在对它说:你想飞了吗? 小家伙,你是真的想飞了吗? 你可以飞上天空去了吗?

我用双手捧住了那只小鸟,就像虔诚地用双手捧着母亲曾经诵读过的一本经书……我知道,时辰已到,于是,我低下头对小鸟轻声说道,飞吧,飞吧,飞吧……我仿佛又听见了母亲每天黎明面对一炷香诵读经文时的声音:揭谛揭谛,波罗揭谛,波罗僧揭谛,菩提萨婆诃。

我将双手伸向了天空,前方就是彩云之南……小鸟开始振翅了,它的绿翅膀的美,是我记忆中的南渡史上穿越时空的神曲弥漫,它已朝向天空飞去……直到我们看不见它的翅膀,我们才收回目送它的目光。而此刻,山冈下是一条条湍急的江流,目光之下是越来越辽阔的西南方向,是彩云之南的地平线,是越来越湛蓝的古滇池岸……之后不久,我们将以三千里的徒步终于止步于滇池岸边。而此刻,在我又一次抬起头来目视着天空时,我似乎仍在牵挂着那只小鸟,它是我生命中相遇的精灵。周穆来了,那是我们即将结束三千里远征的最后一个时辰,他来了,那是我们逾越的最后一座山冈,他的手悄然中已牵住我的手,又一阵电流穿过了我的掌心指头,并直抵那些我们奔赴的时间之尽头……尽管岁月流逝,哪怕我身体因年迈而越来越缩小,步履越来越破碎,我仍记得那一刻,他的手牵住了我的右手,我们的故事将继续讲下去,因为这只是故事的开头……趁此机缘,我躬身向着你的方向望过去:那是麦田的呼啸吗? 那是山坡上土豆的蓝花吗? 那是古代的邮差吗? 那是蜕尽皮的圣树吗?

梦书

DREAM

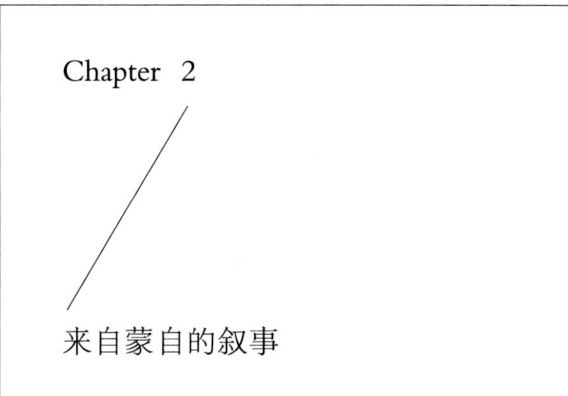

Chapter 2

来自蒙自的叙事

迁徙就是走,在大后方的昆明,走就是用脚板,我们的脚板上已经走出了无数的老茧。茧就是在原来的血泡后长出的硬肉,在一个阳光灿烂的午后,我们翻开脚板丫,很惊叹这一路上我们的脚板上已经长出了那么多的茧花。那一天,吴槿之、周梅花和我躺在草地上,这是一个最为松弛的时刻,一生中似乎只有这一刻是松弛的,我们躺在大观楼边岸的一片草地上,这里是一个典型的避难所,来昆已数日,听说我们还将继续迁徙,因为联大的校舍正在建设中。在听指令之前,我们三个人不顾一切疲惫乘着滇池的古渔船来到了大观楼岸上的草地,无边的苇草似乎为我们挡住了远在千里之外的战乱炮火,我们蹬去了布鞋,坐着或躺着,裸露着脚丫,数着我们脚板上的老茧。确实的,一生中唯有这个时刻,如此的心悦,绿油油的苇草在荡漾起伏……而一旦数完了脚茧以后,我们听见了火车的声音,我们跑起来,自然是穿上黑色布鞋跑起来,我们跑过了近日公园、南屏街、正义坊……将直奔火车站。

这一次我们将乘小火车去蒙自。再一次拎着棕色箱子走过了昆明火车北站的小小月台,这是滇越铁路的开始,终点站是越南海防。湿漉漉的月台外,依稀可以看见走近的居民们晒在阳光下的衣服,它们在微风中摆动,一个孩子站在月台下的泥地上正在啃着一只烧苞谷,他咧着掉了几颗牙齿的小嘴,盯着我们的行踪,他并不知道我们将到哪里去,我与这小男孩的目光竟然相遇了,他咧着缺牙的小嘴笑了,这从粉红色嘴巴里发出了的信号,是一种无邪的笑,在他的笑容里,我看不到战争的背景,我也笑了,我不知道笑什么。总之,我和男孩都在目光相遇时笑了。不管怎么样,在这样的一个时刻,笑容,这无邪的笑神经,越过了障碍和迷茫,因而,这笑容是值得珍藏的。我上了火车,这趟小火车上有我们的教授,我又见到了闻一多先生,他坐在窗口,手里握着一只烟斗。他的目光正专注地凝视着窗外……确实,窗外,是一个巨大而纷繁而无边的世界,有风景和无数生灵在游走在挣扎。尽管如此,我追求着这样的生活状态:我们的一生不是仅仅为了挣扎搏斗后的生,而是为了自由境界而处处逢生后迎来的磨砺后而获得的欢喜。

火车朝前移动了,我拉开了白色镂空的法式窗帘,我又看见了那个男孩,这一刻,我发现了他的脚,他的一双赤裸裸的脚上竟然没有鞋子,在火车车厢的窗口我正好可以全面地审视他,刚刚在月台上看到的只是他的脸,从局部讲看到的是他的嘴,咧开嘴后的缺牙以及他啃烧苞谷的饥饿相,而此刻,我看到的是他的全部。他依旧站在那里,赤裸着脚,他的裤子很短,衣服也很短,看样子已经穿了很长时间,他应该是一个流浪男孩,已经流浪很多年了,他现在的年龄应该在十岁至十二岁之间……他手中的苞谷已经啃完了,是的,尽管如此他还没有准备抛弃它,火车开始朝前移动了……是的,光阴的速度节节向上,催我在忧郁中继续与阳光相遇;是的,在彩云之南,阳光正移动着。顷刻间,我已经看不见那个流浪男孩了,他给予了我保存在内心的一个笑容,尽管他无家可归,赤裸着脚,但他仍然让我带走了他无邪而纯真的一个微笑,在这个微笑中看不到他的饥饿,因为人在微笑时,所有的黑暗都会退下,当然也看不到他的寒冷和流浪生活的无望……孩子就是孩子,他们是这个世界上成长中的树,只需有一点点阳光和水,他们就能好好活下去。

火车朝前移动了,这是蒸汽式小火车,我听见了哐当哐当的声音,已经好久没有听见火车的声音了,尤其是小火车的声音更显缓慢和新奇,它使我的青春又一次开始了迁徙，出了昆明城，枕木铁轨开始绵延出去，当小火车沿南盘江而下，越过南盘江岸上的羊街、狗街、滴水、徐家渡、禄丰、西洱、山河口、盘溪、热水塘、西址邑、拉里黑……这些站名，已经离世界上那个称之为最遥远的距离很近了。世界上最为遥远的距离，可以用两种方式穿越，第一种方式的距离穿越中，人心是最为强劲的力量。它可以让我们随同意念而抵达。啊，在心念的抵达中，我们可以凭借着每个人灵魂中的速度，像高山羚羊奔跑不息，也可以变幻出梦想之果。在第二种距离的穿越中，我们秉承祖先之训德，以一步一脚印穿越着古往今来的羊肠小道……我将面颊贴近窗玻璃，我又一次感觉到了我的心跳，车窗外是河流，它们的湛蓝色河床之上是村庄、山冈，我还看到了一群黑色的山羊站在河边饮水，一个牧羊人穿着羊皮褂吆喝着他的羊群；而转眼间小火车已进入群山峻岭中，山有多高，水就有多高，我看见一匹匹银色的巨瀑从山顶往下飘动着……小火车所途经车站，我们会从车厢里走到月台上，刚走到月台，一群群妇女提着竹筐就会跑上前来，在她们手提的竹筐中装满了煮鸡蛋、水果、花生和红薯洋芋(土豆)等好吃的东西。她们使用的都是地方土语，我发现了地方语境中的不相同，哪怕只相隔一座群山和一座火车站，从他们嘴里发出的声音都不一样。这些妇女皮肤都很黑，身穿自己纳制的绣花布鞋，很是热情而急切地想让我们买一些她们竹筐中的东西。我买了一只煮红薯，回到车厢内，整个车厢中的教授和学生们都买了月台上的食物，每个人都在悠闲地吃东西。我品尝着那只红薯，又想起了不久以前，我们在荒野中用双手挖野薯的场景……饥饿是一种多么奇异的感受啊！它会催生出我们身体中多少潜在的力量？我细细地咀嚼着这只红薯，小火车将我们载往蒙自时，我们同时也抵达了著名的碧色寨火车站，之后，我们抵达了水天一色的南湖并投下了自己的身影。我们的生活将从这里开始，于是，我看见了，希腊人哥胪士开办的洋行,分批而抵达的教授们就住在这里,这是一座二层楼的洋房。4 月 12 日至 20 日,从三条线路分批出发的学子们,已经相继抵达南湖边。湖边荡漾着热风,这也是蒙自开始炎热起来的季节,很多人开始畅饮着法国人遗留下来的葡萄酒。隔着酒味,我似乎又一次寻找到了远离战乱的避难所。

如何避难是另一个问题,我们总是在无数问题中成长的。当我们走出车厢时,我又一次拎起了箱子。虽然是春天,蒙自的温度却已经很高了。我有一种强烈的愿望,想洗一个澡,无论是冷水澡还是热水澡都行,我渴望将自己洗得干干净净后,再穿上我的蓝花布裙。洗澡,对于身体来论,是现实之念,在很多时候通过洗澡后的清澈和芬芳,我感觉到了某种东西也同时在召唤着我,我们几个人终于找到了法国人居住时保留下来的澡堂,这是我们来到蒙自后的第三天,沿着寂静的小城,我们走过了曾经迎来过无数法国人和异域探索者的小城,到如今他们基本上都因为第二次世界大战的降临而撤离,当然还有少量的法国人留下来了。在我们去寻找澡堂的路上我看见一个法国青年骑着一辆自行车在黄昏中转悠,他骑得很慢,我看见他脚穿一双深咖啡色的马鞋,很慢地蹬着,看不出他骑自行车的目的,这是蒙自南湖边缘的一条小路,这是纯粹僻静中的一条马路,我看见了路两边是马店,我不仅嗅到了马粪的味道,我还嗅到了这座来自祖国边城的蒙自最为古老的味道。古老的味道是什么? 它在眼下就是马店外拴在拴马柱上的一根根绳子的摆动,我看见那一根根绳子随同马匹在不断地移动,是的,世界的移动就在这一座一座马店外的黄昏之下不断的变幻中,这一匹匹的马正在悠闲地吃着草料,从风中倾听到它们咀嚼草料的声音,是一件很有意思的事情,这咀嚼使我仿佛也同时在咀嚼着人生的滋味,它们更接近我在一只未成熟的青苹果中咀嚼到了那些剧烈的涩味……

　　青春,我们的青春因拥有无尽的涩味,从而使我们对每一天都充满了期待。这期待使我看见法国青年在缓慢中脚蹬自行车时会激动,已经有太长时间了,我们一直行走在路上,这敞开而隐匿之路,是在炮火中的大逃亡,我脚上的老茧已经越来越厚,因此,再也不会长出水泡了。疼痛,是多种的,我的疼痛从南渡之夜开始,我相信,这疼痛使我拥有了肉体的记忆,更为重要的是拥有了保存这个世界因苦难而贯穿我身体的记忆。

　　法国青年目光恍惚而游历在蒙自小城的黄昏之中,他似乎在看许多事和许多人,又似乎看不到任何事和任何人……这显然是一个时代的影像之一,因为战乱,也许他的父母和家人已经离开了蒙自,唯有他留下来了,不知道为什么,我对这个存在的现实感到有些好奇,其缘由也许是我们逃亡得太久太久了,这个目光恍惚的法国青年脚蹬自行车,这似乎也是另一种逃亡生活?他似乎看见了我在观察他,他已经开始注意到我的存在了,人类的存在之谜,也许就在这个茫茫大千世界突然用目光相遇,从而进一步地有了机缘,去猜测或触碰世界上千千万万条相互捆绑的道路,以及世界上那些由陌生的命运之轴心牵引的链条。法国青年对我点头,他问我在找什么。哦,他竟然会说中文,而且是非常熟练的中文。我告诉他我在找洗澡堂,他竟然马上就笑了,而在两分钟以前这个青年人的目光是游离而恍惚的,他的笑仿佛在刹那间就已经定格在眼前,而我们的眼前是蒙自的黄昏,我相信世界上这个场景中的黄昏都是一致的,无论是小镇还是乡村的黄昏都弥漫着一种无法倾诉的散漫而又充满幻象的东西,所以,这一刻,在散漫而又充满幻象的蒙自城的一条有马店的街道边缘,法国青年告诉我说,他就是开澡堂的,他的法式澡堂就在这条街道的尽头。

　　刚才,他与我说话时,仍然坐在自行车上,而此刻他正在带我去他开的洗澡堂,他又开始慢悠悠地脚蹬自行车,我则走在他身边。街上又有一群赶马人走过来了,竟然有这么长的马队,那个传说中的马锅头就走在前面,他40岁左右,头戴一顶黑色的毡帽,嘴里在哼着歌调,一个开马店的老板娘站在路边,手里挥舞着一条粉红色的花帕温柔地轻唤道:"马哥,你们又来了嘎,豌豆我想死你们了⋯⋯"

我们很快从这一幕马锅头与马店老板娘的风情中走过去了,我们正朝前走,之后就已经走到这条街道的尽头,前面出现了两层楼的法式建筑,远远的在黄昏中我就看见了"洗澡堂"三个中国汉字。确实的,这是三个中国汉字,尽管建筑是纯法式的。就这样,这个法国青年人将我引向了他所开的澡堂。很多中国人在里面洗澡,我看见了从一根管道里喷出了水,这是女性澡堂——几个中国女人站在铁管下面,裸露着身体在洗澡。我有些不习惯,慢慢地将衣服叠起装在一只小柜子里,一切都是新鲜的,因新鲜而充满诱引。在并不太明亮的灯光下,同时也在诱引之下我慢慢地走向了我的同类,同时也将我的裸体靠近半空之下的水管,终于,水淋下来了,相比在另一座小镇木盆中的洗澡,这从半空中流出来的水,显得不可思议却也是真实的。总而言之,我们在真实中接受着一切,哪怕是一次个人洗澡的经验。

洗完了澡后,就可以穿上心仪的蓝花布裙了。这条裙子,跟随我迁徙,我只有在一些特殊的日子里才会舍得将它从箱子里取出来,而穿上它则需要满怀春光般的心情。春光从哪里来? 我以为人心灵中的春光并不完全依赖于季节,很多时候只要你拥有人生幻景,就会升起一束春光。当我穿着蓝花布裙走出澡堂时,空气中仿佛有茉莉花的味道,那个法国青年坐在门口的石榴树下正在发呆,他盯着我的布裙说:"你其实很漂亮的。"我不知道他言下之意是在说什么,我说了声谢谢,正准备告辞,他对我说道,可以让我用自行车送你吗? 我还未回答，他就已经从石榴树下将自行车推到了我身边，他跨上自行车后用手拍拍后车座说，好吧，我送你回去。我在迟疑之中还是坐在了他的自行车后座上，黄昏很快消失，夜色已经上升了。

哦，这蒙自上空的夜色与别的地方的夜色到底有什么不同？仿佛在顷刻间，我的心中已经升起了一束春光。这个法国青年依然缓慢地脚蹬着自行车，仿佛缓慢就是他与生俱来的风格。在风中仔细听会听见他脚蹬自行车的链条的声音，它像是黑暗中的环绕轴心，正在叩击着一座城延伸出去的未知的黑暗。是的，从一束来历不明的春光到另一种未知的黑暗，一切都在迎着我而来，他用脚蹬了很长时间自行车后似乎才想起来了问我到哪里去？我说出了"听风楼"，一座三层小楼的女生宿舍，他似乎突然明白了，说了声你们都是学生啊！自行车一下子快了起来，我显得有些害怕，他用很熟练的汉语说，你别害怕，你真的用不着害怕。经他这么一说，我真的就不害怕了。自行车穿过了两三条街道就到我们女生住的听风楼了，他停下车，我用脚够到了地，似乎只有用脚够到地，我才可能真正意义上地回到避难之所。他问了我的名字，在我告诉他以后，他又告诉了我他的名字，他的法国名叫乔尼……隔着夜色，乔尼骑着自行车走了，我目送着他，不知道为什么，我想起了周穆……他仍然还留在昆明，他们的校区暂时还不迁徙到蒙自。我离开昆明时也没有机会再见到他，虽然相隔很近，却又似乎有很远的距离。

地球上有千山万水的距离，也必然有人与人之间的距离。制造距离的是众神，因为众神安排了树与树之间的距离，水与水之间的距离，人与心之间的距离……就是为了完全不相同的叙事和命运的主题。在这样的距离之中，我又睡在了新的居所，有一居所足以安居心灵，我们那充满青春的身体躺下了，旁边是吴槿之、周梅花的小床，我们一直在南迁，现在又汇集在一起了，她们是今晚抵达蒙自的,蒙自以它敞开的怀抱正迎接着我们的身体。

5月4日,联大蒙自分校宣布开学了,这一天,我们聆听着十二公里之外来自碧色寨火车站的轰鸣声;这一天,一切都是另一个开始,我们又上课了。在大雨泥泞中我们又开始了读书。在读书中我们遇到了中国古代的春天,同时也遇到了从战乱中飞到南湖上空的一只只白色的水鸟,万灵在逃亡中投奔于短暂的栖居,是为了更为远大前程的飞翔。在蒙自城,我们有幸品尝到了过桥米线,那一碗飘着菊花香的过桥米线,来自一个民间书生为读书而赴考的故事。坐在阴雨绵长的季节,品尝一碗传说中的过桥米线,倾听着雨滴声划过青灰色的屋檐……

那天黄昏,乔尼来找我时,也正是周穆抵达蒙自的时刻,几天前就接到电报他将随同最后一批学生们乘小火车来蒙自,这对于我来说无疑是一个好消息,我手里捏着那张电报,那份绿色纸套中装着一张白纸,上面写着电文内容:苏修,我将在5月15日八点整抵达蒙自。对于我来说,这是一个经历了许许多多漫长的心跳后必须到来的消息。除了令我激动之外,更重要的是令我充满了期待。自从我们旅行团进入昆明城之后,我就再无机会与周穆相遇,不能相遇的具体原因,是因为刚抵达一座新城市,我们的教育迁徙意味着教舍等诸多问题……所以,我们只能先在蒙自就读。尽管如此,周穆来了,他穿了一套灰色的行装,他似乎偏爱灰色,而且灰色之装很适合他的学生气质。他来了,在他安置下居所后,他来了……我又将如何去面对他的降临?我又换上了那套蓝花布裙,很抱歉,在那样一个年代,我的箱子里可以让我的心跳变得美好起来的衣装,就只有那套蓝花布裙了。黄昏像一块巨幕,具有遮掩性,我从女生住的"听风楼"走出来等待周穆,他来了,他终于来了,相隔不长的时间他变瘦了,我们正站在楼下的庭院中四目相对时,我听到了有人在叫唤我的名字,确实,这细雨过后潮湿的空气中,确实有人在叫唤着我的名字……我的名字叫苏修,我听出来了,这是来自法国的乔尼在叫唤我的名字。

名字,这个父母在我出生后取出的名,通往我人生的各个已知或未知的地方,这个名字,包含着我的身份,也同时隐藏着我的个人史和秘密。

我听见了法国青年乔尼在叫我……我同时听见了吴槿之也在叫我,她下楼来了,问我是否想去散步。乔尼过来了,他依然是骑着自行车过来的……而在咫尺外是我与周穆的再度重逢。乔尼将自行车停下来走到我身边,与此同时,约我散步的吴槿之也同时走到了我身边。这是一个微妙的时刻,因为微妙而需要选择。那天晚上,不知道为什么,乔尼带着吴槿之去散步了,当然是用自行车带着她去散步,周穆最后也同样带着我去散步了。

战乱相隔在千里之外,走在周穆身边的我从未如此的踏实,我们肩并肩朝前走,我们共同回忆着从长沙南渡而下时所经历的一系列故事。没有故事的人生当然是可悲的,而在我们青春的夜幕之下,回首太多的故事,同样让我们为昨日已逝而惆怅……尤其是当我们想起那只腾空而去的小鸟时,突然面对这个黄昏有一种道之不尽的悲伤。我们不知不觉中已走到了城郊,蒙自的城郊区是看不到尽头的庄稼地,我听见来自水沟中的蛙鸣,它们那样执着地叫唤,除了是一种本能,同时也是一种演奏。走了很远,我们还得走回去,肩并肩再次从来时的路上走回去时,我和周穆的手牵在了一起。

确实,战争看上去离我们很遥远,除了上课读书外我们的生活竟然还有自行车,这对于我们来说真的是奇迹再现。这是一个星期天的早晨,吴槿之晃醒我,让我们骑自行车去碧色寨……我的眼睛睁开了又闭上了,吴槿之不仅晃醒了我,同时也唤醒了周梅花……我自语着,兵荒马乱中骑自行车到碧色寨干什么?再说我们也没有自行车……看上去,吴槿之情绪飞扬,她说:"乔尼已经为我们准备了三辆自行车。"哇,我一听神志就完全醒来了。因为小时候我曾经骑过邻居家的自行车,邻居家之所以有自行车,是因为他们家里有人做警察,我之所以能骑一回自行车,是因为邻居家的女孩在门外的天井里骑自行车,我站在门口羡慕地观看着那前后的车轮在转动,女孩就将自行车骑到我身边,让我也骑一次,我大胆地用脚跨上自行车,竟然骑着走了一圈。自那以后,自行车就成了我的一个梦,当然也是一个不现实的梦而已。而此刻,竟然有自行车在召唤我……我已完全清醒,从被子中一跃而起,周梅花也从被子中跃起,看起来我们都有同样的对于自行车的向往。

乔尼也在楼下等我们,他果然已经给我们带来了三辆自行车,梦想实现得如此之快,周梅花骑上了一辆自行车,她声称在老家时她的哥哥在一家外企上班,并且每天就骑着自行车去上班,所以,她也就学会了骑自行车,吴槿之说她自己不会骑自行车,只能让乔尼骑她坐在后面……而我自己能骑吗?如果鼓足勇气当然没问题,重要的是我想起了周穆,为什么面对骑自行车这类事情也会让我想起周穆来,因为我想让他载着我一块骑自行车,因为在这个早晨,骑自行车也同样是一种社会调查和理想生活。这样一来,念想就越来越强烈和清晰了。吴槿之看出来了我的这个炙热的念想,她说是不是想叫上周穆?我有些羞涩地点头,周梅花说她帮我去叫周穆,话说完,她就骑着自行车去叫周穆了,大约几十分钟过去以后,她就用自行车载着周穆来了。人,真是一种奇怪的精灵,看见周穆我的心就开始喜悦起来了。是的,青春的心,就应该喜悦起来,就这样,乔尼载着吴槿之,周穆载着我,周梅花独自骑一辆自行车,我们的自行车车队就这样向着碧色寨特级火车站出发了。

碧色寨离蒙自十二公里……我坐在这辆法式自行车的后座上，乔尼载着吴槿之一直骑在最前面，周梅花紧随而上，我们在后面。对于自行车，周穆骑技优良，我不知道他是在哪里学会骑自行车的。这些都是历史，我们的个人史总是无法离开我们生命成长的背景，正是这种无法离开使我们的生命变得脆弱而与时代不可分离。我很高兴，周穆来了，因为他来了，就能用自行车载着我奔向十二公里之外的碧色寨。

乔尼骑得不快不慢，这正是法国青年对待生活的态度，准确地说是对待从蒙自到碧色寨的态度。

正是这车轮旋转得不快或不慢，使我们离碧色寨很近又很遥远。从这条路上我似乎就已经感知到了一种命运：我的一生，注定是苍茫和虚无……这喜乐使我迟疑而充满幻想，想通过这生命沉浮不定的前行而完成这部梦书。

三辆纯法式自行车正以不快不慢的速度，行进在那个早晨前往碧色寨的路上。碧色寨在今天看来是遥远的，它似乎已经被全球加速的高铁列车所抛弃和遗忘，我也曾经再去访问过碧色寨，它已老去，就像我的年轮……缄默是伟大智者的风格，人类史迹在无以计数的缄默中保持着寂静，直到被历史所遗忘。我不是史学家，也不是文献记录者，而此刻，三辆法式自行车却从枕木一侧的土路正在奔向碧色寨，因为来到了蒙自就必然会看见碧色寨……因此，我尊崇这条铁轨所铺开的一切关于黑暗与白昼交织的现实和梦幻。现今，我们的时代已经超越了百年前的枕木、铁轨，这条铁路不久有可能会废弃，尽管如今，我仍然能听见哐当声划过碧色寨的天际，不久以后，这条铁路有可能会变成世界文化遗产,以此让旅游者和观光者们蜂拥进入。那时候,机车头、窄轨、碧色寨火车站、水鹤、三面钟也许都会成为世界文化遗产,一旦进入这样的状况,铁路沿途都将留下旅行者的步履,他们一旦进入旅途就会以流形的方式寻找到碧色寨。碧色寨对于他们来说意味着什么?这是另一个问题,就像当初,法国人开创了殖民地,他们以此开拓出了滇越铁路……

而在那个星期天的早晨,三辆法式自行车正以不快不慢的节奏开始穿越着十二公里的路程。

首先,碧色寨是一座特级火车站。它的衍生和现实之隐喻装满在从火车站伸延出去的铁轨之间。而在之前,碧色寨只是一座小村庄,它在云南红河流域的地理版图中存在了漫长的时间,并没有引起历史触须的青睐,那些抖动在岁月和时光中的触须从未碰到过它的身体,它是缓慢的,在离蒙自城十二公里的地段上,以它在时间中存在的现实,与世无争。然而,滇越铁路看见了它的存在,那些测量器械中收藏了它的几十户村寨的农舍和土地的缩影。这意味着它将成为滇越铁路的一部分。

碧色寨在列车轰鸣过来以后,几十个村户仿佛醒来了。醒来是凡俗者们每天面临的现实,然而,每一景、每一物、每一人,每天醒来的状态都不一样。碧色寨面临着这样的醒来:火车来了,轰鸣声在特级火车站突然停留几分钟;火车来了,从车厢中下来了许多人、许多物品;火车来了,等候在火车站的游客们拎着大包小包正在上火车。

很长时间以来,村里人都跑到站台上来,他们是碧色寨火车站的观望者,他们带着麻木的、惊悚的、好奇的表情在观望。因此,特级火车站也拥有了观望者,这是一幕特定的场景,在最初的观望中,他们甚至会牵着水牛来,那多数是一些放牛娃。他们牵着水牛站在月台上时,水牛望着火车来了,发出了一阵撼动天宇般的叫喊声,铁路警察们来了,帮助放牛娃将水牛赶到站台以外,并告诉村民们,水牛到站台上是危险的,不仅仅危及水牛本身的生命,更为重要的是危及特级火车站和人的生命。在那个特定的时刻,碧色寨老老小小所有的村民似乎都必须学会在观望中接受火车带来的文明,而文明是慢慢渗透过来的。不仅如此,从碧色寨衍生过去的所有火车站,都必须接受这种工业文明的降临。

红顶黄墙永远显示出了碧色寨火车站的颜色。隔得老远,从火车的轰鸣声中就可以眺望到红顶。那些被旭日和暮色用各个时间浸润变幻的红顶永远体现出了特级火车站的颜色。在那红顶上是蔚蓝的云空,这天空永远存在着,从人类创世以来就存在着,永不改变它的自然色。红顶仿佛想触摸到那种蓝,然而,天空的那蔚蓝色却总离尘埃很遥远,它从不深入尘埃中的凡俗生活中去,它是属于上苍之神的,只有天上的仙女才能拥抱。而黄墙筑起了特级火车站碧色寨的内部结构,黄色是属于中国人喜欢的一种色泽,也是西方人所迷恋之色。所以,这些红顶黄墙的建筑,符合中西美学所期待的形而上的精神,即内心燃烧中的,被时间所敛集的美学:红黄交织的渴望,它是暖色的、热烈的,就像造就滇越铁路的全部传奇,那是疯狂的,也是用幽灵般的速度造就的。于是,在红顶黄墙的车站周围,很快就因为火车而筑起了相应的站房、工房、铁路工人宿舍,当然,还有巨大的水鹤在天空会时时耸立,伴随着这铁路的轰鸣声而去,水鹤是铁路的灵魂之一。

三辆法式自行车沿着一条土路在弯曲中前行时,它有时会偏离开枕木铁轨,这时候自行车会进入一片灌木丛,但即使是灌木丛都是绿色的,因为春天已逝,碧色寨的夏天到来了。当链条突然被灌木丛所卡住时,我们不得不停下来,半蹲着,将那些卡住链条的藤条取出来。这个过程很愉快,它使我们可以彼此端详,乔尼和吴槿之站在一起(那天晚上,乔尼骑自行车本来是来找我的,但与此同时周穆也来到了我身边。吴槿之下楼来了,再之后,乔尼就带着吴槿之骑自行车去了),这个场景告诉我,乔尼和吴槿之是属于有缘有分的那一对青年人,因为有缘而从两个国度走到一起,无论他们今后的关系如何发展,我深信只要让这自行车的环形链条相互循环而去,他们两个人就会用心地讲述自己的故事。周梅花刚取出卡在自行车里的草藤,在这一刻,她似乎比我们更显独立而自由,她一路上骑自行车的技术真好,她曾告诉过我,事实上她真正的理想是做一个军人,尤其是去做一个战争年代的军人。在我与周穆的这一边,所有卡住自行车的草藤都经周穆的手一根根取出来了,在我眼里,周穆一直是一个细腻的青年男子,从我们第一次蹚过那条冰凉的河床时,他用手牵着我的手蹚过河流的那一刻,我就已经深深感觉到了从手心中传递过来的情感……这是我与周穆故事的开始,而此际,我们清除了自行车链条中的障碍物,一切都正在向碧色寨而去,我们不知道我们将去干什么,在我们体内所奔涌的那些青春的鲜血是炙热的,甚至是滚烫的。

这不快不慢的速度中交织着我们对目的地碧色寨的向往和渴望,这座特级火车站曾牵引过无数异域人,而在此刻,也在牵引着我的思绪。对于时间之梦来说,碧色寨里面同样充满了复杂矛盾,纷繁如谜的云絮,它在百年以前为什么就诞生了铁路、国籍、酒楼、香槟色的夜晚、物流中心的仓库、名册、邮局?在碧色寨的天空中,风中翻滚着云彩,其中云彩以蔚蓝的姿态占据了天空。这蔚蓝使碧色寨的铁路通向两极——出境的越南,还有云南省会城市昆明。百年前,出入于碧色寨的人们,把他们的梦牵在铁路两端,也同时将他们的心灵录、指南针、地图、名单都交到了碧色寨的档案之中,碧色寨有较长一段时间都在管理着他们的生活。二十世纪初叶以后,碧色寨是云南工业文明的聚会处——它召集了欧洲各国的人定期出入此地,也同时让整个云南的遗梦手册上涌满了碧色的波浪。而我们的车辆以脚踏的方式已经离碧色寨很近很近。

我们突然看见了飞机在碧色寨上空盘旋着……乔尼显得有些忧虑,他说也许战争很快就要降临,所以更多的人已经撤离……是的,一些人离开了,另一些人又来了。这就是一条铁路的故事,滇越铁路是云南历史上的第一条铁路,无论因它的降临死亡了多少人,经历了什么样的巨创,它都是用火车和铁轨造就的一种历史现实。筑路,无可避免地必须承受一切关于死亡的记忆。尽管如此,当死亡以时间的巨大触须潜滋暗长着新的时间枝蔓时,火车与铁路的另一种旋律进行曲在双重火焰中扑面而来:除了用火车载动人类的一切物质生活之外,火车与铁路的另一种意义是通过人类的生活途径所展现的。一个人乘火车的速度而去,在漫长的速度中挟裹在白昼与黑暗的交替过程中,另一个人也来了,为了在火车的中途和终点站相遇,然后再告别,这是一个人类初始就开始讲述的相爱而离散的故事。直到如今,这个故事仍在继续被我们讲述,这是一种双重火焰中盛大的场景,人们奔向这种火焰,犹如那些穿越莽莽原始森林的野兽们,历尽千山万水来到了篝火边后,它们突然就失去了兽性,像人一样崇拜着火焰。

而我们抵达了碧色寨后又是为了什么?日军的飞机已经看见了碧色寨……历史上曾经有一位英勇的将军途经了碧色寨。当往事和遗梦交织一体时,我们又一次看见了蔡锷。1915 年,碧色寨已经开始了它第六年的车站的历史,也就是在这一年,蔡锷将军已经从遥远的地方乘火车而来。他从北京绕道日本、香港,进入越南海防——从而进入了滇越铁路的列车,终点站是云南昆明。就是在这一年,蔡锷从越南出发的时间里,袁世凯已经派遣杀手潜藏在碧色寨、开远一线。因为碧色寨是一座特级火车站,在通常的情况下,蔡锷将军肯定会在碧色寨休整。袁世凯追杀蔡锷是因为蔡锷抵抗和斗争的抱负无可动摇。在之前,蔡锷秘密地逃离北京,从天津到达了日本海,想从海上到达越南,再由滇越铁路进入云南。

袁世凯的杀手在碧色寨已经为蔡锷将军准备了“将军宴”,准备好了毒酒在客席上敬献给将军。然而,当列车在轰鸣中进入碧色寨时,我们可以想象整座碧色寨在那年所荡漾出的一片杀机,危机四伏——深藏在碧色寨的旅馆酒楼、人群中的秘密刺客们,正在等候着蔡锷将军的到来。1915 年 12 月 21 日,除了碧色寨之外,开远火车站也同样被无数的神秘刺客所包围。在这一年里,我们的将军蔡锷带着他的一腔抱负和哀伤,必将与滇越铁路的历史相遇。从日本、香港、海防到云南境内,蔡锷已经满身疲惫。尽管如此,他仍然智慧地控制着这一场风暴。当他到达碧色寨时透过行李车厢的窗户看见了窗外的一片曙色,那已经是黎明时分了,然而,大地依然是那样安静,微暗的碧色寨睁开了双眼,似乎仍在睡意中。

现在,我们的火车就这样发出了哐当声,轰鸣出一阵残留不息的蒸汽以后,在层层叠叠的警戒线中奔驰出了碧色寨,朝着开远火车站奔去。那一年的碧色寨因为刺客林立,不仅充斥着杀机,也充斥着反抗袁世凯的豪情。列车经过了开远站,越过了刺客们的重重杀机后,进入了昆明站。于是,关于护国运动的大旗在护国路升起了,在蔡锷将军及各派力量的拥戴下,将军署中响起了这样的声音:“拥戴共和,我辈之责;兴师起义,共灭国贼;成败利钝,与同休戚;万苦千难,舍命不渝……”

闪烁中突然合拢而又张开的铁轨,以百年前的哐当声不断地散发着水蒸气的火车和铁路的轶闻录。人类创造了历史,也在毫不气馁地制造着生死之谜。蔡锷将军乘列车进入碧色寨的历史让我们再一次地看见了那一夜的刺客。世界历史中的刺客大都出现在道路之中,因为路创造了人类的文明。对于我们来说,1915 年 12 月 21 日的那一夜于碧色寨永远是一个惊悚之梦。也可以这样说,1915 年 12 月 21 日对于碧色寨来说意味着,中国历史上极有传奇色彩的蔡锷将军通过了火车站,越过了刺客的寒刃,进入了护国历史的又一篇章。那一天,没有任何人看见了将军的真实面貌。然而,在蒙自火车站,将军却留下了一张照片,这是我们看见过的将军英武的照片之一,它跟火车有关系。如果没有滇越铁路,我们不知道将军从哪一条道路进入云南,举起护国运动的旗帜。从这个意义上讲,从越南海防进入碧色寨的铁路曾经与一位伟大的将军有关系,滇越铁路曾经安全地将我们的将军送到了昆明。

碧色寨也同时在迎接着我们——这是 1939 年春天过后的日子,在我们的自行车铃声从枕木一侧的小路惊扰了一群山羊后,从黑乎乎的山羊后面同时钻出了一个牧羊少年,他 17 岁左右,头发黑黑的,皮肤也黑乎乎的,眉毛也黑乎乎的……黑是他的基本特征,只有牙齿如此的雪白,这是因为他看见我们后启开了嘴唇,他那微厚的嘴唇,仿佛想跟我们表达什么。是的,表达是每一个生命个体的需求,即使是一个没有任何文化的山乡牧羊人他仍然有表达的欲望。他显然对我们的自行车感兴趣,我们用汉语跟他交流。乔尼说他是附近村庄里的村民,或许是彝族,因为村庄里的汉族都会讲汉话,只有土著不会讲;乔尼说他去过许多山寨,每一座山寨仿佛都是飞禽动物的乐园,在里面,它们可以和谐相处。乔尼一下子就将黑乎乎的牧羊少年引向了他的自行车,黑乎乎的少年起初在摆动着自行车,他黑乎乎的手触摸着,仿佛在抚摸着另一个世界……这对于他是另一个世界吗?他摆动着车龙头,朴实的脸上的笑,使我们每个人都在顿足……这是又一个跟战争没有关系的场景,仿佛又生起了一道道的巨屏,在这个枕木边缘的世界里,一群黑乎乎的山羊正散落在枕木外的草地上,一个黑乎乎的牧羊少年正伸出黑乎乎的双手触摸自行车,对于这个黑乎乎的牧羊少年来说,这架自行车是另一头羊或者奇异的动物野兽……他竟然上车了,乔尼在教他骑自行车,车龙头朝左朝右摆动着……时间在这一边和那一边。时间是魔兽,是改变我们心性的磁针;时间是这个黑乎乎少年手下摆动的自行车龙头;时间是那群黑乎乎的山羊所散布的枕木外的咩咩声。时间在这里,让我们暂时遗忘了世界上有可能发生的苦难。我们注视着这一幕,飞机来过又走了,战争中轰鸣着白色翅膀的飞机,作为空中侦探毫无疑问已经发现了滇越铁路同时也发现了碧色寨,这条隐藏在崇山峻岭中的铁路,曾经是护送战争期间物质补给的铁路……在我们南渡期间,这也是一条重要的路线,许多教授学子们都选择了这条路钱,由广州出发到香港、海防,再乘枕木上的滇越铁路小火车抵昆。与此同时,还有另外一条路,冯友兰、陈岱孙、朱自清、钱穆、郑昕等大师们,他们将途经桂林、柳州、南宁后逾镇南关,抵越南后再改乘滇越铁路小火车而抵昆明……

我们告别了牧羊人,不管怎么样都存在着告别。很久以前,这世界就存在着,而我也存在着。黄沙弥漫真好,午夜茶很好,背影很好。最好的是有那么多的玄机,掩饰着我的脸,好好生活吧,倘若存在着虚构,那么小说中就有人生,诗歌手册中存在着我和你们的心跳。牧羊人将回到他生活的地方,之所以存在着告别,是因为我们都有一个生活的地方,它是出生地、学校、牧场、田野……这些地方正是我们长久生活之地,而火车站、大海的彼岸、咖啡馆包括爱情都只是我们游离之地。我们告别了牧羊人,本想目送他远去,没有想到是他在目送着我们,他好像舍不得转身,他也许听不懂我们的语言,然而我们可以用眼神去交流,乔尼则可以用自行车与他交流,他很快就可以在乔尼的帮助下,自己试骑自行车了。他也许舍不得那辆自行车,对于他来说,这偶遇的另一种庞然大物,值得他去对峙、征服。除此之外,我也相信他会舍不得我们,就像我们也舍不得他一样。

而我们清楚,在眼下这个战乱不断的世界里,牧羊少年只属于他的山寨,那也许是最安乐无忧的避难所,只有在里面,他才不会失去真正的家园。我们不可能带他走,自行车也不可能带上他离开,因为他有他的存在之乡,就像我们最后离开时所回头看见的那一幕,几十只黑色的山羊们突然在那一时刻,聚守在他身边,而白色的云朵就在他头顶上空为时间而移动变幻着云图。许多年以后的以后,在我年迈时,我又再一次重返碧色寨时的那个秋天,我又想起了那个出现在 1939 年春夏之交的通往碧色寨枕木边缘的牧羊少年,我开始往下走,那一年虽然我已开始年迈,意识还很清晰,手脚还能替代意识去寻找梦想。

那一年,我从碧色寨往下走,我只是在风神弥漫的气息中,又回到了我们乘着三辆法式自行车奔向碧色寨的时刻,我自己移动着脚往前走,那时候我们青春正美好,虽然战乱时时在扰乱着我们生存、读书的背景,然而,我们却一直朝前走,包括骑自行车前往碧色寨也是我们社会调查的活动之一。当在二十一世纪的轮回之中,我重又回到了碧色寨时,我仿佛又一次地倾听到了萦绕在枕木铁轨外的链条的旋转声。仿佛,这个语词,似乎有一种让时光重现的魔力,在它升降不息的幕布之下,我由此又看见了我们骑自行车的线路,我独自往下走。

　　碧色寨以外伸展出去的树篱、坡地、峡谷、节令、祭祀,都是令时间望尘莫及的神秘之所,它之所以延伸,是因为世界需要速度,在这种早已被人们所漠视的过去了的时速中,我抵达了那些时间的凛冽和坚忍。碧色寨也是法国殖民地时期所拓展的领地之一。法国人来了,法兰西文化也会如同音阶攀越了山脉来到这片土地上,碧色寨因而成为这部音阶穿越中的一个区域:于是,天空覆盖着层层战栗中的阶梯,从而构成了碧色寨的音箱。由此,倾听音律的人们来了,他们漫游着,在百年前的图像中迎接着未知的危险和生命的遭遇。再过若干年以后,碧色寨一定会变成二十一世纪漫游者的旅途,它们将会在这座昔日的火车站重返栖居地,尽管昔日之洋楼将消亡,新的旅者们在这里种植心灵中的仍是那些与百年前碧色寨相关的音阶,它们忧伤、迷惘,在生死存亡的时空中战栗,挣扎着奔向未知的旅途。

　　沿着枕木铁轨往下走,是一种本意,我想寻访到什么? 似乎全世界都有我们的足迹,我言下之意的全世界是指由我内心升腾的那束光……即使战争最终带走了那么多我所热爱的人,那么多的人在这个世界上消失了,再无音讯可言,我依然在所到之处想寻访到他们的足迹。我又看见了特级火车站碧色寨以下的铁轨,大地依然存在着,它的存在是如此的丰饶和永恒,我看见了绿色的豌豆垂挂在枝秆上,一个农妇头上包着三角围巾正在摘豌豆……她平静中哼着一支乡间歌谣,我虽然听不懂那首歌谣所唱的是什么,却能感受到她唇齿间的喜悦,是的,在这首歌谣中我感受不到忧伤,摘豌豆的妇女生活是快乐的……

　　往下走时我依旧又看见了三辆法式自行车上不相同的风景,乔尼后来和吴槿之相爱了,每个周末他总会带上我们来骑自行车,而自行车所奔赴的方向又都是碧色寨,或许因为奔赴碧色寨的风景很美,而每每到碧色寨之后,乔尼总是会请我们去酒楼喝咖啡,我们一边喝咖啡,同时也谈论越来越逼近西南之隅的战争。我们面对这场属于全世界的第二次世界大战,内心总是很纠结也很苦涩。品尝着咖啡时,透过法式百叶窗,我们也由此会看见远山的青黛色萦绕在某座隐现的村庄之上,而在另一些特定时间里,我们会相继倾听到从越南海防那边过来的小火车,已穿过山洞田野丘陵奔驰而来,它们在远远的视野中突然越来越清晰,随同哐当声我们很快就看见了火车的一阵阵银灰色的蒸汽升腾在百叶窗之外,又一列小火车进站了……我们禁不住站起来,靠近百叶窗,那一刻我感受到了我的初恋,对于周穆的爱恋,因为有了法式自行车似乎就通向了未来,每到周末,我就滋生出了关于爱情的一幕场景:我坐在他自行车的后面,当道路颠簸时,我喜欢听见他那温柔的召唤我的声音:苏修,如果你感到害怕,就用手抱住我的腰……于是,当自行车经过那些凹凸不平的土路时,我就会伸手抱住这个青年男子的腰部,在那样的时刻,我感觉已经拥有了全世界。

因为拥有全世界的感觉就是可以看见你最挚爱者,与他在一起,呼吸着时代的忧伤气息并迎接着我们那一代人必经之路,同时去历练我们的故事。

故事中有火焰或寒川,也有时间的轮回。

沿着铁轨枕木慢慢地往下走,我听到了一阵阵久违的咩咩声,我的耳朵虽然已经不像很久以前那样有弹力,然而,我历经沦陷和沧桑的耳朵,我亲爱的耳朵朝向四野时会特别敏感地重新捕捉到那些失散在时间中的声音。

而此刻,从时间那边消失的声音重又回到了铁轨枕木边缘,我用我衰老的眼睛突然看见了一大群黑色的山羊正散落在铁轨外的草丛中,它们似乎已经感觉到了我的到来,羊们欢咩着,我走近它们,而它们似乎也不惊悸,用一种友善的眼神看着我的到来。我刚弯下腰想抚摸它们的皮毛,一个年龄很大的牧羊人突然从羊群的另一边看见了我,他在观察着我时,我也同时在观望着他……这种近距离的相互对峙,很容易让我们寻找到来自时间的另一种渊源……

我们都几乎在同一时间里想起了沉浮在滚滚烟尘中的另一幕:当我们的三辆法式自行车出了蒙自城奔向碧色寨时,我们遇上了那个十七岁左右的牧羊人,而他同时也遇上了我们。我们虽然生活在同一时代,然而,我们的现实生活背景却迥然不同,他是一个来自彝族山寨里的牧羊少年,不会讲汉语,而我们是几个携带着不同国籍和梦境的年轻人。

尽管身份和文化背景不相同,我们仍然成为了好朋友,他虽然不会计数,也没有星期天的概念,然而,每当我们在周末骑车奔往碧色寨,远远地就会看见那一群黑乎乎的山羊以及同样黑乎乎的那个少年牧羊人的存在。

继续收留着自己的心灵,如同这一幕幕曾经流逝了的往事。我总是在别人的传说故事中获得勇气,这充分说明我是一个非常怯懦的人。因为怯懦,我在鼓起勇气完成生命中等待我去完成的那些乌托邦话语。面对这无用的心灵,显现而出的只是绳索之上一只鸟拍翅而出的玄机,崖壁上半隐半现的小野兽的形状。

那一年,正值秋色弥漫之际,在我以年迈中的举步维艰出现在碧色寨火车站以下的铁轨枕木边缘时,我想告诉你们,我又遇到了当年的那个黑乎乎的牧羊人。在经历了如此漫长的时间轮回之后,他已经学会了用汉语交流,令人惊奇的是我们几乎都在同一时刻认出了对方,他很激动地告诉我,这么多年里,他一直在碧色寨附近放羊,心存一个念想,也许有一天我们会骑着自行车过来……当年的牧羊少年也老了,像自然一样老去,当他说话时,多年前我看见的两排白色的牙齿几乎全掉光了,不同的是他学会了汉语,与周边世界的交流使他增加了新的语言。他确实老了,像碧色寨周围的那一棵棵朽木呈现出衰竭,我没有告诉他当年那几个骑法式自行车的男女青年人的最终命运,我把我自己呈现在他面前,也许我就是他回忆中的一种索引,尽管我们都已经老去……那一刻,我们面对面地回首往事时,都意识到过去的事情仿佛刚刚发生过,却又已经随风而逝……而我们确实已经太老了……我们将更快地老去。

我爱秋天,在闪电之间,不仅仅暴雨降临前有惊悚闪电,在现实与幻念间也会有闪电。转眼间,已是彼岸和天涯。转眼间,闪电还在天上,人间已被一束闪电照亮。当我目光西移,已是下午,转眼又是黄昏即至,像是纤细的缝衣针结上了线头。光轮继续西移,西移于星月斗转,在闪电间,转眼又是秋风在帘外。在闪电间,忘却和思念,哪一场戏演得更长久?

天上的云彩都在告诉我说,我已在人间生活了太长的时间。在这瓜果蒂结、碧水相连的尘埃之上,又一天开始了一景一物的叙事。我的叙事开始于一个词语,我的词语正从窗外云路中开始述说脚印。我因此爱你们,爱你们给予了我生命的陈述力。窗户会越来越亮,也会暗,但每个人心灵的因果造就了我们的未来。

黑夜袭来,叙述显得如此无力,我已习惯在此刻思念一个人,像恍惚间与一座神宇相遇。

又到了离开蒙自的时刻,在短暂滞留于蒙自城的求学期间,除了读书接受教育之外,我们在这里留下了太多太多的记忆。然而,总要有离开的这一天……从蒙自再到昆明,西南联大梦,开始又一次盘踞于西南边陲的昆明,那一幕,是历史中的历史,我记得我们又一次寻找到了我们新的校园。当国立西南联合大学出现在眼前,我们想起了古往今来的校园进行曲,从古至今,每一座校园都是围绕着书籍而产生的,它同时也是日月笼罩时的城堡。我们的校园由著名建筑学家梁思成设计,那是梁思成一生在资金缩水的背景下最艰难的一次设计。1939 年 4 月,西南联大新校园落成:诞生了 36 栋学生宿舍,56 间教室,还有办公室和实验室等,这一栋栋屋宇都出自年轻的建筑学家梁思成教授之手。委屈您了,亲爱的建筑大师,在蒙受国难的中国教育的传奇史上,是您亲自为我们绘制了西南联大的原址,那些向南向北向西而敞开的教舍……此刻的我,再一次地从今天的一二·一大街就可以步入西南联大校舍……而回忆突然间像白发转黑,我曾披着我的长发飘飒在 1938 年 4 月,迎来了我们的西南联大。

学生宿舍 36 栋,使用泥土做材料,这些红褐色的泥土筑铸了土墙壁,即使多年以后,我依然记得当我们拎着行李箱子,奔向宿舍的时辰,那是太阳升起的九点半钟,我们终于屏住呼吸,在庆典以后奔向了宿舍,对于我们来说,宿舍就是花园和避难之所,宿舍就是隐藏我们度过黑夜的地方。我嗅到了土墙的味道,那是一辆辆的小马车,从昆明郊外运载而来的泥土,甚至在筑起的土墙上,我还能触到那些泥土的阴阳部分,我惊喜中还发现了豌豆的芽胚,这让我看见了生命的又一种存在。生命,哪怕在墙壁上仍能寻找到成长的光热。我将那墙壁上的豌豆移向了窗外的泥土,移向了我们联大的花园,并给它浇上了水,祈愿它能在患难中成长。我仰起头来,宿舍的屋顶上铺满了茅草,那些金黄以后的枯草,捆成结的枯草,代替了青灰色的瓦砾,构成了联大校舍最为独特的风景。而每当风嗖嗖吹拂,那一丛丛茅草就在屋顶上奏出了一阵阵的弦乐。教室、办公室、实验室均为土墙铁皮顶结构,铁皮,来自昆明老五金厂的铁皮,这灰黑色的铁皮将身躯铺展开去,如云般铺展在我们的教室屋顶,还有图书馆一栋和食堂二栋均为砖木结构。这些结构,都出自建筑大师梁思成之手,但因为建设经费短缺,我们的建筑大师只能用尽绵绵之心,用尽拳拳之力在有限的资金范畴内,垒建起抗战时期的西南联大校园。

尽管如此,每当我抬起头来,我会看见以茅草盖顶的屋顶上成了飞鸟燕群们嬉戏筑巢的天下,我看见它们在屋顶上狂欢并举行舞会时,抖落下来随风而逝的一片片羽毛,我还看见了鸟儿们站在铁皮顶上跳舞,在上课时,我听见屋顶之上所发出的旋律。所以,我能够想象那些跳着独舞、双人舞、圆舞曲的鸟儿,它们在这大后方的屋顶,唱歌又跳舞,它们是这多灾多难的祖国版图上一群欢乐的精灵。

从蒙自回昆明后,我们三个文学院的女生依然住在同一宿舍,这对于我们来说似乎是一个稳定的时期,它意味着我们将暂时告别迁徙。因而,我们真正地投入了昆明的怀抱,以前对昆明只是粗略地了解,而今天我们似乎开始忘却了战乱。我们三个人,除了周梅花还没恋爱之外,我和吴槿之都提前进入了恋爱阶段。吴槿之与乔尼在蒙自告别的场景,缠绵得令人心碎,我见证了吴槿之与一个法国青年的相爱,周末我们骑着自行车前往碧色寨,这条路对于两对恋人来说,都是自由而浪漫的赴约之路,一路上,吴槿之总是坐在自行车后座,伸出手臂抱住乔尼的腰部,像我倚依着周穆一样。周梅花尽管没有任何恋人可倚依,她的心态却像高空中的白云飘逸在看不见的远方,她挟裹在我们之间,总是为我们的恋情而高兴,同时也非常愿意成为我们之中的一员。而乔尼和吴槿之的恋情发展得很热烈,有一天晚上,乔尼像往常一样送吴槿之回家时,恰好我正站在窗口看星星,当我将目光往下垂落时,我突然看见乔尼和吴槿之正站在楼下的花园中亲吻。我有一种眩晕的感觉,仿佛看到了一对恋人沉溺的渊薮,它是那样神秘,使我的嘴唇也开始变得灼热起来。

我和周穆除了牵过手之外,直到如今还没有亲吻过,我们的爱情还没有发展到亲吻的世界。而这个世界,已经属于乔尼和吴槿之。我被他们撼动着,当我将目光从窗外收回来时,听见了吴槿之上楼的声音,她的脚步声显得很轻盈也很欢快,她很快已来到我身后,并用双手蒙住了我的双眼,待她松手之后,我能充分感受到欢喜在她眼眶中荡漾旋转,像是纯银色的泉水跃上空中又滑落而下,这也是我看见过的吴槿之最为幸福的时刻。她伸出手来拥抱住我说:"苏修,你刚才一定站在窗口,你是不是已经看见我和乔尼接吻了……"我微笑着点点头,同时也在用微笑祝福着这一对幸福的人。

幸福的人也许与当时的历史背景不相吻合,然而,看到乔尼和吴槿之热烈拥抱并接吻的那一幕,我感知到了世间的爱情,可以发生在任何时代背景中,即使子弹已经嗖嗖从脊背之后穿梭而来,也无法阻挠相爱者拥抱幸福。

尽管如此,乔尼与吴槿之告别的时刻还是降临了。当我们乘上了前往目的地昆明的小火车时,只见乔尼骑着自行车正沿着枕木铁轨边的小路追逐着小火车,而在火车厢里的吴槿之的面颊几乎完全贴在玻璃窗上,我看见了她眼眶中的晶莹泪水滑过了面颊……在今天,谈论青春记忆中的爱情,似乎又遇到了木炭燃尽后变为灰的过程,这过程漫长而短暂……却是战争逃亡史上我们的青春之歌。当法国青年加快速度追赶着哐当而去的滇越铁路上的小火车时,我感觉到小火车的速度加快了……我看见站在窗口的吴槿之面颊上的泪水哗哗流淌着,乔尼已无法追上小火车,我被这一幕告别爱人的场景所感动,由此将目光也转向窗外时……

　　从蒙自回到了昆明意味着我们将面对一座新的城市,4 月之后,我们的校园迎来了昆明的雨,它悄无声息地来,在你还没有意识到时,雨已经从天空落下来了。下雨了,整个干枯的世界,将迎来大面积的滋润。最初的一阵雨落下来时,我们正坐在教室里听文学课,铁皮的屋顶上突然发出了叮当声,我们的目光在同一时刻仰起来,在刹那间将脖颈转向屋顶的我们,突然欣喜地感悟道,下雨了,下雨了。千真万确,这是雨敲击铁皮屋顶的旋律,世界的雨来到了昆明,来到了我们的西南联大,来到了我们的铁皮屋顶的教室之上正在跳舞。下课铃声响起第三遍以后,我们在狂欢中以集体主义的喜悦像轻燕般倾巢而出。曾经在一个个明月皓空的夜晚,我们在昆明城看星空,在作为大后方的城池之上,黑下来的夜幕,会使那些张牙舞爪的世界具象消失,我们坐在联大的草地上看星空,那是康德的星空,也是银河系的星空所透出的紫蓝。星空之下,是我们安静的校园,我们不再逃离,不再疲于奔命。于是,漆黑的琴瑟之下,我找到的枕头,像一本书,是长方形的书。康德的星空,蓝而悠远,不再为生命而申诉苦难。面对这黑的蓝,就仿佛手臂下有云梯上升,我因而相信,哪怕黑夜茫茫,人群中仍然有精灵们在奔跑。我置身其中,直到我仰头,看见了康德的星空。我细数着星星,星空之辽阔就像忧伤那般变幻莫测。而此刻,我们迎来了雨,细雨或大雨有着不同的撞击力。细雨滋润着众树,我看见了城区的法国梧桐,在建设路和金璧路之间顶起了雨蒙蒙的天空,在细雨中,所有死去的巨树仿佛再转世。

　　细雨和暴雨过后的联大校园一片泥泞,还有数之不尽的泥坑……我们的脚忽而落在泥坑中,忽而又从泥坑中拔出来。女生的裙摆溅上了斑驳的泥浆。顷刻间,日寇的敌机声又轰鸣在上空,它远远比我们预测的时间到得更快。自1938 年 9 月,日军侵略越南缅甸后,昆明城就开始响起了警报声。这警报,尖厉而逼近耳鼓,每每响起,就会打破我们正常的上课或生活。在布满泥坑的联大校园里,当天空中突然响起了警报声时,我们正在回宿舍的路上;当警报响起来时,我们会突然在警报声中提起裙子奔跑。我们要么敏捷地穿过泥浆之路,跌倒在一个深深的泥坑中。每每响起一阵阵催人命的警报,就意味着我们要去寻找防空洞。然而,防空洞是多么遥远啊,我不知道有多少人能在警报声声中找到防空洞。而警报之后,是日寇的一架架轰炸机,携带着滚滚的黑烟来到了彩云之南的天空。在日寇的空袭之下,我们目睹了毛鸿和他年幼的儿子死于空袭之下……死亡确实是一桩严酷的事情,是一桩比梦来得更快的事情。大后方的昆明不再是避难所,不再是鲜花四季绽放的美丽之城。在严峻的昆明城区,一场空袭之后,天空又从灰蓝中钻出来,我们蹲在水井边,浣洗着布裙上的泥浆……这泥浆,从手中溅落,使一盆盆水变得灰暗,这是一个灰暗的国度和时间,无论是北还是南,这些烟雾般的灰黑色,遮拦了眼帘……尽管如此,我们仍埋头读书,抬头观看祖国的一幕幕风云巨变。

空袭,往往是突如其来的,周梅花那一天同我正走在大西门一带,突然就听到了警报声,我们抽身就开始奔逃……一段时间以来,在警报声不断的情况下,我们已训练出了奔跑的速度,这速度使我们第一时间寻找到附近的防空洞,但昆明的公众防空洞是有限的,很多私宅开始挖防空洞,有一阵子,满城的泥巴堆积如山丘,都是市民们在开挖私宅中的防空洞。看得出来,大后方已不再宁静,而战争却是持久的。是的,战争确实是持久的,而跑警报也是旷日持久的。跑,成为了一座城市的生活方式,只要警报响起来,穿梭声来自混乱的脚步声,来自生命最本能的自助之力。那一天,我和周梅花向着大西门之外奔跑而去,因为大西门之外就有隐蔽地……我们终于跑到了一片山丘地,理工大学的后山上,这是我们头次发现的隐蔽地,周梅花和我都无力再奔跑下去了,当奔跑已经达到了一个极限后,就再无力量奔跑了。我们趴在山坡上的树荫下,确实,这是一片上好的避难之所。对于当下的我们来说,整座城市都没有比这座小山丘更好的避难地方了。我们的身体完全趴在树荫下,这里也是一个小小的观望台,可以看见周边的房屋以及人们在跑警报的场景。

生活是用细节编织的处境,在西南联大时期,哪怕警报声覆盖了整座昆明城,我们的生活仍在消磨着我们的光阴。自 1938 年秋天开始,日寇的飞机就开始扰乱了昆明城蔚蓝之天空。昆明天空之蓝,曾经也是我们避难之所的慰藉,当飞机响起刺耳的声音,之后是拉响的警报声。直至今日,那警报,在我回首往事时仍如雷贯耳。我们的双耳从那年秋天开始在不断的轮回中接受这严酷的警报声。跑警报意味着,当警报声一旦响起来,无论你置身何方都要调动自己的全部神经,还要调动自己的四肢跑起来。那时候,整座昆明城都听到了奔跑声,无论你是大师还是学子都会在警报声中跑起来。在联大外的大西门、小西门、凤翥街、文林街、青云街、正义路、南屏街、金壁路……所有商贩、行人都在警报响起来的刹那,跑了起来。无论你是官吏、琴手、盲人、医生、游手好闲者……无论你有没有身份,当警报响起来时,凡是在昆明城用脚走路的人,都会迅速地扭转成一个奔跑的姿势。跑,是必然的,人们在慌乱的奔跑中……尽管防空洞是有限的,更多时候是在盲目中奔跑,人们不知道跑向何方。每个生命体只是随同恐怖在一起奔跑,随同一个战乱的年代在无望中奔逃……而我们从北京奔逃到了长沙,又从长沙奔逃到了昆明,1938 年秋天,我们又开始了奔逃,在催命的警报声中奔逃……

飞机来了,警报声以后,飞机再一次盘旋在天空之上,我和周梅花仰起头来,掠过树枝看着几架飞机在盘旋,过了几分钟就看见从飞机中落下来了一枚又一枚的炸弹……周梅花突然自语道,我为什么要学中文,我眼下最想做的事情就是驾驶飞机或者做一个军人去参战……这是我头一次听到女友周梅花的另一种个人宣言。过了不长时间以后,周梅花遇上了美军飞虎队的一个飞行员,并与之相爱……再之后不久,周梅花也参加了中国远征军,同我的恋人周穆一起踏上了从滇西奔赴缅北的征战之路……而此刻,掠过树枝,我们又目睹到了另一场轰炸……突然间,周梅花站了起来,我也在那一时刻同时站了起来,我们开始往山丘下奔跑,这一刻,我们都显得那样无畏,因为在刚刚的视野中我们看到山丘下一座不远处的民宅刚刚被轰炸过,我们亲眼看见飞机上的炸弹落在了屋顶上,转眼那屋顶就已经被炸开了一个黑洞,我们似乎已经听见了屋顶坍塌的巨响……我们跑下了山丘,直奔那座被轰炸的民宅,可想而知,等待我们的将会是什么。血淋淋的肉体,这是一个女人的肉体,院子里的晒衣绳上还晒着她的一件刚洗过的旗袍,那也是我们三个女生曾经幻想过的翠绿色的旗袍,这是一次突如其来的空袭,从空中掷下的炸药落在了屋顶上,女人是被一根梁柱击伤脑袋而倒地的,我们看到了脑浆,满地的腥血……我们看到了这一幕活生生的死,女人身穿一件灰蓝色的旗袍,很显然她是一个爱穿旗袍的女人,从血淋淋的面部仍能分辨出她的年龄在三十多岁……我们想去救她,然而已经太晚了,因为梁柱已经击中了她致命的地方,她颅内的鲜血仍在往外渗出,院子里的泥地上一片又一片血污,仿佛晚秋从窗外看到的一片深红色的落地红叶。我们已无力拯救她,在这一刻,我们帮助她移开了压在她头部的那根沉重的梁柱,但我们却无法移开死亡或让这个穿旗袍的美丽女子获得再生。

我看见那件翠绿色的旗袍正在往下滴水……可穿这件旗袍的女子已不在人间。我和周梅花的眼眶中有盈动的泪水,我们再一次面对这一幕而忍住了悲伤。我们手牵手离开了,因为整座城池都在饱受着空袭以后的苦难。脚踏着满地的碎片瓦砾,我们正在往城区走去,这一刻,我们总是牵挂我们的联大校园,牵挂着同一宿舍的吴槿之,除此外,每次空袭以后,我都会牵挂着周穆……

很显然,这是一次很大的空袭,城区内被毁坏的房屋很多,路上飞满了青灰色的碎瓦砾……沿着通往城区的街道往前走,到处是人与鬼魂的聚会和告别,我和周梅花眼含着泪水往前走,我们继续往前走,不知道这次空袭是否会伤及我们的西南联大。在很大程度上,对于我们来说,西南联大不仅仅是一座因战乱南渡而下之后诞生的校园,它同时也是我们的家园和建构理想主义未来的摇篮。

空袭,这一次次的空袭后,战事显得日益严峻,只有死亡让我们苏醒,在空袭之下,我们的校舍曾经也遭遇着一轮又一轮的轰炸,曾经盘踞着燕巢的茅草屋顶在空袭中受损,我看见屋顶落下来的灰土使箱子床单上一片狼藉,我看见屋顶上出现了一个又一个巨大的窟窿,就这样,那些曾经在茅草屋顶和铁皮顶上举行舞会的精灵们在空袭中消失了。空袭使好时光骤然间消失,一个又一个扑朔迷离的危机四伏的事件中充斥着死亡的消息……1940 年 10 月 24 日,英籍教师吴可死于警报下的车祸。死亡是突如其来的,在一次混乱的警报下的奔逃声中,商学系系主任丁佶死于警报声下奔逃后的一座池塘……在战乱中,死亡或许与我们擦肩而过,或许在某次警报声中等待着我们……

我们的西南联大在警报声中成长着,从学生到教授,在这弥漫着生与死的场景里,我们依然在校园中的铃声响起时奔向教室,在这一幢幢素朴的教室中,会迎来我们的大师,他们身着布衣和西装,给我们带来了人类的文明,而我们的青春正如早晨八九点钟的太阳。每当早晨的太阳辉映着教舍,仿佛辉映着我们青春的肩膀,而这时候,内心所激荡的一腔抱负,从书页中开始朗读,我们的语音,来自北国之冰雪苍茫的寒冷,来自江南城乡的阴柔之美,来自河流川谷的震颤,汇集到这教育史上的西南联大,汇集到这人心密织中的殿堂。我们是联大的学生,我们正潜伏在这黑暗岁月的边疆城池,寻找并探索着人生的真理。而我的一双翅膀正飞翔着。何谓翅膀,它正颤抖着穿过光线……在银色或紫色的光圈里,它帮助我们超越了时空,仿佛我们拉开了抽屉并上锁。人生之谜,始于生,也同时始于奔向时间之绳的历程,在此之后,等待我们的又是什么?

晨光跃出,波光四起,我醒来,依旧融入光阴圆轮。圈我者,是我的盟友,抚我者是我的密友。渡我者,是我的神祇。恋我者,是我的梦中人。继续吧!春秋书,知我者必知我心忧,必知我在秋晨,已渡木舟……

当我们在一轮空袭后回到校园中的宿舍时,便看到了屋顶上的大窟窿,吴槿之站在窟窿下,看见我们进屋她便走上前来拥抱住了我们……在这样的时刻,似乎只有拥抱可以解决问题。拥抱,这是一个伸出手臂触碰到另一双手臂从而架起的身体中的桥梁,通过拥抱我们触摸到了彼此想表达的问题,拥抱可以省略多余的话语,因为拥抱就是通往心灵磁场的最快捷的通道。拥抱使我们滋长出现实的力量前来面对眼前的一切,在脸盆大的三个窟窿之下,是我们的单人小床,是简易书桌,是搁下每人一只箱子的角落,这窟窿只会让我们又一次认知战争其实离我们已经很近,而当我们南渡而下时,似乎每走一寸都会感觉到我们要加快速度,因为我们坚信每每加快的一点点速度中,都意味着我们离开了战乱之地,逃离开了炮火轰炸,而此情此景,却使我们开始清醒,这世界上并没有真正的避难之地,因为头顶的窟窿就在眼前。那一夜也是秋雨绵绵,我们用三只洗脸盆放在窟窿下,第二天凌晨就已经蓄满了三盆水。拥抱以后,每一幕来自现实的场景都在等待着我们。乔尼乘小火车前来与他的恋人吴槿之约会时,我们会将简易的宿舍留下来给他们。尽管三个大窟窿还暂时无法修补上,然而,仰起头来时也会在惊喜中发现这样的场景,在雨过天晴以后从三个脸盆大的窟窿中会掠过天空的云朵,三束光芒从窟窿中辉映而下照亮了我们女生宿舍中的每一个角落……尽管如此,这一对恋人看样子不会在我们的宿舍待太长的时间,他们会手牵手走出去,在西南联大校园中,他们也许是第一对手牵手的恋人,他们似乎不在乎突如其来的警报,也不在乎暴风骤雨中天气的变幻莫测,他们手牵手从联大校园朝外走去。有一次,我看见他们坐在大西门的苍道中吃炒饵块,饵块看起来很硬,所以他们正慢中有细地咀嚼,当然,这咀嚼对于热恋中的乔尼和吴槿之来说是为了拖延时间,他们每人一小盘饵块,可以咀嚼很长时间,而且专心致志,哪怕我从他们身边走过去,也似乎看不到。由此,我很羡慕他们的这种约会。

　　光阴是需要消磨的,我经常会在今天的北门街、西仓坡、先生坡、小吉坡、贡院坡等地看见他们手牵手在散步。看见他们就感觉到战争是不存在的,只要有爱情,轰炸声又算得了什么? 是的,爱情何其重要,因为它是两个生命之间的心跳演奏出来的乐章,在这乐章之下,我和周穆也会经常相约,我们顶着酷日会跑到凤翥小吃店吃凉米线,因为我是北方人,最初时不会吃辣椒,后来经周穆鼓励就开始试着吃辣椒。关于在昆明品吃食物确实是有趣的,但基本上每道食物中都配调出通红的辣椒。周穆说辣椒其实是一种刺激胃口的调料,在昆明乃至整个云南,如果你不会吃辣椒,食物就像失去了刺激胃口的魂灵,他把刺激与魂灵联系在一起仿佛是在诱引我,那个时期,我们正在热恋中,他说任何话我都会遵命的……由此,我试着吃辣椒,先从吃凉米线开始,我开始均衡地用筷子拌着一碗凉米线,将酱沫细肉丁、葱花、红色辣椒融入一根根米线后就开始了品尝,起初,辣椒一碰到舌尖泪水就忍不住要盈出,这时候看上去也是周穆最为开心的时刻,他笑得身体不住地晃动,就这样,我开始吃辣椒了,将辛辣爽口的凉米线不断地往舌尖上送去,有时候会突然之间来场暴雨,这场雨使舌尖上的辛辣之味得到转移,我们缓慢中品味着昆明人的凉米线,如果此时此刻再要上一盘石屏烤豆腐就更虚度光阴了,烤豆腐通常要围炉而坐,在一盆炭火之上有铁架,在架上刷一层菜油再放上方方正正的石屏豆腐,这时候暴雨开始变成了小雨,我们用筷子将烤豆腐翻过身来,通常一块烤豆腐只要两面变成了金黄色就可以入口了……我们就这样在战争期间读书并生活着。

生活的每一天,都是一个新的符号系统,面对它,在黎明前夕我看到了有一只孤鸟依然到窗外的水池中来饮水,这只小鸟是不是昨天的那只小鸟?在我注视下,它有些惊慌,即刻扬翅飞走。地上或空中生灵都是容易惊慌的,在惊慌中只有生活的继续让我们学会安详,小鸟在拍翅中寻找生活,我们在惊慌从容中历练了自己的故事。

在跑警报的舞台上,我们看见了金岳霖先生。

金岳霖先生起初并不重视警报,当警报声响起来时,他也许认为是铃声,确实,昆明城在人们的心灵中是避难所,是远离战乱的乌有之乡。刚刚南渡而下的金岳霖,在住所中第一次听到警报声时,依然在低头读书。然而,警报声响彻整座城区。金岳霖抬起头来又垂下头继续读书,突然他听到了爆炸声,是附近的楼在爆炸。金岳霖站起来,意识到了战乱之火已到了昆明。他跑出大楼,顷刻间看到了眼前已爆炸的楼房,这是他暂借住的昆明师专的大楼,是他度过时光的隐居地。而此刻,在另一个地方,当空袭突如其来时,在慌乱的奔逃中,陈岱孙已奔逃到了不远处的山坡上,这也是农校的后山坡……就是在这个地方,卧倒在山坡上的陈岱孙目睹了那一枚枚炸弹从空中抛掷到昆明师专的场景。当陈岱孙在空袭停止之后,从山坡跑回学校时,突然看见金岳霖从昆明师专的废墟中走了出来……陈岱孙,还有李继侗、陈福田面对着没有学会跑警报却安然无恙的金岳霖时,顿时就百感交集,从那以后,金岳霖就学会了在空袭而来时,跟在陈岱孙几个教授身后开始跑警报……整座城都在奔逃,只要警报声响起来,读书的先生就卷着书在奔跑,小店的裁缝们握住剪刀布匹在奔跑,脚踏缝纫机的人肩扛着缝纫机也在奔跑,账房先生们牢牢抓住算盘账本在奔跑……在人群中,我们西南联大的教授金岳霖终于学会了在警报声中奔跑。后来他的居所终于迁到了城郊外,迁到了一座叫龙头村的小村庄。在二十一世纪的今天,龙头村已经是城郊外一道非常热闹的街景。在一个阳光灿烂的日子里,我又一次来到了龙头村,我在每一条小街景中力图寻着金岳霖教授当年住过的地方,一切存在之物已流逝在神秘的岁月长河并一去不复返,唯有心灵往事仍在词语的抚摸中历历在目。林徽因在致费慰梅的信中曾写道:"日本鬼子的轰炸或是歼灭机的扫射像是一阵暴雨,你只能咬紧牙关挺过去……可怜的老金,每天早晨在城中上课,常常要在早上五点半,就从这个村子(龙头村)出发还没来得及上课,空袭就开始了,然后,就得跟着一群人奔向另一个方向的一座城门,另一座小山,直到下午五点半,再绕许多路走回这个村子,一天没吃、没喝、没工作、没休息,什么都没有,这就是生活。"生活就是穿越警报,生活对于我们来说就是抱着书跑警报。这就是跑的生活……在彩云之南的昆明城,直到今天,仍保留下来了几座七十多年以前的防空洞,谢天谢地,那些轰鸣中驰骋世界的推土机和挖掘机,忽略了钢筋水泥地面下的这一座座战争年代的防空洞,它们竟然奇迹般地活下来了,就像一册册卷书活下来了,熬过了岁月和枪杀活下来了。而当我朝里面颤颤悠悠走进去时,我知道里面有我们的魂,有我们活着死去的,所有在战争中避难者的魂。

催人命的警报,总是在你没有任何准备时,从危机四伏中响了起来,我们在跑警报,全昆明市民们都在跑警报,因为只有在奔跑中,你才能感觉到心跳着,血液循环着。生命是一个与自己的呼吸、行为、身体息息相关的问题,只有在警报声下奔跑起来,我们才能证明我们是鲜活的生命。在警报声中,梅贻琦也在奔跑中,他在奔跑中疏散着混乱的人群,这是一个关键的时刻,疏散是多么重要,只有胸怀悲悯者,才会在危及生命的时刻,抛开自我。我们眼前是西南联大的常委,我们的梅贻琦先生,曾一次次地疏散着人群,方称真英雄。英雄需要勇气和自我,需要伟大的情操,清华校长梅贻琦就这样在警报声中,一次次地为我们疏通了奔跑的通道,那些通道从教室到交叉花园,所谓的花园是从泥土中疯长出的野花野草,从这些草丛中便走出了路。通道是从奔跑中衍生出的另一条道路,人生中,另一条道路,也许是一条条闪烁着美丽奇幻的路,也许是外星人走过的路,也许是人与鬼相互搏斗的路,战争时期,在昆明的警报声中可以看见助人者,也可以看见苟生者,每一个无常的生命,都在战乱中获得尊严也获得了生的可能性。而在这里,每一条由一个人开辟出的路,是由死向生的路,是众生奔向光明的路。

在写给胡适的信中,刘文典写道:"因为敌人飞机,时常来昆明扰乱,有时早七点多就来扫射,弟因此不得不黎明即起,一听到警报声,飞跑到郊外山下,直到下午警报解除才回寓。因为早起,多见日光空气,天天适当运动,都是有益于卫生,所以身体很好……"可以从信中读到刘文典的风趣和幽默,战乱中的昆明人和警报的关系。警报过后,飞机扑面而来,飞机通常以离屋顶不远的距离飞行着,飞机是来扰世的,也是来摧毁昆明城的,这是战争的需要。刘文典除了面对警报外,也必须奔跑,警报之下的昆明城使我们的视觉,在刹那间回到了刘文典跑警报的地方。在乱世间跑警报是现实状态中一大危机,就像今日二十一世纪的癌细胞、高血脂、飞机失联一样危机四伏。在任何时代,人、物与灵都离不开时代的背景,个人简史,飞禽野兽们的奔跑都离不开舞台后面的背景。舞台剧有背景,人心有背景,生死劫难有背景,伟大而灿烂的灵魂传颂有背景,光荣的征程有背景……漫长的史卷有背景,刘文典跑警报也有背景。当警报来临后,刘文典沿铁路后面的白泥山在奔跑,有时候也会沿着更远的苏家塘方向的小虹山奔跑。那一天,当他奔跑时突然想起来了陈寅恪,他止步转身,带领奔跑中的几个学生,返回陈寅恪住所,搀扶起大师陈寅恪并大声呼吁道:"保护国粹要紧!"这就是警报,西南联大历史上的跑警报。那是1940年10月28日,这天的警报来得很早,联大刚上课,警报就来了,它穿越了七点十五分的昆明城区。那一天,联大的历史舞台上出现了吴宓和陈寅恪和联大师生们共同跑警报的场景,我们的大师们也在跑警报。我相信,在跑警报的岁月中,主宰我们的众神,也在奋力无畏中跑警报,因为只有陪同受难的芸芸众生跑警报,众神才可能寻找到渡众生苦难之道。

警报,警报,它以无法预测之铃声,催促人们奔跑。奔跑者,穿过了绊脚的警戒线,这一天社会学教授陈达正在铁皮顶的教室里给学生上人口课,人口是生育繁衍,也是人类背景发展史上的数字学、社会学……突然间,警报响起来了,警报声使陈达教授的声音终止,人们开始携书包往外奔跑,学生们跟随陈达教授,往外面的高坡上奔跑,那是学校外的小山坡,他们在警报终止后,开始上课,在他们脚下是一片坟墓,原来他们就坐在这寂寞阴冷的山坡上讲完了一堂人口课,原来可以在旷野炸弹坑里给学生讲课,比如冯有兰先生,他曾站在炸弹坑里指点着硝烟讲课……在一阵阵警报过去了的余音中,我们的大师们开始给学生们讲课,大师们将西南联大的学子们,引领到了山坡旷野,引领到了一个子弹无法打进去的世界,在里面有一个声音朗读着,引领我们用心灵去战胜恐惧。

警报声中,每个人都有自己的跑法,每个人都在往生命的中心奔跑,是的,人类的历史古往今来都是一部逃亡录,直到我满头银发,仍没有终止逃亡。跑警报有多种跑法,当你往斜坡上跑,就会越跑越高,就会跑到林子里。七十多年以前,山坡树林离人很近,森林里有屏障,炸弹就不会掷在树林里。关于防空洞,曾经与西南联大的一位大师有关,他就是陈寅恪。因为警报,陈寅恪就在自己居住的靛花巷楼下挖了一个防空洞。哦,小小的防空洞不知道是否让陈寅恪藏过身,每到雨季,防空洞里遍地是水,我们的大师只有带着椅子才能在防空洞里安身。防空洞,它曾是战乱年代昆明城的一景,多年以后,当战乱平息,我曾无数次作为留守者的一员,私密地前去访问那些坐落在地下的防空洞,它们是第二次世界大战的证据。防空洞,陈寅恪大师的防空洞,由他自己用锄头双手刨出来的防空洞,已从二十一世纪之前的城建中消失,已从我经常漫步的青云街消失,已从弥留在人世间的许多神秘事物的传说中消失。当我年事已高,才知道时间是用来虚度的,也是用来埋葬的,或改变前世传说的。当我年事已高,我一次次地缓步于青云街。青云路很遥远,我已无力再重返这二十一世纪天空之下陈寅恪的防空洞。无力到达的世界太多了,我祈愿这些回忆和重叠之语,从天空落入地下,再以绿枝般的触须倾向天空。

跑警报也可以跑出恋情,每当警报声从耳边穿越而来,有恋情的男女必定会手牵手奔跑,那是一种在危难中心心相印者的关系。手牵手在奔跑,这是一幕舞台戏,直到如今,我仍怀念那牵我手的男生……尽管那牵手的时光很短,后来,我所爱的男生参加了中国远征军,去了缅北战场后,就再也没有回家,这是下面篇章中的故事,而此时此际,世界一片和平,我们的城市已不再有防空洞,市民们也不再需要在警报下奔跑。生命,从来没有像这个世纪一样的自由而灿烂,尽管如此,很多时辰,我依然会回到那手牵手的奔跑中……那时候,正值我们的美好年华,在昆明的警报声中,我和周穆在警报声中一次次相遇了……那一天下午,我们跑警报时,正是细雨绵绵的时刻,下了三四天的雨使我们的校园一片泥泞,我跑着跑着就跌倒了,一只手突然从空中伸来,我听见了一阵召唤,那来自江南的语音,我将手伸出去,那只手便牵住了我的手,于是,他的手继续拉着我的手在催命的警报声中奔跑,他始终拉着我的手在奔跑……直到我们穿过了铁路,直到我们跑到一座小山坡后,我们趴了下来,我听到了我青春的心跳,我似乎又再一次地听到了周穆的心跳,那些泥土和剧烈的轰炸声中的心跳,突然再一次使我们抬起头来时四目相对,在这短促的相视中,我们似乎都寻找到了那些渴望已久的东西。那些东西仿佛像沉埋已久的矿物质,突然越过地壳和岩浆前来面对我们……而我们是谁?

我们到底是谁,我们相遇又为何要分离?此刻,早晨的野百合盛开,周而不息的生活又开始了。黑暗退下,晴朗的白昼降临,这一幕幕轮回,带我们重又抵达我们的爱,宛如我们上台阶越高看见的神庙就会越来越幽蓝寂寞,而那上空任随我们的呼吸自由荡漾的是什么?当我们下台阶时,离大地越来越近,苹果熟了,柑橘熟了,品尝也开始了。我将品尝什么,人在黄昏的味道,覆盖了所有人的踪迹,只留下虚无者的快感,像一件白衬衣晒在阳台上,被热风吹拂着……

　　终于下雨,雷雨闪电……生活就需要气候图像,仅有晴朗繁花是不够的,熔炼人的永远是烈炭、冰棱和等待。

梦书

DREAM

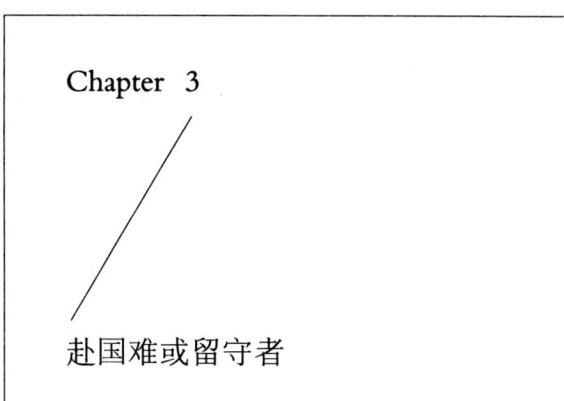

Chapter 3

赴国难或留守者

　　虚无主义的早晨,穿过了栅栏平谷,穿过了凹凸不平的脚下距离,也穿过了现实中房间里变凉的温度,露台上一只白鸽呈现的白色翅膀,总会令我想起战乱和殉难的英雄……虚无主义的抵达不是我们肉体沉重的记忆,也不是闪光繁花丛中的一系列庆典,而是突袭而来的一团团被泡沫荡漾而起的秋瑟哀歌,通过我们喜悦感官而托起的花蕊,被某个莫名的召唤感动的阵阵旋律,引领我在刹那间,再一次获得黑暗和光明的回首与等待。

　　早晨无汹涌或澎湃,一切都是在平静中开始的生活状态。而生命过程却教会了我们叙事,所以,我们通常从早晨就让自己和世界对峙。我听见神告诉我说,在休息日里,你就是劳作、休冥,并与秩序相守,你身边除了有人的影像外,我们也要练习忍耐的力量,这是从古至今天与地赐予我们的权利。此外,我们要练习在虚无主义的精神时空中所获得的身心的轻盈。一朵花凋谢了,下一朵花就是你……轮回有多么平静,而此刻,我的身体,这年迈的发动机因为回忆而充满了旋转之力。

　　周穆不知道从哪里租借了一辆法式自行车,很多法国人因为战乱离开了昆明、蒙自和碧色寨后,却留下来了大量的生活用品,当周穆出现在联大路上时,我穿着蓝花布裙已经从宿舍走出来了。已经很长时间没有穿蓝花布裙了,似乎它也陪同我在等待。这条母亲送我的裙子从北方到西南,它同我一样扎下了根须,这根须仿佛一棵树以幼芽扎根于沃土荒野,它虽然在箱子里,我却能感知它是鲜活的，为了我的青春和应该接受的教育，它务必鲜活起来。当我从箱子里取出它的时候，我知道它将陪同我前去赴约。

昨夜无眠了，因为又一轮秋瑟降临了。秋来了，在这里织物，转眼间，叶黄秋鹤在远空中盘旋，直到如今，我仍然没有顿悟生就是死，死就是生。因此，窗外有鹤飞过时，我将头探出窗，爱上了那云端里的飞翔。爱，继续着爱，距离将如血脉般隆起，犹如山脉般朝向天际。

我再次穿上了蓝花布裙时，周穆骑着法国人遗留在老昆明城的自行车已经来到我身边。今天是周末，也应该是一个晴朗的日子，没有听到警报划破城市的轰鸣，它似乎是一个赴约的好日子。周穆待我上车后就暗示我说他想带我去一个地方看看，并声称这是课堂外的社会实践，一个我从未去过的地方。我坐在自行车后座上，像不久以前我们从蒙自奔往碧色寨的路上一样，伸出手来环抱着他的腰，我的手能隐隐地感受到他的双肋。人之双肋生长在身体的中部，就像无数高山峡谷的岩石支撑起一座座雄峻之岭。人之双肋从柔软的血肉中站立而起，同样是为了支撑起人的身体和精神之理念。自行车起初缓慢地在人群中穿行，如果没有警报和战乱，昆明城确实是一座祥和的城池，我就特别喜欢翠湖周边的小街小巷中的风俗生活场景，从城郊外挑着竹筐进城的小商贩们会将竹筐立在小街小巷的石板路上，那青灰色的石板路是真的石板路，是时光之足走过的路，也曾经是骡马走过的路，在老昆明的许多集市上都能见到骡马从郊区外驮来了土豆、大米等物品。在翠湖周边的每条弯曲的街巷中都有卖中药草、蔬果的小商贩。如果遇上卖中药草的，他们会在石板路上铺上一块土布，然后再将新鲜的药草摆放在上面，你会看到土褐色的首乌，也会看到许多治风湿骨头痛的药草,还会看到治男女不育症的药草。总之,倘若你有时间恰好又遇到了这样的中药草地铺,你肯定会弯下腰,那些从云南神秘大山深部采撷而来的中药草,对你的眼眸来说起初并不是与身体的病痛联系在一起的,看上去它们更像是一个个植物的寓言,所以,站立在外的人们是在观看药草中的寓言之书。当然,最终也会回到身体中,并细察哪一种药草可以治愈身体中的暗疾……

而蔬果则是令人欢喜的,只要你是一个身心健康的人,就不可能忽视蔬果的存在。当你从一个卖蔬菜水果的小贩身边走过去时,你会嗅到小葱、青菜的味道……在这样的时刻,你当然会忘却战争的炮火,因为那些漆黑的火药离你的生活起居确实太遥远了。

是的,所有存在之物一旦逝去,就成为亡魂之回首。默默地收拾,以至默默地整理回忆……在多数情况下,时间耗尽了我的激情和爱,我在时间中成为我想成为的现实,终于,我可以默默地,不需要坚韧也能变成水,它们洗净我的足履,最终会将波涛铺向平川……

上述两种中药草和蔬菜水果地摊,都是我和周穆最喜欢观看的风景,无论是手牵手散步还是骑自行车,我们都会止步于小街小巷中的这番场景。首先,我们会遇到菜蔬果贩,这个时刻一定是我们最开心的,虽然我们是学生,还不可能拥有厨具,然而我们会止步于西红柿、茄子、青菜、小瓜、豌豆等蔬菜林立的小摊位前,无论有警报还是无警报,生活还将继续下去,而正是这一个个菜贩从郊区菜田中收摘下来的瓜果蔬菜维系着俗世的生活……看见这些蔬菜就想亲自下厨房,尽管厨房对于我们来说遥遥无期,它似乎应该远在战乱结束之后,或者在大海那边,云南省域不靠近海岸线,但有许多著名的湖泊,滇池就在我们身边,抚仙湖在滇南,洱海在滇西……是的,如果没有战乱,昆明这座城市特别适宜读书生活，我感觉到自己已经不知不觉中慢慢地热爱上昆明了。也许是因为爱情，爱情不仅仅发生在我和周穆之间，也发生在我置身其中的这座温柔似水的城市。在我正在买一袋西红柿准备当水果吃时，出现了一对手牵手的情侣，男的身穿旧式西装，女的身穿一条粉红色的旗袍，他们很年轻也很相爱，俩人走到菜贩前弯下腰买菜，也不讨价还价，一看就是恋爱中的男女。他们一边买菜一边说话，我听出来了他们之间的昆明方言，这是两个典型的昆明人，因为爱情所以双双出现在菜贩摊前，因为爱情我们可以去任何地方。我坐在自行车后座上，舒心地用牙齿咬下来了第一口红色的西红柿，它多汁而充满甜酸味道，这味道使口腔显得如此喜悦。因为爱情，什么都美好，我们又来到了不远处的中药草贩摊，围在这里的大都是中老年人……警报未响起来的时候，人们依然在这座堪称四季如春的城市中谈论着疾病生死，浓烈的药草味扑面而来……我们的自行车已经越过了小巷，许多身穿长衫、西装、旗袍的男女就在这些街巷中行走着……当警报未响起来的时候，俗世者的行走或快或慢都是安详和有定律存在的。而我们的约会，看上去似乎虚无缥缈，其实也是充满存在之根源的。

所谓存在之根源都难以逃离开这时代的背景，在我们为之生存的背景之下到底有什么？那一天，周穆绕过了翠湖之岸的一条弯曲纵深的街道后我们眼前突然出现了通往北校厂的郊区的田野，有农夫在田野上劳作着，我们甚至还看见了水牛，这真是令人惊奇。眼见水牛在田野上行走，不远处是农人在使用锄头挖地，而我们的自行车正沿着一条土路朝前奔驰而去，我不知道周穆会将我载往何处，因为爱情，我乐意坐在这自行车的后座上跟着这个青年男子去任何地方。

不远处出现了一座座简易房，还听见了练操时的声音，周穆告诉我说这就是中国远征军的训练基地,我有些惊叹,早就已经听说中国远征军的传说了……多年以后,我面对时间,追溯到了中国远征军第一次出缅记:

一直想有这样的机会,回到七十多年以前,回到那个暗夜,天有多么黑,我的嘴唇、发丝、诗歌、足踝、双臂就会有多么黑。因为黑永远是战争的源头,我一直在黑色的箭头下出发,穿过二十一世纪的虚伪冷漠,穿过那些人造心脏的宣言,穿过遗忘,尽管这遗忘是天性,我还是要力图穿过它的长廊,我以我自己的方式,正在穿过玻璃大厦的结构,穿过那些满城的谎言,穿过贪婪像巨蟒般舞动中的二十一世纪。就这样,我又来到了缅北,站在热气荡漾的中缅边境口,我的身体已经回到了一团热浪深处,它托起我,将使我经历一次次创痛的开始。曾经因为战争,我的嘴唇开始变黑,这是硝烟之黑,战火之黑,这是我被战争笼罩之黑。它是一曲以黑色为主调的挽歌,将带我沉入那黑色的远方,噢,远方就是中国远征军,为生死之谜而赴约之地。远方,有子弹在飞,有子弹在飞,确实,像沉重的眼泪在飞,而我以我个人的力量在飞,只有当我飞到子弹穿过的缅北,我的肉身才可能飞到子弹前面,只有飞扑在热浪之下,我的肉身才可能寻找到子弹所寻找的敌人。因此,我在飞,二十一世纪的缅北遍地是商品,像我的祖国,商品已经堆积到灵魂的出口,它们阻止了天下人自由自在的飞行。此刻,我在飞行,我想寻找到那些子弹穿过的滚滚热浪。

天幕中出现了中国远征军,这是一支出现在夜幕最黑的热谷中的军队,他们抵达之地已被掀起第二次世界大战的来自日本军国主义者的战刀挑开。战争是用锋刃掠开后的舞台,每次战争都与掠夺和侵略相关,因此,战争就是毁灭,在毁灭和进攻中将有更多人死于子弹的穿越中。这穿越声,使滇缅公路暗藏着玄机,那些比死亡更惆怅的是什么? 你们知道滇缅公路是一条什么样的路吗? 筑路劳工的死之书铺满了它的开始和末尾,有书载:"我军陆续由此入缅,军运全用卡车,每车载二十五至三十人,马则四匹,日常军需甚多……"这一天又一天,苍茫无垠的高山峻岭深处弯曲而凛冽的路况辗转出满面的尘埃,在尘埃之上的将士们,同样是满面的尘屑和奔赴的壮志,这些壮志之下铺展而去的形状就像一条条缅北湿热森林中脱颖而出的巨蟒,它们披载着满身的星月和灼热的心跳而去,直到今日,我仍能在这条著名的滇缅公路上,触抚到那些从无数尘埃和野生灌木丛中蔓生出的心跳,那是一个人的心跳,一群人的心跳,一只鸟一群鸟的心跳。这心跳声未在战史中有过任何记载,历史从未将心跳声记录在案。而我想在此刻,借助于那些纷乱的尘屑,划破地平线的刹那间,倾听到一个人或一群将士的心跳,尽管泪水已经蒙蔽了我的视线,我仍想追赶上那个季节的心跳。

那些越过了尘屑的心跳将越过泛黄的卷书,那些没有紫气纵横的远景,被一阵又一阵透不过气来的心跳,弥漫之后,我想看到中国远征军的舌头,那些连接着红色心脏的舌头,保持着足够的沉默,因而,我所看到的舌头,全部都呈隐形的飞翔,呈现出河流上空如影随形的飞翔,沉默于云絮之上,沉默于二十一世纪的云层之上。这就是我捕捉到的云里雾里的玄机之一。而此刻,当我伸出我的舌头时,我证明我在活着,当我的舌头活着时,我的言词也在活着,所以,我使用我的言词在追着前面滚滚激荡的热浪,追赶着中国远征军将士们充满温度的舌头挟裹在远天之外,噢,缅甸,中国远征军正在出缅甸,出缅甸。这个拥有森林玉石的国家在哪里?隔着遗忘之梦,我可以目睹到那些七十多年前由隐形到喊叫的舌头吗?这些缄默的舌头,直抵我尽头的一场荒凉,直抵我的追忆。现在,我抬起头来,看到了中国远征军的戎装,看到了那些从古至今的戎装上的黄,草木和秋色的黄,不是绚烂的黄,也不是尘埃般的黄,而是壮士和英勇的那种黄。黄色裹紧了这支神秘出境军队的上半身身躯,裹紧了足踝。

而舌头,唯有最柔软的舌头还没到达叫喊的时辰。

传说中的中国远征军士兵们大多数都脚穿草鞋赴缅,是的,我看到了用中国乡野间的茅草或稻草编织的草鞋。我知道中国工农红军爬雪山过草地时,脚上穿的也是草鞋,因为草鞋是我的祖国大地上最旺盛的野草和稻草的编织体。因为穿上草鞋可以离我们的故乡更近一些,可以离我们故土的星月更近些;因为穿上草鞋可以更轻快地抵达战场,可以纵横中越过壕沟,可以勇往直前。传说中的中国远征军就这样穿上草鞋来到了亚洲的主战场。那时候,无论是穿草鞋的、穿胶鞋的、穿皮鞋的将士们,脸上都充满了英勇赴战的豪情,尽管每个人都知道赴战者生死未卜。我知道占卜术,多少年来,我身边一直有《易经》相伴,它是我与时间和命运结盟中的亲密伙伴。因此,我深信,每一个人的命都是生死未卜的神学符咒,都有相依相随的金线银线萦绕不息。而此刻,我又看见了赴战者就在层层叠叠的热浪中,每个人都会忘记了生死之谜,因为只有在忘记生死之谜时,才可能用穿着草鞋的脚,穿过生死两茫茫的地平线,这是脚下穿越的前奏曲,中国远征军第五军的先头部队,已从滇西边境的畹町到达了腊戌。之后,是东吁,之后的第二天,仰光已陷落。啊,陷落,就像是一座城的灵魂,倏然间,从头顶到脚下的惊慌失措。之后,是一场黑暗的梦魇……

周穆突然从自行车上下来,这是一片从树林中升起的小山岗,他开始往上走,执迷地往上走,这执迷似乎跟以往任何时候都不一样,他似乎都已经忘却了我的存在,而我是存在的吗? 空气中有练操的声音,它激昂坚定,仿佛想插上翅膀抵达缅北的战争。而我将抵达哪里? 经历了人世间的种种从光明到黑暗的交替以后,我明白了,大米土豆是可以抵抗饥饿的,然而,人这一生中最漫长的抵抗是你前生今世的因果关系，它是一条巨大的链条，如同农人耕田，星象学家居于星宿，如同蛇穿越藩篱。是的，抵抗是无效的，只有融入它，所有斑驳疼痛的区域才能变得绚烂，绚烂而迷离才是我要的生活。

走在我前面的这个青年男子转眼已跑到了山头，我紧随其后，我说过，无论他到哪里去，我都会成为他的影子……我突然明白了，他之所以要奋力跑到山头，是因为在山头可以认真地观看中国远征军的操练。我紧靠在他旁边的一棵松树的枝躯上，而他正完全执迷地将目光聚焦在山岗下远征军的操练中，他的眼神仿佛充满了某种向往，相比我们以往在联大校园中的读书起居，似乎是一个难以捕捉到的玄机。

人是靠生命中顿然出现的玄机来改变命运的，我看到了中国远征军们年轻的面孔，他们的年龄跟我们类似，也有一些娃娃脸，看上去就是十四五岁的模样。我看到了脚穿草鞋的远征军，在那一时刻，他们脚上穿的草鞋突然震撼了我，我盯着那一双双操练中的脚，我又想起了我们南渡而下时脚上走出来的一个个大水泡……周穆突然感受到了我的存在，他走近我说道："苏修，如果我像他们一样去从军，你会等我回来吗？"

不知道为什么，从耳边传来的这个声音令我感到有些心慌意乱，我沉默着，但已经感觉到了这声音中充满了一种未知的玄机。我的视线中山岗之下是一片宽阔的练操场，内心有一个神佛在默默地暗示我说："如有硝烟，必定有勇气，在这未雨绸缪的日子里，更需要面对墙壁或荒漠，发现一种幻象和一碗水，隐忍吧！我的心，我骨头里的秘密之花。"周穆仍然执迷地睁大双眼，他站在这座山头似乎是为了融入山头下那些年轻的中国远征军，融入草鞋操练时所腾起的土黄色尘雾中去，然而，我并不知道在那一刻，他那颗同样年轻的心，早已奔向了遥远和传说中的缅北战场……之后的好几个周末，他自行车后座上都会载着我,这是我和他的故事片段,而他后来参加了中国远征军也跟这个故事的起源有关,在之后的好几个星期里,无论是刮风下雨还是风和日丽,我们都要前往一个地方,越过翠湖周边的小街小巷,同时也越过由小商贩们占据的地摊位置,更为重要的是越过我们身体中那条危机四伏的路线,它通往另一个国度,通往那水深火热的战乱……不知道为什么,我们只要一踏上这条路线,内心就充满了道之不尽的期待与焦虑,当然,我还在周穆的眼神中看见了一种正在冉冉上升的勇气,这勇气从哪里来,又将去往何处?

　　周梅花近期也同时在奔往一个地方,她从二手集市场也同样买来了一辆自行车,当时,我们都很诧异她要自行车干什么。直到有一天,她对我和吴槿之坦言她认识了一个驼峰航线的美国飞行员……当时我们睁大了双眼,我的眼睛睁得尤其大,那一刹那我和吴槿之都感受到了周梅花不仅仅是认识了一个驼峰航线上的美国飞行员,我们在周梅花的眼神中,已经捕捉到了花蕾初绽于春天的那种怯喜……周梅花到底是在哪里遇到美国飞行员的? 我们开始盘问周梅花,周梅花微眯双眼,我突然发现近期周梅花越变越漂亮,她将长到腰部的长发编了一根油黑粗亮的大辫子垂在肩后,而且她近期身体还长高了许多,我们都在成长中,包括我们的身体也同时在成长中趋近某种尺度,它要求我们在生命中选择许多东西,比如爱情……爱情在这个世界到底算什么事情? 当我年老色衰的某一天午后,我看见了云南师范大学呈贡校区的一群黑天鹅,这群午后的黑天鹅,用其身体的姿态正在游戏和消遣着生命的午后时光,在那个黑色的星期五,它们是我悦目的伙伴,是电灯下除了飞蛾扑火之外,保存在我生命中的影幻。宝贝,优美当然是孤独的,面对你们,我在虚构我的转世,我的身体将只有羽翼那般轻,我的呼吸是透明的,我的脊背只承载风的呼啸,而我的爱永远只是一个神话传说。那一夜,我对世界,也对自己道声晚安:晚安,宝贝,有了你已足够抚慰万千涟漪之下我的生死之绵绵,因为你,水会变清的,彼岸之上将是庄稼地毗连的村庄,因为你,星期五将迎来星期六,而明天,所有的新衣服都将穿在美丽者身上。晚安! 如能用柔软之心装下万千风云,世界不过如此,用扫帚就能荡漾开多余的浮尘。

周梅花与美国飞行员依恩相遇于警报之下的滇池岸边(现在的海埂公园)。周梅花搭着一辆牛车来到了滇池边,她已习惯每周都搭牛车到滇池岸边的水中游泳……周梅花喜欢水,从幼年就开始在故乡的河流中游泳,她来到昆明后最喜欢的无疑是滇池的水,七十多年前的滇池的美尽收眼底,今天的你们很难想象,七十多年前的滇池每到周末就来了许许多多游泳者,在那条从城区通往滇池的乡村小道上有牛车、自行车、人力车、三轮马车等,当然也有步行者,我不会游泳,但因为吴槿之和周梅花都喜欢游泳,所以有一天恰好我们三人都有空,我们就乘着一辆郊区外的牛车开始前往滇池。通往滇池的小路很窄,也就只能容下牛车、三轮车、人力车,小路两边全是庄稼地,我们乘着缓慢的牛车在辚辚的声音中,倾听着高空中飞鸟的声音从耳根下穿过,我突然想起了我们的那只小鸟,不知道它命运如何,也不知道它此时此刻飞到哪里去了。从哪里来到哪里去永远是人类追究的形而上问题,我们乘着牛车前往滇池的那一天真是一个好日子,天空中有飞鸟穿过,我目送着一群飞鸟时也会目送着一只孤单的小鸟,它们都是这个地球上我们的伙伴,而且对于我来说,每一只飞鸟都应该是一只生命的精灵。三个人坐在牛车上,那样的感觉直到如今仍然像是曾经咀嚼的橄榄味,从涩开始变甜……那样的缓慢时代是不可能产生全球化的电子污染的,对于今天的我来说,总是难以接受大面积电子产品的演变术,它改变了我们的阅读和交流,也同时改变了我们的时速……当人们总是将目光盯着手机屏幕时,我感到一种无望,在新世界的演变史中将失去我们曾经的习俗和传统……尽管如此,世界将继续进行下去,这个常规,使世界克隆出了绵羊和人,同时土豆依然需要沃土才能生长,水稻也依然需要水田中变成谷穗,有些东西会在变异中生长,而有些东西依然故我,永不改变。

牛车载着我们三个人从一条小路前往滇池时,是多么快乐的时光啊!那车轮下古老的缓慢中,我们目送着一群群候鸟远逝,而又一群群候鸟从高空中飞转而下……这缓慢中我们没有遇到警报声当然也就不可能遇到逃亡,如果好日子都像这一天,缓慢而有序地进行下去,那么,世界将是多么美好。七十多年以前通往滇池古岸边的牛车,除了让我们感受到缓慢,当然,再缓慢最终也会抵达……这牛车的抵达,让我一次次看见了滇池,同时也让我们的好友周梅花在滇池岸偶遇上了美国飞行员依恩……

美国飞行员依恩出现在警报响起来的滇池岸,就是为了相遇到周梅花……那一天,周梅花独自一人乘牛车来到了滇池岸游泳,很长时间以来,当我和吴槿之有了恋人以后,周梅花一直按照自己的生活方式在昆明城中读书、跑警报并到滇池中游泳。这一天,她穿上泳衣刚想从滇池岸游向深水区域,突然警报被风呼啸到了滇池岸,周梅花朝着岸上奔跑时突然被石头绊倒了,此时此刻,从空中突然伸出了一只手递给了周梅花,她抬起头看见了一个高大俊美的外国男子,她愣住了,男子用不太流利的中文说道:跟我走吧!我知道附近有一片芦苇地可以隐藏。就这样,周梅花被这只从空中伸来的手拉了起来,他的手掌很宽厚,周梅花的手被他的大手掌拉着奔跑,警报声不间断地从空中袭来时,他们已经奔跑到了一大片绿色的芦苇丛中。周梅花每每讲起她与美国飞行员依恩的相遇时,就会情不自禁地讲述这片在微风中荡漾的芦苇丛,这是她和依恩爱情故事的源头,柔软而碧绿的芦苇丛中还有野鸭们灰白色的踪迹,这一大片芦苇丛高过他们的腰部,所以当他们半蹲在这片芦苇丛中时,身体已被芦苇丛完全彻底地遮蔽起来了。两个人因避开警报声中日寇飞机的轰炸,在这个后续故事之中我们能看见这眼前的一幕:一男一女的身体终于藏在了茂密的芦苇丛中,在他们头顶深处是摇晃的芦苇的枝叶,世界因为有了一个小小的避难所以后,开始安静下来了,这安静使他们可以透过苇枝而确认自己在哪里。

首先是周梅花明了自己在哪里,她有一种从未有过的感觉,据后来周梅花回忆,此生她似乎还从未与一个男子如此单独相处过,也许她是狂野的,她曾狂野地随同南渡而下的旅行团经历了艰苦的跋涉而最终抵达了昆明,在我与周梅花相处的所有时光里都能感受到她内心的某种等待和坚守,是的,她在坚守和等待,包括她的爱情……而与美国飞行员依恩在芦苇丛中的避难使她的心跳加剧,当芦苇枝条随风起舞开始轻柔地拂动她的面颊时,避难的时间已经结束了。她随同依恩走出了芦苇丛,当这个高大俊美的男子用目光打量身边的周梅花时,两个人都同时发现了他们身上还穿着泳装。

是的,我们那代人的爱情就是这样发生的,而此刻,有雷雨移近窗前,第一场春雨将临,这样的日子真好啊!只要一想起你送给我的雷霆闪电,眼睛里顿时就会旋转着惊悚和等待,我道声晚安后,午夜的大地将变得潮湿,所有的精灵都接受了春雨的洗礼。

那一天,依恩没有马上与周梅花告别,而是随同这个中国女人开始在滇池中游泳,他们走过了金黄色的沙滩。让我告诉你们吧,七十多年前我所看见的滇池岸上,铺满了细柔的黄色的沙,而下面就是湛蓝色的五百里滇池;让我亲自告诉你吧,如果没有第二次世界大战的笼罩,昆明就是俗世者们所寻找的天堂,大凡有水的地方就是天堂,而昆明城不仅有滇池,还有彩云朵朵;让我亲自告诉你吧,七十多年前的那一天,当年轻的美国飞行员依恩带着周梅花在避难以后再次跳入滇池水中游泳时,我看到了两个无忧者的身体自由地在水中畅游着。正是这畅游使两个青春的身体再一次相遇,当我们三个女生共居一屋时,我和吴槿之在熄灯上床睡觉以后,总想追问周梅花和依恩到底是在什么样的情况下相爱的?周梅花将我们牵引出了滇池岸那片避难的芦苇丛,从而将我们牵引到了碧波荡漾中的滇池,毋庸置疑,滇池是云南高原的明珠,之所以称为明珠是因为它像眼睛一样蔚蓝。周梅花之所以将我们牵引向辽阔的滇池碧波,是想进一步告诉我们说,如果谈到避难之所,浩瀚无垠的滇池才是真正的避难之地,在里面,他和她的身体再次投入了滇池,从而在水中寻找到了未续的故事。之后,周梅花到滇池游泳时的牛车上又增加了依恩,随着那缓慢的车轮,滇池出现了,这是他们青春年华中真正的避难之所,也是他们产生爱情故事的地方。

有时候,依恩也会骑上一辆美式军用摩托车,周梅花就坐在后车座上,这条路线在七十多年前无疑是最美的,它的美远离着城市空袭前夕的警报,也远离着死亡。面对这条挟裹在田野之间的乡村小路,谈论死亡似乎也是多余的,面对祥和的庄稼地细风编织的物语,偶见群鸟穿越在我们的头顶之上,耳根下是古老沟渠中的流水汨汨流动,在这样的景状中,我们生命中有许多多余的东西都不再依附于我们身上。此时此刻,我和吴槿之仿佛在那个熄灯的暗夜之中,又看见了从昆明南部城郊外的田野呈现而出的那条土路,当依恩骑着那辆军用摩托车奔驰而过时,后面会扬起一阵浓密的灰尘,而在那个时代,尽管有战乱的垃圾,却没有人造的污流汇入滇池,所以,晶莹剔透的古滇池在轮回的历史上曾经迎来过一批又一批将士,也曾迎来过类似依恩和周梅花这样的年轻人,不仅仅为了游泳和避难,同时也是为了赴约于爱情。

因此我明白了,一天有多长就有多短,慈航吧,我亲爱的时间,只要你不被乱世瓜分,这世界就称之为圆满。

而此刻,窗外下着雨,雨,没有谢幕,仍在淅沥着。早早地醒来听雨声,如果是在那些寂寥的村寨里,听雨声恍若隔世中周转不息。如果是在那一座远山的古刹中,倾听万树婆娑而来的细雨,内心定已经随经文随山河而凝练出了闪电。如果是在从前,啊,从前听雨声是那样的自由,可以随雨幕而抵达一个想投身的江湖。而此刻,倾听雨声,内心苍茫,雨幕无涯,灵魂似乎只是一种纸上野兽,奔跑于弹指间,又回到我体内。

我的故事,我与那个时代不可分离的故事,必然与战争有关。随同第二次世界大战的局势进一步展开以后,黑暗之下的祖国,弥漫着硝烟。救亡还是继续求学是一个问题,人类史上呈现出的一个又一个问题,可以裸露,也可以深藏又一个世纪,或直到铁树开花。这一刻,我又祭拜过了西南联大的纪念碑,尽管老眼昏花,那一个个熟悉的名字,却再次历数着光阴的故事。光阴在这块纪念碑上铭刻着一个个年轻的名字,它们是出现在东方天际下的早晨的露水,在每一滴露水荡开的地方,是碧绿的树枝,也是春天的果园。我又伸出了青筋林立的手,我的手,就像我的脸、我的膝盖骨、我的血液已老迈,但唯有我心,仍在时间中朝上祭拜着这些年轻的生命,当我的手,触摸着他们的名字时,我仿佛听见了巨轮下的时间轴,在一次次的回首中,我又听见了光阴的故事。

作为女生的我,从跟随南渡队伍入长沙时,就已经感觉到了战乱是一个压在心底的噩梦,从长沙到昆明,这噩梦逐日增长。此刻,虽然春秋书卷一页页拂过,我仍然记得一个个梦幻般的时辰,从长沙到昆明,见证了一个个学子光荣从军的故事。在昆明,我又见证了以穆旦为首的诗人从军记,在从长沙到昆明的远征途中,我认识了年轻的诗人穆旦,他几乎是在三千里远征中一路写诗到了蒙自,之后又从蒙自一路写诗到了昆明。诗人穆旦总是睁着一双忧患的眼睛,叩问着世界,每次与他相遇都是因为诗歌,因为诗歌,我们曾一次次赴约于校园诗社,或在郊外的滇池岸举行着一次次的诗歌之约。而当空袭使昆明经历了一次次毁灭性的洗劫时,从军还是继续求学又再次成为一次拷问,这拷问曾经使年轻的诗人穆旦眼神迷惘,我在他诗歌中读到了那些炽热而忧郁的火,"走不尽的山峦的起伏,河流和草原,数不尽的密密的村庄,鸡鸣和狗吠,接连在原是荒凉的亚洲的土地上,在野草的茫茫中呼啸着干燥的风,在低压的暗云下唱着单调的东流的水,在忧郁的森林里有无数埋葬的年代,它们静静地和我拥抱,说不尽的故事是说不尽的灾难,沉默的是爱情,是在天空中飞翔的鹰群,是干枯的眼睛期待着泉涌的热泪,当不移的灰色的行列在遥远的天际爬行,我有太多的话语,太悠久的感情,我要以槽子船,漫山的野花,阴雨的天气,我要以一切拥抱你,你,我到处看见的人民呵,在耻辱里生活的人民,佝偻的人民,我要以带血的手和你们一一拥抱,因为一个民族已经起来……一样的是这悠久的年代的风,一样的是从这倾圮的屋檐下散开的无尽的呻吟和寒冷,它歌唱在一片枯槁的树顶上,它吹过了荒芜的沼泽,芦苇和虫鸣,一样的是这飞过的乌鸦的声音,当我走过,站在路上踟蹰,我踟蹰着为了多年耻辱的历史,仍在这广大的山河中等待,等待着,我们无言的痛苦是太多了,然而一个民族已经起来,然而一个民族已经起来"。

正如联大诗人赵瑞蕻在《一九四零年春:昆明画像——赠诗人穆旦》中写

道:从地上来的,从地上打回去! 从海上来的,从海上打回去! 这是咱们中国人的土地! 这是咱们中国人的海洋! 这是咱们中国人的天空! 他还写道:绮梦破碎了! 轰炸! 轰炸! 敌机飞临头上了! ——昆明在颤抖,在燃烧,不知从哪里冒出了浓烟,乌黑的,仿佛末日幽灵;叫喊声,哭声,血肉模糊——轰炸! 炸死脆弱的诗句吧!

联大学子们开始了激情荡漾的从军热,从长沙到昆明,学子报名从军从未停止过,青春就意味着热血奔涌,就意味着用年轻的身体,献祭于战场,当我亲眼看见并经历了那么多久远之事,才知道生命是用来献祭的。青春是什么? 当我们在警报和空袭中一次又一次奔跑而遇难,当昆明城区的碎石瓦砾压倒了又一批人,我们的青春呐喊着"从天上来的,从天上打回去"。我目睹了一批又一批学子进入了航空队伍、飞虎队的翻译队伍,一批批学子聆听着梅贻琦在动员大会上的致辞:"假使现在不从军,则二十年后会感到空虚。"从军是一股股从身体中穿过的热血奔涌的潮流,我们聆听冯友兰、潘光旦、陈友松发表的宣言《从知识青年从军说起》《论知识青年从军》《从军去》……那是一个又一个时光幽转的时间里,关于从军的话题,一浪激起一浪。梅贻琦在联大读书的子女都在 1944 年"一寸山河一寸血,十万青年十万兵"的历史舞台上报名从军,我还看见了联大历史系的教授刘崇鋐也将儿子送进了远征军的队列……

周穆开始严肃地跟我谈到从军问题时,之前,我们又经历了一场跑警报的生活。跑警报笼罩着整座昆明城郊,在你完全不知道警报何日来临的情况下,生活在这座城市的人们依然平静地生活着,在我经过的地方,商铺中的人们依然在打算盘,杂货铺的烟酒酱油味依然相互交织,大街上穿各式旗袍的女子们无论是优雅的还是粗俗的都在追求着自己的生活方式……人们或许已经习惯了在警报声笼罩之下的日常生活,习惯了警报来临之后的奔跑。习惯是一种艰韧的磨砺器,正是它告诉我们,生活就是在自己的身体中筑起明亮和黑暗的堡垒,在里面虚拟的那个世界是我们的灵魂,现实中的那个世界是我们的肉体。

昨夜到现在雨不急不躁地滋润着大地,我们在雨水中千万遍地得到了恩泽。而我千万遍地因为雨水流在众灵心中时,也同时感觉到了身体中的树在生长。叶枝又墨绿,因为你的到来,我的脚下有水荡起的沉浆,我的衣襟胸怀之上,是雨洗净的天空,因此,我们可以在忧郁中生,在埋葬绝望后再生。我爱着这个世界的理由之一,是因为在它破絮般的忧伤里,总有层出不穷的泉水奔向那些田洼、坛子、河流、大海,仿佛母亲手中的针线,会修补好我们旧衣服上的破洞。

时间如此迅疾地飞逝,我们的生命确实只是一种停顿……仅此而已,而我的忧怀却比我的喜乐更为长久,因此,它可以飞,只要生命存在。

早晨的意识对于我来说,总是会支配一天的行为,虽然晨露即逝,融遍的是一棵植物的心。

一切,所有……都是以个人铭心刻骨的疼痛记忆而构成了我的未来。

那一天,我们正手牵手坐在翠湖边,他说,之所以约我来看翠湖,是因为面对湖水,面对浮云和宁静,他有一个重大的决定要告诉我。我们很少来翠湖,也许是它太美丽太宁静,而太美丽太宁静的风景却与我们的现实生活相悖,我们的现实生活从来就没有停止过波涛汹涌的起伏。太美丽太宁静的翠湖当你置身其中时,却像一座天堂。当第二次世界大战每日每夜都像穿梭在树枝上空的黑色流弹,惊扰着我们的心脏时,作为天堂一般美丽而宁静的翠湖,似乎显得太遥远了。

整夜的雨,秋风扫落叶前的序幕,我喜欢秋风呼啸过面颊,肩膀的滋味;我喜欢在万木萧条中,人对于春天的渴望;我喜欢在我存在的时序中,节令变奏出我们生活的虚妄和期待。无论是南方还是北方,我喜欢胚芽从尘埃中长出又逝于成熟;我喜欢在一切从心灵开始荡漾后,升起或垂降的命运就像战场上的将士和俘虏所呈现的终曲。世界上没有万能的钥匙,但只要心藏一把钥匙,就可以触碰到你的心灵磁场到达的地方。钥匙,是亮的,也是暗的,在亮和暗的通道上,抵达的目的地不一样。

而撑起人灵魂的不是肉体,而是由细小的枝蔓和血液所穿越的最古老的时间。

而此刻,翠湖很近,我和周穆坐在湖边的石墩上,我似乎已经隐隐约约地感知到了他的那个决定,然而,我却害怕他一旦说出来,我的心是否承受得了那个巨轭式的宣告,就在周穆想开口告诉我那个决定时,突然天空中响起了往日的警报声,周穆站起来重新拉起了我的手,我的手是纤弱的,所以我注定不可能像周穆和周梅花他们一样越过内心的屏障,前去参加中国远征军。然而,我的心,却可以承载这一个个生命中挚爱者的命运……在以后的日子里,我的命运之轴将从不忽略来自时间光阴篇章中的每一个细小的煎熬……

当警报声再次响起来,美丽而宁静的天堂翠湖上空也同样无法拒绝警报的鸣号。它像昆明的雨说来就来,关于昆明的雨我有太多的感受力,雨同样是昆明的一种叙事,它交叉在人们的俗世生存状态面前,面对昆明的雨,我在以下的时间里还会告诉你,在雨中我对于死亡与生命的一系列追问。而此刻,警报声开始响了起来,毋庸置疑,警报是毁灭和死亡之前的警钟,是关于我们这座城市与第二次世界大战的密切联系,一旦警报响起,每个人都会开始与毁灭和死亡的诸多搏斗,这搏斗当然是跑警报……当警报响起来时,我突然间看见了隐藏在翠湖公园中的一对对情侣们,他们突然从垂在湖岸的柳树边跑了出来,有些是从石山、水上亭子里跑了出来……翠湖公园竟然隐藏着如此众多的情侣,我们手牵手跑在他们中间,我们依然寻找着那一条奔跑的路线,理工学院的那座山坡,尽管如此,从翠湖往这座山坡上奔跑,还是需要时间和力量的,也可以这样说,从翠湖到这条路上,虽然是离我们最近的避难路线,但这条路基本上是上坡,所以我们得多用些力量。感恩周穆的手给予了我力量,在这一刻,我完全融入了这种穿梭不息的奔跑中,因而,我感受到了我们的灵魂互相捆绑只为了同时奔跑,而我仿佛又看见了这一幕:炫迷的火焰之后,等待我们的必定是磨练中牙齿咬着上下嘴唇的印迹……生活,你的皮鞭已从空中落下,在日或月的光泽辉映下,我仰头,我礼赞过的,都是我生命中降临的或失去过的,耳根下,黑夜绵绵,亲爱的,你要保重,天未亮,车辙声忽远忽近,人或鬼擦肩而过,伟大的精灵已跃过了山冈……

我们终于又一次跑到了理工学院后面的小山坡,这小小的坡地因为长满了绿油油的松柏,而成为了附近生活的人们跑警报最近的好地方。我们趴在一棵松树下,透过树枝而观测着天空,飞机很快就来了,今天竟然来了几十架飞机……周穆自语道今天的飞机几十架,不知道要抛下多少炸药包……我看见他的眼睛里布满了焦虑,他突然对我耳语道,原谅我吧,我已经报名从军了……这也许是我意料中的他的选择,所以他在我眼里看不到惊慌失措,也看不到否决……我是沉静的,在倾听了耳根下这个青年男子的选择之后,我看见飞机已经俯冲而下,云端下的黑色战争来自七十多年以前我的记忆,在接下来的时间里,在我耳根下回荡的不是恋人的低语,而是飞机抛掷下黑色爆炸物之后的巨大的轰鸣,转眼间,从山坡往下看去,就看到了房屋被轰炸以后腾起的灰尘……

当飞机终于撤离开了昆明的天空,每当这样的时刻也正是人们从防空洞和附近的树林中走出来的时间,这个时辰每一次都记忆犹新,仿佛就在眼前:首先,这是芸芸众生的现实,面对警报之后飞机即将到来的轰炸,无论是达官贵人、拾荒者还是知识分子,在首要关头是要抓紧时间跑警报,跑,是本能的,往哪里跑也是本能的,这些本能会调动每个人大脑中对于一座城市的了解和记忆,每一次跑警报都体现出了生活在这座城市的人们对生命避难之所的选择,无论是从地下防空洞还是山坡树荫下走出来的避难者们,在飞机撤离以后,我又一次看到了幸存者们脸上的阴郁与光芒的闪烁,之所以有阴郁,是因为战争是令人迷惘的,在战争所延绵不尽的时间那边,是人们对于生死的搏斗,以及对于生死的未知;而与此同时,他们的脸上依然呈现而出的是光芒,哪怕这些光芒斑驳迷离,它却是每一个生命个体在战争时期对于未来的期待。

在阴郁与光芒的闪烁之下,人们走出了防空洞和避难的山坡……一个人只有在光阴中虚度过并虚度完真正的青春年华之后,才会爱上那些布满疤迹的身体,爱上苦难和遭遇黑暗统治的岁月;爱上洒满玫瑰与刺的月光,爱上复述在生与死摧残中升起的伟大而辽阔的时间,我就是这样的人。

我和他开始往山坡下走去,结束以后的警报又一次意味着我们要与现实中的许许多多残酷的场景相遇,就这样,我们遇到了一只大鸟的死亡,这是在山坡下的小路上,一只银灰色的大鸟倒在路的砾石中,我们想象着它是在飞行中与飞机抛掷下的轰炸物相遇后而死亡的,想象它从半空中落下地的场景,就仿佛经历着一场自己在飞翔以后的死亡。我和他用手掘开路边的泥地,将这只大鸟埋在了泥土下。虽然往下走,我们还会遇到更多惨不忍睹的东西,但我们仍然迈着沉重而错乱的脚步往下走。不仅仅大鸟死了,还有家禽也死了,几条狗大约是在求欢中被炸死的,这是我见到过的狗群体的死亡姿态,它们也许是为示爱而死,总共六条狗,有黑白黄三种颜色,它们互相倚依,基本上是拥挤在一起,它们对战争了解多少? 简言之,它们了解这一幕幕人类的战争吗? 它们了解人类为什么要用飞机,从空中抛下武器炸药吗? 我相信它们之所以与人类生活在一起,是因为它们与原始森林中生活的野兽有着完全不相同的禀性,它们投入人类的怀抱,并从人类这里获得最喜欢啃的骨头、汤食,而它们同时也忠诚地守候着它们的主人。我们像埋葬那只大鸟一样埋葬这六条狗,周穆在一座倒塌的土墙下找到了一把锄头,我们深信这六条狗为爱而殉难的地方,也正是它们的家园,所以,我们决定就将它们埋在倒下的地方。

于是,我们开始伸出手来挪动着它们的身体,它们的身体还很柔软,说明它们离开人世的时间还不长,周穆用了很长时间终于挖开了一个大坑,我们相信它们是需要群葬的,这是我生命中第一次为大鸟和六条狗举行葬礼,我们将闪烁着黑白黄颜色的狗埋在了泥土下,我相信这也正是它们死后的愿望。死亡,是每个生命终尽时间尽头都难逃劫之事,我们离开了六条狗的小小墓地,继续往前走,我们还将遇到更多关于生存与死亡的故事,然而,不管我们会遇到什么事情,我们都将继续奔赴目的地。

活着是多么美好啊,哪怕在钢针上走路,哪怕危崖近在咫尺,而我的呼吸间,已问候过诸神,已同时在地老天荒中找到了我的迹象。那一刹那间,我的心是如此的坚定,那些朝暮间的事,又算得了什么,走吧,危及我生命的,要么是倾盆暴雨,要么是山花烂漫。在两者间,已足够我这一生躬身仰头,向着时间之神,我亲爱的神,救赎或忏悔……

时辰已到,这是一个严肃的时刻,他终于穿上军装了,他终于找到了自己驰骋理想的疆域,前方就是战场,作为中国远征军年轻的翻译,他同我认识的诗人穆旦等西南联大的从军者们不久将赴缅甸。时辰已到,我陪同他报了名又送他前往北校厂中国远征军的临时军训部,这个地方如今已矗立起无数高楼大厦,人心是没有尽头的,在我活下来的七十多年时间里,我跟随着我亲爱的祖国历尽了无数的时间变迁,同时也跟随着这个多灾多难的地球感受着诸多随风而逝的生命,而当建筑越升越高时,我已经老了,当我老了时,当然也必须随同儿女子孙住在一起。七十多年来我已记不清楚到底有多少次迁徙,然而,有三次重大的迁徙对于我来说却是铭心刻骨的。我之所以能够铭记这三次迁徙史,是因为迁徙,让我获得了三次对于地球上物事和心灵史记的辗转不息,第一次辗转时我还年轻,我是那个离开了联大女生铁皮房屋,孤独一人直奔缅北寻找阵亡书中的恋人,那时候的我,越过怒江再攀越高黎贡山搭上了一辆破烂的军车,开始了寻访亲爱的阵亡者周穆的足迹,这是我第一次脱离开我的西南联大,同时脱离开了我的教室和宿舍,在这样的辗转之路上充满着去凭吊中国远征军赴缅甸的血腥之路;第二次辗转时,我已经是一位作家,我住在离西南联大最近的理工学院的那座山坡之下,战争结束之后,我就在这里买了一座老房子,以此让我离那座我和周穆曾经一次次避难过的山坡更近一些,更近一些,这座山坡不仅是我们跑警报时的避难地,也是我们最后一次约会的告别之地。战争结束以后,我用母亲从北方汇来的全部费用买下了那座小小的庭院,里面有一棵紫薇树还有一棵石榴树,我拎着箱子就这样找到了此生的第一座居所,我以为这是此生长居之所,再也不会迁徙了,然而,那一年,城建人员找到我说,这个地方将开辟公园,由此我成为了搬迁户,我没有抵抗,顺应这个地球上的众多规则已经成为了我对生活的一种妥协,于是,我又按照城建委员会的安排迁移到了翠湖边新盖的四层楼的小屋中,就是在这里,我遇到了我的婚姻,遇到了维系我一生的另外一种俗世,但除了生儿育女之外,我最重要的仍然是写作。第三次迁徙降临时,我膝下已儿女成群,而我已开始日渐衰老,当儿女告诉我要从翠湖迁往市中心的另一座二十二层的高楼大厦时,我顿然将窗户推开,让儿女们告诉我说二十二层高楼大厦到底在云端深处的哪一层。这个问题一下子将儿女们难住了,他们开始分批做我的工作,并解释说翠湖周边的这些楼房都要尽快拆迁,所以,搬迁是必须的。我并没有抵抗,七十多年来,我的生命之体一直顺应于时代并为之妥协着,就这样,我随同儿女们迁往市中心的那座二十二层的高楼,那是我第一次乘电梯,它很新奇就将我的身体上升到了高处,电梯门在二十二层时打开了,之后,我和我的灵魂就这样迁到了二十二层的大厦,我虽然无法计算这是云端深处的第几层,我却慢慢地知道了,地球太拥挤了,所以我们的房屋不得不开始向云端上升……之后,我就住在了云端上继续着我的写作。

云上的高度,天与地的思慕,我们只不过是天与地间的颗粒、叶枝和冥幻所浮生的一段曲调。我们只不过是水上的湾流,尘土下的豌豆,宇宙间的幻生幻灭。我们只不过是一场拥抱,一次救赎,一生的脉息荡漾。在云下,又一次沦为叶或枝,曲与调,因与果。

在他穿上军装的前一夜,我们起初在黄昏中沿着翠湖的湾流行走着,中间经过了一家用老炭火烤石屏豆腐的小店,他说他饿了,问我是否愿意陪他吃烤豆腐,我点点头,表示我愿意。他手牵着我,我又触到了他手指上的骨节,它仿佛是我身体中的某些滚烫的符号,在这样的时刻,我什么都愿意,如果他需要并召唤我,我也会报名从军的。

让我更深地将头垂向你吧,我所爱的这个青年男子。

我停顿,世界有多少事已变幻,再也回不到从前,而我们继续捉迷藏,将世界的游戏玩尽……尽管如此，真理却遥遥无期。

确实，生命比我们更有智慧，人创造智慧，是为了接近并发现生命的秘密活动。

当我在这孤寂的夜晚出场，必须面对那些失去音讯的踪迹，只有当它们以固有的姿态告诉我说，一代又一代人就是这么消失的，包括我自己，终有一天，将再也不会回来。

围坐在老火盆架起的烤豆腐炉前的黄昏，有一种隐藏在内心的光芒暗示我说，生命就像一场场环行咒语，它从第一咒语就以新生的祈音开始。我们的每一天都是再生，再生意味着为世界上那些自己所热爱的灵魂相守重逢，唯其如此，我们会真正的寻找到长生不老的永生。

我和他坐得很近，双膝触碰着……这一刻的我，是你的什么人？还是称谓为风景、流水、笺注、插曲？还是称谓为遗忘、手帕、紫藤？还是称谓为秋分、古刹、燕窝？还是称谓为剪刀、菊花、轻吟、玫瑰、蝴蝶？还是称谓为轮回，今生和来世？在膝关节相触碰的火炉前，我们使用木筷子翻着烤豆腐，当豆腐变黄后就可以蘸佐料吃了……我们的远方就在这一道道破损的木窗之外，在蜷曲的膝盖骨下……时间，亲爱的时间，我是多么爱你的寂寥，你指南针下的爱。时间在向上移动，犹如炉架上石屏豆腐的香味，我们心平气和中一块块地将豆腐翻身，直到让它们从白变黄，我意识到了豆腐也同样在历练，它由白变黄的过程，就是一场炉架上的魔变。我们品尝着佐料中的辛辣，在不长的时间里我似乎已经成为了地道的云南人。

在他穿上军装的前一夜，我们享受着炉架上的烤豆腐，我们默默地品尝着这小吃店里的各种美味……天空渐黑，而炭火却那么鲜红的燃烧着，他突然从包里掏出了一只银手镯,眼前的一小束银光又让我想起了南渡时期我们休整的小镇,那一天我们来到了手工银饰铺……时光是多么美啊,当我转回头去,时光中那家店铺里的手工制作声仿佛还在耳边回荡缠绵。而此刻,他将我的手拉过去,我记得他当时买银手镯时曾告诉过我,要将这银手镯送给未来的女朋友……时候已到,我就是他未来的女朋友,理所当然要接受他馈赠的礼物。那只手镯我曾为他试过的,那时候我还不是他的女朋友……

炉火在燃烧中发生了噼噼啪啪的声音,小店老板又亲自手拎着黑透底的木炭将它们搭在炉子里……在这个平凡的晚上,我们默默地坐着,他说他明天就要离开了,将直奔滇西腾冲再抵缅北……他说不知道要离开多长时间,也许很快也许很慢……他说:"你会等我回来,无论多长时间,你都会等我回来吗?"他说:"你知道战争是残酷的,但你一定要相信,我一定会回来的……"

他说这些话的时候,我们已离开了那家小店,面对那只火炉,我们目睹了一块块黑色的烈炭变红的燃烧过程,不过,我们不想再面对在迅速的燃烧中烈炭变成灰的终曲。除此之外,我们站起来离开,是因为我们已感觉到了时间在催促我们,在快速流逝的时间里,我与他在一起的时间已经不多了……我们开始找到了进入翠湖的小路。

翠湖在那一夜,仿佛就是为我们所创造的一座天堂。

往翠湖深处走的时间里,我突然看见了属于我好朋友周梅花的一幕;这个美丽的中国女孩正站在美国飞行员依恩的对面,他们四眸相视之后,突然伸出手臂来相互紧紧的拥抱着。

我忘了交代周梅花的故事,她同样是报名参加中国远征军的一员。而且是为数不多的女兵。这件事她事先很低调,也没有跟我们商量过,直到联大路上墙壁的海报上贴出了西南联大学子报名参加远征军的名单后,我们才知道她参军了。她似乎已不想解释自己的选择,在她回女生宿舍之后,在我们的追问下,她才告诉我们,她早就想参军了,并且想做一名空中飞行员……每次看到日军的飞机轰炸这座城市时,她就想往空中飞去……之后,她认识了依恩并与这个来自飞虎队的飞行员相爱了……周梅花是命中注定要参军的,而且她的外文也很好,她报了飞虎队的翻译,从而实现了她的愿望,她说,这一生一世如能跟依恩和他的飞机在一起,就是她最大的愿望了。而此刻,她和他站在漆黑的树枝之下,这应该是弯曲枝叶的湖边杨柳,她的身体修长恰好到他的耳垂,他们天生就是一对恋人,是上苍安排了他们在战乱中相遇,所以,她将追寻他而去。

拥抱吧!在战乱的国度里,唯有拥抱会减轻我们内心的忧伤和焦虑。我们来到了湖边的垂柳旁,我们想把刚才那个幽秘的空间留给他们,翠湖到处是天堂,正是这天堂使战乱中我们离别的夜晚显得短暂而忧伤,循着一棵棵茂密的植物小径我们似乎是在一座圆形花园的迷宫中行走,不错,也许是七十多年前那场爱情的幻梦,翠湖就是隐遁我们身体的一座迷宫。尽管如此,不管我们在这座迷宫中走得有多远,我们仍然要烈火般的拥吻,我铭记了他的那个吻,那个来自深渊中的吻。

而思念可以像水一样弥漫,当我开始思念一个人时,仿佛将脚套在一双粉红色的绣花布鞋里,从我的脚心一直上升着一种温暖的情绪,它布满我的触力可以去到的无法去到的地方。这样的触力到后来会给人带来一种虚无的忧伤……以此净化了我的眼神,使它获得一种前所未有的坚定。

每分每秒都将是离别中的现实,这一天,我起得很早,事实上昨夜我与周穆牵手离开天堂般迷离而忧伤的翠湖公园时就已经是子夜了……啊,记忆,你依然是来自七十多年以前的长别离……我们因有隐秘而艰涩的记忆和疼痛,这证明我们一直在成长。失去成长和已经完成了成长期是一件可怕的事情,因为只有在不断的成长过程中,才意味着我们的生命与时间中的现场相遇。生命中降临的一幕幕悲喜交织的现场也许是荒野沙漠,也许是深湖海洋,也许是长旅和战乱……只有亲自置身于这些现场,我们的身心才不会失去被时间之神所磨砺的过程。而每一次巨大而艰苦的磨砺也正是我们成长史中上升的时间背景。由此,我希望我的心,仍然是一根苇草,在未被折断之前,我的心仍然渴望着经历一次次狂风暴雨之后的寂静。

七十多年以前的那个早晨,我突然感觉世界像水一样晶莹剔透而凝固……细如血管的弓弦破晓而出并演奏着心音,每个人都是一种乐器,你愿意使用哪一种乐器演奏自己的生活……来自世界的消息有喜有忧,它都会过去。每个生命都将是这个渺茫世界中的一滴水,一滴水可以随江流汇入大海就将永不枯竭,它们因波浪而永不枯竭。一滴水也可以是另外一种命运,融入一棵树身、一座高山峡谷、一只酒窖、一首诗歌、一次传奇……因为生命的存在中充斥着水的晶莹……所以,生命是在寂寥的反复存在中寻找到了自己的故事。

我起得很早,昨夜与周穆告别之后就回到了宿舍,之后,周梅花也回来了,我们两个人的身上都弥漫着爱情的味道,这是一个周末,吴槿之乘小火车去蒙自与乔尼约会去了,剩下的就是我和她。我和她在沉默之中回味着这个不一样的夜晚……是时候了,栖在晒衣绳上的鸟,将拍翅而去,在天晓之前,以箭一般的疾飞,去投入拥抱它们的蔚蓝色天空。是时候了,瓶中的郁金香,散发出从未有过的深情,默认着起伏不定的潜力,倾尽最后的梦想,在那个春天的夜晚里隐忍地开放。

是时候了,我们都面临着将自己的人生故事继续讲下去。周梅花和我坐在床头,有些事情似乎沉积在她心中,她低声说:"我是瞒着父母参加中国远征军的……在这个迷乱的世界上我的母亲不久前跟着一个军官走了,这是最近一封信中告知我的消息……我似乎理解了我的母亲,因为我的父亲善良而怯懦,而我的母亲从我记事时就很独立,所以她喜欢并私奔的应该是一位勇敢的军人……苏修,我将这些事情在此时此刻告诉你,是想对你说,我理解我的母亲所选择的命运……天就要亮了,分离就在眼前,请你转告吴槿之,祝愿她与乔尼永远相爱。"

她将一个地址递给我说:"苏修,这是我父亲的地址,我相信这个地址是不会随同战乱而消失的……如果在这次赴缅甸的战争中我有什么意外,请你帮我转告父亲。"

她说话时很平静,看得出来,许多事情包括未知的命运这个年轻而美丽的女子都已经深思熟虑过了。我从她手中接过纸条,上面写着两行纤细的字迹,这是通向她生命老家的唯一地址,因此,我感觉到了一种责任和重托。那一刻,我突然听见了铁皮屋顶上的细雨声……细雨,以及滚动在纸片和衣服夹层中的忧伤,都是这个世界给予我的珍贵礼物,它们在缝隙中成长,即将打开门去会见秘密的时间之召唤。我将那纸条装在箱子里的笔记本中,这是一个来自西南联大的女友在即将随同中国远征军和飞虎队赴缅北之前,交给我的她的故乡亲人的地址。

天快要亮了,周梅花在忙着收拾行装,她将在天晓之前赶往北校厂……而我又穿上了那条蓝花布裙,我祈祷着……所有的祈音就像云南山冈上的皎月映现出了梦的又一个尺度所抵达的远方。我由此坚信,所谓远方不是茫茫无涯,而是我们与心爱之人的唇齿相依,是我们的血肉缠绵,是月与昼的拥抱,是我们今日的魂牵梦绕。

我早早地就站在了一二·一大街上,等候着中国远征军途经此地……每个人生命中最孤独的那部分东西,都必须由自己承担。没有人需要你的孤独,而更多时候孤独的人可以离星月更近一些,因为,天空中那些残冷的气息,纯澈的光芒更热爱孤独者,更愿意萦绕在孤独者的身边。早早地,送走了周梅花,她直奔北校厂,直奔中国远征军训练基地,直奔她的美国飞虎队员依恩与她在战争中捆绑一体的命运,我将她送到路的尽头,将她送到我无法再送的某条交叉花园的路口,不,那个时间内这里并没有交叉花园,有的只是荒芜中出现的通往北校厂的路,这条路上有中国远征军的军用物资车辆,亦有军黄色的摩托车和吉普车通过,两个流浪者蜷缩在路边的荒草中,仿佛刚刚才从饥饿中醒来……周梅花拎着她的箱子,她修长的身体因为置身于战争时期,所以不可以承载人生中那些属于女人的灿烂多姿的职业,如果在今日,凭着周梅花奇特的气质和美丽修长的女人身,她一定会成为文艺明星。而她所置身的时代注定了她要与依恩相遇,由此她将踏上一条充满血腥和硝烟的道路,当我目送着她的背影,不知道为什么,我有一种莫名的巨痛……直到今天,这种莫名的痛,莫名如 4 月最后的景致,在远离高速公路的山乡,水牛们在耕地,四野间充斥着荒芜的芬芳……

生活就是从自己的身体中筑起明亮和黑暗的堡垒,在里面虚拟的那个世界是我们的灵魂,现实的那个世界是我们的肉体。两者之间是否可以亲密无忧,取决于我们有多少远望的窗户?有多少可以将水晶沉入泥沙的勇气?有多少可以从黑暗无常中改变命运与玄机的武器。除此外,还取决于我们对生活的悲悯和感恩。

我穿着蓝花布裙,每到一个特殊的时间内我都会穿上它。而此刻,我和我的青春在等待着中国远征军出缅记中途经一二·一大街的时间……如果说起初只有我形单影只的话,而此刻一二·一大街上突然间就来了许多人,我不知道这些人到底是从哪里钻出来的? 当然是从迷宫般的小巷中钻出来的,谈到昆明的小巷,你花一天时间也无法走完,它整个就是一座迷宫,如果没有战争,你尽可以牵着恋人的手去逛昆明的大街小巷……在早春二三月,如果你在昆明的小巷中行走,会遇到许多背着竹篮卖山茶花的男人和女人,他们基本上都属于居住在昆明郊外山坡上的农人,一旦早春二三月间,他们居住的房前屋后都开满了绚丽的山茶花……如果你走在小巷深处遇到卖山茶花的山民,你只需用很少的钱就可以买到好几把含苞欲放的山茶花。

好了,让我们把焦点集中在我们的一二·一大街上,这条后来以一二·一运动来命名的大街现如今已是昆明的主街道,街道上有好几座桥梁,四车道的大街早已没有了当年一二·一运动的高潮。而在七十多年以前,这条街道就像人身体中的动脉般依倚在我们西南联大的校舍之外,成为我们每日必走的街道。虽然当时的街道并不宽敞,从这条路上走来的大都是我们西南联大的精英学子。

我曾在这条主街道上,看见周培源骑马到联大上课。确实的,骑马在今天是浪漫的,尤其是在今日世界完全用车轮穿越长距离和近距离的时代,骑马逾谷川是一种探索和风尚,而在这里,我所看见的周培源教授骑马执教的生涯,是在战乱年代的一道风景线。风景,是推窗和远望扑面而来的场景,是露水、草木和花蕊绽放,也是凋亡和秋风,每道风景之所以平常和安静喜悦,都离不开它们所置身的背景。周培源骑马,是为了缩短距离到联大去上课,由于战乱和日军的飞机轰炸昆明城,所以,物理学家周培源带着家人迁入了昆明城外西南的凤邑村,在那座面朝滇池畔的古老村庄里,他们寻找到了避难所,同时也远离了城区,从城区到滇池畔的凤邑村有三十八里路,当然,那时候也有水路,从水上木船过滇池过大观楼,同样需要三个多小时,只因为那时候的水路也很慢,船上还没有发动机,一叶扁舟会在水面上漂动,随同水流,很缓慢地走。因为水路太慢无法掌控一叶扁舟航行在水路上的距离,所以周培源便选择了骑马到西南联大授课。每到星期一、三、五,周培源就出发了。其实,他起床很早,大约是五点,虽然晨曦已到,但要穿越三十八里的路程,周培源给马喂料,又备好了马鞍,那头棕色马仰起头,长啸着,仿佛已明白了自己的使命。出发就是负载生命的使命,一匹匹马的属性负载着为人类服务。生灵真是美好啊,每一种生灵要么飞,奔跑或行走,它们均是人类生活的盟友。在那个艰难的日子里,那匹棕色马背上坐着我们的物理学家周培源,当他骑马从凤邑村出发时,天未亮,但来自东方的曙色已开始升起。周培源骑马将一对女儿送到了车家壁小学,从而开始沿滇池畔的小路出发,这是一段三十八里的路程……周培源骑马上课的过程中充满了不少逸闻,因为骑马既惊心也很舒畅,最重要的是要跟随一匹马穿越三十八里,穿越那些来自湖水的屏障和黑暗中的风雨地平线。我曾在某个时辰,来到了滇池畔的凤邑村庄,在这座临水岸的小山村,已无法再寻访到周培源一家人租住的那座小屋。时空的切换在惊人地变化着。眼见那一座座土坯屋,已改换钢筋水泥材料;眼见旧人变新人……世界从土坯屋到钢筋水泥屋,人的安居越来越接轨于世界的风范。尽管如此,我似乎依然在凤邑村的石阶上,看见了骑马下山坡的物理学家周培源,我还看见了鸟在这座小山村的桃李树上栖居并穿越,一群群从轮回中穿越的鸟彼此在穿越。世界是符号学和数字化的,但在凤邑村,物理学家周培源一家人避难的小山村,天地如此寂静。我屏住气,只要我向往,我就会看见周培源以马代步到西南联大授课的风景。世界上的风景很多,而这一幕,却足以让我们追循到马蹄下那些被周培源所驾驭的距离……七十多年以前,我曾看见周培源从凤邑村骑马到了一二·一大街的场景……

我穿着蓝花布裙置身在一二·一大街两侧的人群,在人群中我突然就看见了吴槿之……她为了送别周梅花,又乘黎明最早的小火车回到了昆明,我们的心中都洋溢着不同滋味的爱情。过了很多年又过了许多年,我对爱情有了另一种认知:谈论爱情是可耻的,因为爱情是一种煎熬。我们已没有勇气将这座牢狱坐穿。谈论爱情是荒凉的,我们已无力再去沙漠上因流亡而寻找到甘露。谈论爱情是有罪的,我们已无纯洁的眼睛将泪水献给对方。谈论爱情是疼痛的,我们已再无子弹上膛发动爱情这场战役。

一二·一大街在如今仍然是一条青春激荡的街道,因为几个大学都在附近,所以走在这条街上的大都是年轻人。七十多年以前的一二·一大街上,我们是它的主人,也是正值青春年华者。我站在人群中,吴槿之站在我旁边,我们都在倾尽全力仰起脖颈将目光投向街道的正前方,在第二次世界大战笼罩的昆明,亦称大后方,它似乎被群山峻岭所裹住,事实上它已经离战争很近。站在街道两边的人都意识到中国远征军出缅记的重大意义,如果日军越过了滇西,也就意味着离昆明已经很近了。七十多年前的妇女们穿着中国旗袍,那一条条用棉布丝绸缝制的旗袍或长或短都在膝头上下,它们使昆明这座城市的女人们显现出了媚人的风格,而男人大都穿长衫和西装……战争虽然离这座城市还有些距离,但长久以来的跑警报之后的飞机轰炸,使昆明城沦入了一场场无休止的噩梦之中,如今,人们守候在这条古老的街道上,只为了目送中国远征军出缅的第一条道路。

此刻,我倾听到了从路的前方传来的脚步声,那是从一双双军鞋下昂首而来的声音,我的心跳比任何时刻都显剧烈,它就像一面鼓,被双手所拍击着。在我所有的心跳声中,都具有生命的现实意义。在不同场景的心跳中,我听到了旋转,来自乐音、裙摆、车轴、火星和地心、苇草和柳枝内部的那些莫名的倾诉。从一朵花心观看全宇宙的邈远中……又一次意识到只有语言才能游荡和抑制我对时间的爱和忧伤。

那些因奔赴战争而昂首挺胸的脚步声终于过来了……亲爱的人,亲密的爱人和他的脚步声过来了……在年轻的中国远征军的人群中我的眼睛在忘情地搜寻着对于我来说是世界上唯一的一张脸,很多时间里,这张脸就如同人类的故事一样是模糊的。对于模糊,它又无望又虚幻,因为模糊,小说家寻找着虚构中来自故事的远或近,它们是野生藩篱,是蛇蜕下的皮。面对模糊,诗人们则在雾中生活,在游离中更深地隐藏着来自乱世的灵魂。

他的脚步已融入中国远征军的脚步声中去,如果闭上双眼在众多掷地而下的脚步搜寻一个人的脚步声是徒劳的,在这样的时间里,我不会愚蠢地闭上双眼去寻找这般的徒劳。相反,我的眼睛完全地敞开了,在人世间的一个重大的离别时辰,我拒绝我的眼睛在这样的时刻去发现和搜寻另外的细节,我只想在扑面而来的世界中捕捉到最亲密爱人的那张脸……

自父母孕育我们以后,我们就在母亲的子宫深处私秘地成长,在一生的成长中,只有待在母亲那柔软而潮湿的子宫深处,我们可以完全拒绝外界的影响,按其遗传术和因果潜在的魔力长出了我们的器官和四肢,同时也长出了我们的脸。之后,我们带着四肢,同时也带着我们的脸诞生于天地间,人的四肢大都是相似的,而只有人的脸是唯一的,不可复制的。我们的脸浮生在苍茫的大地之上,我们的脸就是我们的标志,带着这张脸我们在世界上苟活或者历练着内心的磅礴壮志……我在途经一二·一大街的人群中看到了一张张充满壮志的年轻人的脸。年轻是人的初始,这年轻让我们想起纯粹的白纸,未启开的一只蓝色墨水瓶,它等待着被一双手拧开书写并荡漾。而人一旦老去,面对的却是一张泛黄的纸页,上面浮生出曾相似又被忽略忘怀的符咒,而墨水已用尽,只有余光和微薄之力透过青筋林立的骨骼在战栗中,仿佛风中的黄手帕挥动着,既是告别之前的热泪盈眶,也是对人生清风明月的最后礼赞。

他的脸当然是我最熟悉的,这张脸应该是正在以叶脉之色而敞开生长的树叶,我曾用手指尖儿抚摸过这帧树叶的质感,透过那淡绿色我抚摸到了他年轻的内核,尽管他将随远征军而入滇西缅北,对于我来说,他仍然是一帧正在接受阳光闪电的树叶。他的脸过来了,从众多移动中的面孔中终于过来了,我掩饰不住自己狂热的心跳,叫出了他的名字,他看见了我,但他的脚步却无法停下来,因为队伍正向前行走,所有人的脚步都无法停下来……战争正在前方,所以,军人的脚步是无法停下来的,在无法停下来的脚步声中,他听见了我的召唤,他抬起头来,我们的目光相遇了,然而,在他年轻的目光中似乎看不出告别的忧伤,也看不到我和他之间的长别离……相反,他的眼眶中充满了中国远征军赴缅征战的那种豪情壮志,我看到了我所挚爱者眼神中的光芒……倏然间,我就再也看不到他的脸了……

周梅花过来了,她同样在人群中听到了我们的召唤,她走在中国远征军的女兵队伍中是个子最高的一个,她的脚步同样无法停留下来……尽管如此,我们已经告别过了。

我们已经告别过了,等待我们的或许是世界上最漫长的离别……我穿着蓝花布裙,中国远征军已经走完了一二·一大街,已经走完了我心中的七十多年的时光,那一天,我记得非常清楚,当一二·一大街上的人群撤离以后,我仍然舍不得离去,对于发生在眼前的一幕,直到如今,我仍然可以在执拗中铭记住他和她脸上的激情荡漾的时代之记忆……因为记忆是我心底盘旋并挥之不去的飘带和忧伤……

在我送走了中国远征军之后,我的心开始沉静下来,现在,有必要与作为读者的你们分享我在西南联大的另一些大师的记忆,它或许碎成了一些片断,却影响了我的一生:

关于张伯苓,当我看见你时,同时也看见了南开,仿佛在战乱的一刹那,你就是南开的一面旗帜,你举着那把旗帜过来了,没有你,当然也就没有西南联大的另一种潮流,当你书言"我乃决计献身于教育救国事业"的信念时,你就开始了教育救国之梦想任重道远的长旅,而当你强调并坚信"德育为万事之本"时,我们的校训中出现了"允公允能,日新月异""尽心为公,努力增能"……你带着三校合一的教育理想而南渡,从长沙到昆明,我都能看见你在忙碌,你布衫下的步履总是穿过了校舍和烟尘,因为有了你,就有了南开的学生和教授,就有了西南联大的建校史……

蒋梦麟出现了……你当然是中国近现代著名的教育家,你的一生围绕着教育之梦的烛台旋转,随同战火的无情蔓延,正是在你的建议下,三所大学有了南渡的现实,每一个特殊历史下,呈现而出的现实都是万斧劈出的疼痛之痕迹,在今天,历史又让我看见了你,从南渡到昆明,之前你作为北京大学教育系教授,北京大学校长,除了践行教育之梦想外,也在写自传,那是在昆明的日子,你曾写道:"当我开始写作《西潮》的故事时,载运军火的卡车正从缅甸源源驶往昆明,以飞虎队闻名于世的美国志愿航空队战斗机,在我头上轧轧掠过。发国难财的商人和以带黄鱼起家的卡车司机徜徉在街头,口袋里装满了钞票,物价则一天三跳,像脱缰的野马。一位英国朋友对西南联大的一位教授说,我们应该在战事初起时就好好控制物价。这位教授带点幽默地回答:"是呀!等下一次战争时,我们就不会这样笨了……"你就这样写着自传《西潮》,书中弥漫着战事笼罩下西南联大之逸闻。记忆中,是你清瘦的身体,越过警报声声再回到居所。1939年3月1日,你在给胡适的信中这样写道:"……昆明一年以来百物腾贵,米每石已涨至一百元以上,前年每石七元,人人叫苦……炭每枚一角。同人八折支薪,每月入不敷出。人口较多之家,有午吃饭而晚饮粥者。学生方面,政府每月给贷金十四元,幸官米每石五十元,犹能吃菜饭充饥。营养大成问题矣……"尽管如此,你在西南联大管理着校园,你那瘦高的个儿穿着布衫跑过了昆明城的警报,跑过了暴雨过后校园的泥泞,你住在郊外,辟一块泥地种菜并写作《西潮》,你和北大教授们正在不远处的半山腰,开挖凿通了一座防空洞,在此背景之下,生活与教育梦,就在这郊外的乡野间进行着……

傅斯年的烟斗出现了……你当然是近代最为著名的史学家、教育家和社会活动家,当你出现在西南联大的校园中时叼着烟斗,那只烟斗仿佛人生中的一个符号,与你形影相随。在联大你的烟斗是出了名的。那是1938年夏天,你带着妻子来到了昆明,你的旅程和你的文字相伴,并迁移到了昆明青云街靛花巷三号。此刻,暮年的光泽,陪伴着我重访这条老街道,此街临近翠湖,每到冬季,从西伯利亚寒国飞迁此地的鸥鸟们,相继用白色的翅膀覆盖着这座著名的城中湖,青云街靛花巷曾住过语言学大师赵元任、史学大师陈寅恪……此时此际,青云街正在修路,这当然是二十一世纪的路,而我仍然穿越在另一个世纪中,那时候我们从翠湖散步到青云街,七十多年前的青云街古朴幽静,没有挖掘机,也没有铺天盖地的现代化车轮轰鸣而过。那一天,当我们走在青云街上,远远地就看见了傅斯年的烟斗,他叼着烟斗,走过了青云街,走过了1938年夏天以后的某段时光。

与古文字学家唐兰一起逛书店的日子值得重温:喜欢听你讲《宋词选读》课,在那些空中有警报穿越的日子里,你来了,你就像另一个朝代的人,带着你的无锡腔调,给我们轻声细语地朗读《宋词选读》……尽管时气更换,我仍然在时空中沉浸在你的朗读中……除此外,你带领我们去古典文学中寻找漫长的音韵,直到我们饱受浸濡之心,也会效仿你而朗读出声,那些词中的哀婉,使我们悲郁,也使我们在词海中畅游填词;除此外,我们还跟随你研墨,那些黑色的墨法,引领我们在乱世中寻找风骨;除此外,我们还跟随你唱昆曲、逛旧书店和花鸟市场。

还有刘文典,穿着长衫讲课的记忆:尽管你的个人史如此遥远,我们还是在联大有机缘听你讲课……在之前,关于你的传奇出现了一幕又一幕的历史迹象,无论你如何"师承章太炎,追随孙中山,营救陈独秀,驱赶章士钊,痛骂蒋介石,握手毛泽东……"你还是乘着滚滚的硝烟弥漫,来到了我们的西南联大,穿长衫的你,在铁皮顶下的教室里给我们讲《庄子》,给我们讲温庭筠和李商隐诗歌……你一边讲课一边吸纸烟,你迷恋烟,迷恋古典文学中的烟雾弥漫,所以,你是孤傲的大师,你一边热爱着庄子,一边热爱着烟土……在漫长的时间中,你始终未离开过云南……

在西南联大的古诗词课上再一次遇见了闻一多先生:闻一多先生,西南联大因为有你,而有了一曲永久不散的悲歌。每次想起你的名字,就会想起你开设的《诗经》《楚辞》《周易》……每当你来上课前夕,我都会提早进入教室,在风雨无阻的教室,我们都在等你来上课。那是1939年5月25日,你给我们又一次讲述《诗经·采薇》,你的声调低沉,我耳边回荡着你的声音:"昔我往矣,杨柳依依。今我来思,雨雪霏霏。"窗外似乎有细雨淅沥着,我倾听着你的声音,在这千古的绝唱中。而远方战事却一浪高过一浪,你给我们讲《楚辞》时正值黄昏,黄昏似乎是你最喜欢的时光,你将我们引向教室外,引向一只正在上升着青烟的香炉,你将我们引向皎洁夜色,引向张若虚的《春江花月夜》,引向时空幻生幻灭的美学和沉醉……我看见你用手抚着胡须,目光仰望着夜空……西南联大是你的家园,所以你将妻儿携领到了昆明。今天的西仓坡,就曾经是你一家人的居住地,在经济危机的时期,你为了养活一家人,开始公开治印,从而缓解了一家人的饥饿危机,青云街和正义路的笔店都有你的治印点,那些出现在石章、牙章上的字,也是你的心灵之痕迹,收藏者们曾络绎不绝。

还有传说中的因战乱而两地家书往来的浦江清:战乱而家书往来,这是一个动人心弦的故事。故事讲述者是浦江清,由于战乱和隔离,他背井离乡,独自在后方坚守岗位,这岗位与他息息相连,唯有靠那一只只空中振翅的雁群,寄寓情之绵绵,天地之辽阔。在无数个隔离的日子里,浦江清深情地依倚着秉烛写着一封封情书。1943年1月9日,浦江清写下了这样一封特别的家书,里面有昆明无限上涨的物价,那些物价的背后是战争的阴影和恐怖,是铁轨下的大后方,是一个教授精英生活下的饮食录。他在信中写道:"三五牌纸烟在小摊上可得,白锡包等不稀奇。价钱呢,我所知道的宝剑牌十支装二十元,金字塔二十支装四十元。联大教授们抽本地纸烟,每包二元五角,其劣可知。点心则糕饼,平均价四元一个。花生米是两元一两,橘子很好,是二十元一斤。馄饨每客十元,上海汤米团每客八元,除粽子不见外,此地吃的东西可是样样都有。但是我们不能享受,在城中不免见了口馋,所以用钱便费,到乡下使一切断念……"家书是那一时期,浦江清的另一个世界,在他的一封又一封家书中,呈现出了西南联大教授们生活的现状,在战争时期,一座边疆之城的俗世文化。

梦书

DREAM

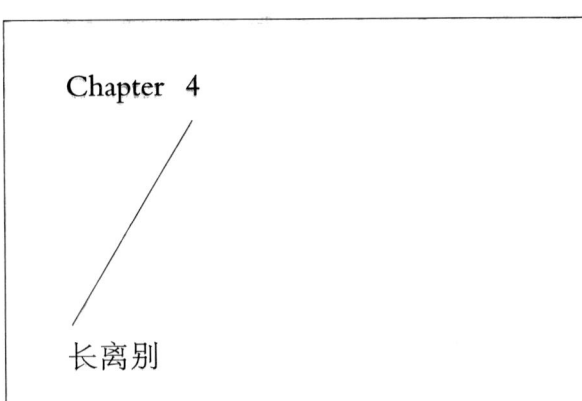

Chapter 4

长离别

他们走了。就在远赴缅北的中国远征军离开之后的一个时刻,母亲奇迹般的出现在我身边,这对于我来说,当然非常意外,因为我们生命中的意外太多太多,多到像窗外的消息以无穷尽的细如发丝的力量捆绑并飘忽在你的眼前。母亲来了,她竟然来了,当母亲突然出现在我面前的刹那间,我几乎不敢相信自己的眼睛,我以为是模糊,我们生命中关于模糊的东西和现实太多了。我曾在周穆离开我以后告诉自己:闲风散月,有待于我忽略耳边雷鸣,忽略人世间一束浮尘。倘若时间久逝,那涌现之涟会演变为铭文,倘若时辰未到,请你陪同我在左右两个彼岸等候。

周穆离开了,我继续求学,我不知道我为什么要留下来,我曾与周穆私下商量过,如他同意,我也想报名参加中国远征军,我是真的想陪伴他一块赴缅北战场。他否定了我的愿望,他告诉我,总要有一个人在后方等他,无论他到了哪里浴血奋战,只要心里想到还有一个人在大后方等他回来,他无论碰到怎样的战火弥漫和杀戮,都会竭尽全力回到等候者的身边。听到这样一番话,我感受到了自己就是等候者,我的守望,是为了让他感受到无论子弹在他头上怎样呼啸,这个世界上总有一个人召唤他回家。回家,这座城市就是我们的家,这一刻,我又想起了汽油箱和联大师生的书桌和隔板……

回忆起汽油箱,就会回忆起我们的书桌,我曾趴在上面写字,这一只只汽油箱,因价廉物美,成为了联大师生的书桌和隔板,它的妙用可成为凳,亦可做书柜……每当点着洋蜡读书的夜晚,我们的宿舍里,有汽油箱做的书柜、书桌,它可以代替墙壁。在很长一段时间里,汽油箱成为了我们联大实用的家具,这一只只汽油箱,简易而充满质感,为我们提供了艰难时期居所中的实用性,我们坐在书柜、书桌前读书,不管战乱在屋顶上空发出怎样刺耳的声音,我们仍守候着这小小的房间,我相信,这是我一生中居住过的最为安心的房间,在这间屋子里,我们读书并将生命中的故事磨砺着。

谈到故事,我母亲就是一个非常有故事的人。

父亲去世以后,我才深深感觉到母亲除了是一个佛教徒以外,还是一个非常勇敢的人,她在我将赴京求学前,选择了一个男人,离开了我……我不知道她选择的是一个什么样的男人,并且从内心最隐秘的那种感情来说,在父亲离开我们不久,母亲那么快就找到了新的男人,这对于我来说是一种埋在内心世界中的阴郁,我总觉得母亲不能那样快就去寻找另一个男人……尽管如此,在我离开老家之前,母亲来为我送别,除了给我学费生活费之外,还将她婚嫁时娘家带来的箱子送给了我,最为重要的是还为我定制了蓝花布裙,从某种意义上讲,这条裙子是我生命中最为重要的生命道具,我就是穿着这条裙子而开始了南渡之夜,这条裙子是母亲作为一个女人送给我的终生不渝的隐喻。

母亲是一个有故事的女人,我和她各居一方,但在很多时候,尤其是当我恋爱的日子里,我开始慢慢地理解了母亲的生活。我的内心一方面在默默地思念父亲,另一方面却在为母亲祈祷,希望她在另一个男人那里寻找到她安静温暖的家。

母亲来了,穿着她紫色的旗袍而来,从我记事起就感觉到母亲所有的衣物都与紫色相关,紫色可以偏玫瑰花色,也可以偏紫红、紫灰、紫绿、紫黑……总之,对于我的母亲来说,紫色是她生命中的主色调。使用紫从而偏移并向斑斓的色彩过渡,从而寻找到了她想要的色彩。从小,我就感觉到母亲是一个格外注重色彩感的女人,我从出生以后就看见母亲以紫色为主,以其他色为辅,这些色彩溶入了她的衣饰、心情和容貌之中去,无论从哪个角度看,我的母亲都应该是那个时代最美丽的女人。

她来了,这不是虚构,在她来之前,我正在干什么?我们送走了从联大校园中参加中国远征军的校友们,送走了我们年轻的诗人穆旦,送走了我的恋人周穆,女友周梅花……送别是隆重而朴素的,然而,一条街道在送别之后显得如此的冷寂,我和吴槿之最后撤离了一二·一大街,尽管满地的树叶随风激荡,我们却依然要回到校舍,正像周穆所言联大校园就是我的家,我的守望之所。我们回到了宿舍,那天晚上有一阵阵细雨拍击着铁皮屋顶,我们在黑暗中倾听世界上那些有限和无限的雨滴,拍击着我们的屋顶,拍击着隐匿在战乱之下的西南联大的居所……从这一刻开始,我就告诉自己说要学会在守望中好好等待,终有一天,他们都会回来的……

母亲来了,拎着她的黑皮箱子,身穿她深紫色偏蓝的中国旗袍,我无法形容母亲的美,那是从七十多年前的战乱之后方的西南联大校园中呈现出来的美。多年以后,因为母亲,我也同样挚爱上了紫色……在时间的反复无常中,我与紫色的光阴为伴。屋外,世界高低凹凸,蚂蚁们奔向黑暗的古堡,人为了无常的命运,默认或改变自己的旅途航线。室内,晦涩的灯烛曾一次次地碰痛了我身体的曲线……

当七十多年前的帷幕拉开以后,我的母亲出现了,当时我正奔出教室,一个女人穿着深紫色偏蓝的中国旗袍出现在教室门外的泥地上,这一片片的泥地还来不及种上花草,而栽下的一棵棵树苗就像幼年的孩子一样正待滋养。我走向了母亲,来不及思虑在这样一个战乱的国度,我的母亲为什么会出现在西南联大的校园里。我奔向母亲的途中只横隔几米距离，而就在这一刹那间，空中又响起了催人命的警报声，我飞快地奔向母亲，我们来不及互相问候，那一时刻我牵住了母亲的手，我将以我的经验带领母亲跑警报……对此，母亲并不慌乱，她身穿高跟鞋手拎箱子竟然可以从容地跟随我跑警报……我牵着母亲的手跑上了我们经常跑警报的路，那铁路之上的斜坡过后就是理工学院的那片小山坡，我们趴在小山坡上的树林里，之后，飞机来了，飞机又开始轰炸这座城市。在我旁边，就是母亲的喘息声……中间融合着我的喘息。

这片小树林深处有我们因跑警报而留下的呼吸声，尽管每阵呼吸声都会随风而逝。它类似生命中形而上的东西，我们成长史上的每一次轮回都意味着在回首往事时继续往前走，这是形而下和形而上的两个分水岭，就像流水汇入河流再奔向大海的历程，是为了投入浩瀚辽阔的怀抱。形而下和形而上的世界是众神划分的，我们居住的屋宇，每天每夜都围绕着形而下的常态而生活，它们是将来生活中的一种现场，也许是几张揉皱的纸票，是打酱油回来的路上遇上的一场大雨，是纽扣掉了时找到的缝衣针，也是烹饪时呛到的油烟味……形而上是我们旅行时所携带的箱子里，翻拂开的书页中夹着的一片树叶，裹挟着春夏秋冬时的戒令；形而上是我们心灵史上最大的战争，它也许只是一个人的幻景，却像裙子一样盛开了花朵。

母亲来了，意味着另一个故事的降临。

在飞机的轰鸣声过去以后，我知道在这座山坡下的城市里，那些从防空洞里奔跑而出的人们，手里也许牵住的是孩子，这些在恐怖中啼哭的孩子们将把哭声止住，母亲牵着他们的手往外走，因为防空洞外是一个天下，无论这个天下怎样大乱，何时有子弹飞来，母亲都将一如故往地牵着孩子的手，直到他们想寻找自由了,松开了母亲的手;而那些总是习惯抱着算盘和账本跑警报的人,大都是男人,有些人脸上还架着金丝眼镜,而当警报结束之后,他们依然抱着算盘和账本走出了防空洞……因为,这个世界无论多脏乱,算盘和账本都是必须存在的,而且,在那个时代,物价飞涨,你无法知道某一天某一刻金融世界的演变,是否会改变金钱的命运。

尽管如此,我的母亲来了,她是一个注定要用自身的命运讲述故事的女人。

母亲来了,我们经历了跑警报,当她从山坡上站起来,深紫色的旗袍上沾上了许多草屑,她从容地面对这一切,等待她的不仅仅是战乱背景之下的草屑,山坡下被炸毁的房屋,阴沟里死去的牲畜,还有作为一个女人在战乱中寻找的那个男人。

当我们越过轰炸之后的城市终于来到了翠湖边的一家小酒店,先是让母亲住了下来,最初,我以为母亲突然出现在昆明,仅仅是因有我的存在,我没有想到除了我之外,母亲在这个世界上还有另一个挚爱的人。那是经过了一夜睡眠所休整过的第二天下午,因为没有课,我早早地就来到了翠湖边上的一座露天茶馆等候母亲,昨天分手时我们就相约今天在这里喝茶。翠湖确实是昆明人的天堂,如果没有飞机轰炸没有战事逼近这座临水的城市,那么昆明人将生活在真正的彩云之下,将按照自己的生活方式而活下去。

翠湖公园的露天茶馆被四周的垂柳所簇拥着,在今天它是一座天然的氧吧,为我们多杂质的肺部提供了纯净的氧气,使我们的肺拥有更多的活力。而在昨天,我的生命最为年轻的时代,哪怕空中的碎片突如其来,这座公园的植物湖泊之上挂满了烟尘,而只须一夜春风,那些充满苦难的碎屑们就被春风所荡涤干净了。翠湖就是翠湖,就是七十多年以前给予我避难之温馨的一座绿色的公园。我听见了母亲黑色的高跟鞋声,它正从旁边的交叉小径穿越过来,不管生命怎样惊慌失措,我的母亲依然从容地身穿旗袍,脚穿高跟鞋去追索生命中的故事。我静静地倾听着从母亲脚下穿越而来的时间……

只有这时间像黑夜一样可以依倚,亦像果树盛开色香而震惊世界,之后是挥手谢幕,是隆重的凋亡。过了很多年,我的眼前依然是一堆书,一团暗光,一种挥之不尽的寂然。我依倚这黑暗,像细数我与水的潋滟;我依倚这黑暗并信赖其中的每个词、每句话。在许多黑暗中我坐下,我厌倦喧嚣,也厌倦浮华,我的手像麦秸,也像苔藓,更像通往长夜深处的血管,其血管凹凸不尽,像一条属于我一生必走的天边路。我依倚光影、水波,依倚着朴素的高山流水;我依倚枕头、白昼、谎言、怯懦、羞辱、崇高与渺小;我依倚墨水、睡衣的皱褶,依倚着身体中隐隐约约的痛感;我依倚对黎明的期待,我依倚着明亮的围栏,像羊群奔出厩栏,去寻找牧场。

当晨如秋色,斑斓如心,等待我们去追索和践行,谜底在时间的流逝中,答案正随云层、波涛、砾石变幻,而呈于眼神那仁慈清澈如水的生命面前,没有回头,箭在远方,脚下云尘升腾,空气有浊有清,人有踪有迹,亦有无影无形,全凭自己的信仰去呈现和周转。

母亲来了,穿着一件紫绿色的旗袍,仿佛在叙述属于她的埋藏在心底深处的,那些从未倾诉过的故事。

至于我,则穿上了洗得干干净净的那条蓝花布裙,为了母亲的降临,我又穿上了自己最心爱的衣服。

我坚信,无论多么凄厉的人生,都有与之相匹配的那些奔腾而忧伤的歌声,而轻吟之下是每个人秘密中被自己所收藏的故事。我和母亲的眼神在这逃亡的边疆再次相遇了,在一棵柔软的柳树下我们坐下来,要了一壶茶和点心,空气中弥漫着一种淡淡的茶香和忧郁的果味,我与母亲从未有时间围坐在一只圆桌前,静心地观看着面前那波光碧澄的水面,就是在这个午后母亲给我讲述了她的故事。很显然,这个故事我从未听过,也从未猜测过,它从哪里来?它当然是从母亲的叙述中来,面对我她显得有些迷茫,母亲事先就已经猜出我已是一个开始恋爱的年轻女子,过了多年以后,我才知道,女人如爱上一个男人,就是陷入了另一场战役。而恋爱对女人来说很重要,从某种意义上讲,恋爱是女人的另一所学校,它教会人的东西太多了。

面对着清风的微微起伏,耳边荡来的是母亲讲述故事的音韵,我面对着优雅而一年四季身穿旗袍的母亲,永远铭记了作为女人也作为母亲的另一个女人的故事,从那时刻开始作为我自己,也许就已经暗自滋生了用文字记录故事的愿望,这个愿望是如此的强烈,它也许是一束热烈的火把,将我的时光点燃,从而去照亮我的人生。

母亲的人生中出现了年仅17岁时遇到的一个少年,那是她高中时遇到的一个插班生,他比母亲年长两岁,名叫张楠之,当母亲17时,少年已经19岁,在之后的时间里,张楠之暗恋上了母亲,我无法想象年仅17岁的母亲到底是什么模样,但从母亲随身携带的一张照片上,我看到了梳着两根长辫子的那个年仅17岁的女孩,她上身穿一件紫碎花的布衣,下身穿一条长到膝头的黑裙,那时候母亲就已经偏爱上紫色了,我似乎从这帧照片上已经看到了母亲偏爱紫色的源头,紫色中出现了那个年仅17岁的少女,出现了她已经被一个男孩暗恋上的眼神,这眼神似乎也同时让我看见了自己的眼神,因为在人的各种器官中,只有眼神是可以相互对视,也同时是可以出卖灵魂的。

一个年仅 17 岁女孩的眼神,无疑是纯净动人的,这时候的眼神还没有苦难诞生,因为苦难还隐藏在 17 岁女孩那一双涩生的对新生活充满期待的幻想之中。从这双眼神中我仿佛看到了游离于这双眼神之外的那个男孩的影子……是的,那影子正随同移动的光影而过来,那影子附着在母亲的生命中,而之后等待母亲的是漫长的游荡和寻找。就这样,那移动的影子过来了,这个叫张楠之的 19 岁男孩勇敢地走到 17 岁的女孩身边,递给女孩一封信……我回味着那封信时,全世界不知道有多少人正在火车站、飞机候机厅、地铁的旋转声中在刷手机的频道,这个被现代科技魔法所发明的频道,已经像盐巴口粮一样从城市普及乡村的每个角落,因而写在纸笺上的字或信件无疑已经成为了文物。母亲羞涩地接过那封信,她对这个插班生是有好感的,这个名叫张楠之的男生身材高大,年仅 19 岁已快到一米八的个子……回到家后,她就开始读这封信,男生说他已经爱上了她……长达三页的墨汁味弥漫中似乎已经传来了一个男生的低语和对于 17 岁女孩的初恋,这封用毛笔写出来的信第一次让 17 岁的女孩萌生出了初恋的幻想,从某种意义上讲从这封饱含着东方墨迹的情书开始,两个少男少女同时开始了初恋的接触……

他们曾沿着城区灰蒙蒙的街区小巷散步,在兵荒马乱的时代开始了闪电般的牵手,开始了人生最美好的初恋。

对每个人来说,可以遗忘的东西很多,因为我们生命中的垃圾记忆太多,因此,每相隔一个时期,我们总是设法将那些存沉在记忆深处的垃圾记忆缓慢地抛弃再抛弃。但有些东西却固执而温柔地留了下来,其中,初恋就是我们记忆中飞翔的羽毛,闪电所辉映出的那些来自我们年轻记忆深处的柔软之剑,它从长夜的星空中射来,触痛着我们曾经年轻的内肋,同时也触痛着我们越来越衰竭的翅膀。

就在两个人真正陷入初恋故事以后,突然某一天,这个叫张楠之的男生消失了,没有留下只言片语就消失了……

早晨,树会长高,月球会更寒冷大地会更炎热。无论我们在房间里还是游离于尘埃上,都是因为生活需要叙事。而此刻,我看见鸟已经在窗户外叙事,它的叙事曲从柔软的羽毛和啼鸣曲开始,我的叙事将由一双睁开的眼睛开始。

当秋雨又临,我喜欢的不是它的抒情,而是它作为雨水的节制。秋雨中的夜景是没有月亮的,秋天的雨是不会滂沱的,这意味着秋雨的初次寒瑟已到。之后,是秋的寂寞,首先将自己彻底地凋亡。而我们则轮回着,像自然那样安详。

静,它细如岩纹。倾听着窗外秋雨,无风无韵无弦无月无歌,剩下的是冷却,它似乎是我身体中最执念的一种东西。而冷却每次都会寻找到最初的炭火,就像一场熔炼术,因为面对灰你才会寻找到最初的火星是怎样从世间的光速中过来的。

时间倒回,哪怕永不触碰,那些内心的战役,仍然使我从遍体的冰棱中寻找到了奔腾的源头,去找回我所挚爱的那头时间荒野中的野兽,并前去追随它秘幽漫步时孤寂的踪迹。

而此刻,我要回过头来,讲述母亲的故事。

此刻,是数字,是七十多年前我所倾听到的故事,我要用耳根心力才能倾听到母亲倾注在爱与人生中的迷茫,那个男生消失了,在消失之前没有留下只言片语,这对于年仅 17 岁已陷入初恋中的母亲来说,自然是一种深深的苦涩和迷乱,她寻遍了她和他走过的所有大大小小的路径却再无法寻找到他的身影,这影子是如此的虚幻,它使 17 岁女孩的爱情那么快就开始受挫,自此以后母亲有两年时间陷入了等待,而等待简直就是一场妄想的生活,从 17 岁跨入 19 岁的日子里她再无法寻找到他的任何踪迹……就在这时候,在父母的牵制下她与另一个男人订婚了,再之后就结婚了。之后就有了我,这场婚姻一直在延续下去,直到那一年父亲身患肺病逝世。之后,母亲就一直抚养着我,就在我考上北京大学国语系之前,在一个意外的时空中,母亲与那个叫张楠之的男人又相遇了……那是一个立秋之后的日子,母亲刚从一家私人缝衣铺走出来,她为我和她自己定制过冬的衣服后走到了一条僻静的小街上,突然间,一辆军绿色的车子停在了她的前面,挡住了她的去路……

　　一个三十七八岁的中年男人从车里走出来,男子身穿军绿色的衣服,腰间系一根棕色的宽皮带,头戴军帽,走到母亲身边时竟然就那样亲切而熟悉地叫出了母亲的名字……这时候的母亲已经 36 岁,她终于认出来了,站在她面前的这位英武的军官就是消失了几十年的张楠之。张楠之低声告诉母亲,多年以前他在战乱中迫不得已跟随做军人的父亲在一夜之间南下广州,在那个黑暗的夜晚他根本就没有时间与她告别,因为那是一场军令之下的逃亡……他当时也不知道这逃亡对于他来说意味着什么。面对黑漆漆的夜晚,同时也面对青春的初恋,他的心开始往下沉,往下沉……他们一家人随同父亲南下广州,之后他又上了军校再之后他成为了一名军人,参与了很多场战役,成为了一名年轻的师长……尽管如此,只要有机会他总是会静下心来想念那个年仅 17 岁的女孩……终于,在紧奔而来的战事中他有了机会重返那座北方的城市,他驻足下来以后就开始寻找当年 17 岁的女孩,他刚去过插班的学校,但原来的老师已换成了新人,他们并不知晓在他记忆史上那个 17 岁女孩的行踪和住址,于是他亲自驱车开始沿着每一条街道寻找着初恋记忆中的女孩。

他只有三天时间可以驻足这座北方城市，今天是最后一天，而明天他就要离开了。

爱是什么？它们像发丝那样乱的那部分，称之为痛或焦虑。它们像碧云那般游荡的那部分，称之为虚无或思念。没有一种生活像爱那样无常，没有一种信念像爱那样恪守无常和永远。爱，所谓爱就是天空的云朵，够不到，方成为了天下人的地牢。

在这个星球上，每一物每一心都需要存放之地，这寻找的过程将耗尽我们一生。其实，能够直抵自己内心的是光线，因为光线可以带来明暗，即白与黑的关系。生命沉溺于这关系中，由此看见两种不同的熔炉。这有可能是自我最通透而逍遥的抵达与穿越。我们都迷惑，它是亲密的伙伴带领我们入云上天空，入地上迷宫的玄幻，正是它让我们领略了什么是云上的日子和地上的牢狱。

我唯愿在冷冬或毁灭中，看见自己朝向无数剑器的时代，并寻找到自己的坚定。

在时光中，作为水的女人是浩荡，是伟大的蔚蓝之内陆。作为泥的男人是黑色，也是英勇的大鹏。但很多女人已无蔚蓝色调，就像很多男人丧失了英勇无畏的穿越和飞行。

而他来了，他是那个年仅 17 岁女孩记忆中英勇无畏的大鹏吗？

他来了，他带着她上了车，在车上他告诉她说，自从爱上她以后，他就再无法停止这种爱意，几十年时间过去了，他再没有爱上过另外的女人。男人的吐露伴随着这辆军车移动向前，他带着她重返过去走过的小街小巷，当他的手伸过来握着她的手时,她觉得失去的初恋又回来了,他用左手旋转着方向盘,右手则一直紧握着她的手,很显然,她已不再是那个年仅 17 岁的高中生,他已不再是那个 19 岁的插班生……他们沿着几十年的街景回首着逝去的短暂而美妙的每个细节,当他说跟我去南方吧,因为我是军人,你愿意跟我走吗?她的心,本已经随同婚姻以及他的音讯杳无而归于平静,而此刻,她的意识和灵魂似乎完全被他牵引着,她对他说:"好的,我愿意跟你去南方。"

谈论永恒是一个让人喜悦的话题。我发现了在承诺中一旦吐露永恒,就能使自我仰起脖颈朝前看。无论在这一刹那看到的是迷雾高挂于幕帷还是雷电轰鸣,也无论是满天的灰尘蒙蔽了前方的道路,永恒就在那里,就在一个看不到尽头的前方等待着我们入场。至于倾听到永恒这个词汇的人当然获得的是承诺。他们同样陷入的是深沉而漫无边际的憧憬。这时候的他们接受了来自永恒的遥远,因为一个没有到达的遥远永远是承诺中的一部分生活。是的,那个无法抵达的朝暮自始至终闪烁着诱人的光芒。我们就是这样面对着永恒的一道道窗口,同时推开了它,看见了在奔向永恒的路上,我们拎着行李箱,背着乐器,直抵那被我们确认的永恒之乡。

谈论永恒是甜蜜的,多数人都喜欢沉溺于这座糖果屋,并力图用涂满了蜜一般甜的嘴唇,面对着身后消磨年华的背景,演变永恒的图景。我们不愿意承认永恒是一场巨大的谎言和虚空,是因为我们的心本身就是一个书写乌有之乡的容器。

永恒就在他们相互背转身说着再见的刹那间,体现出未抵达的如同坚硬的子弹穿过岩石之后,游荡起回声的韧性。它就像云南西部用亚麻编就的一根根绳子,可以环形中绕圈,可以虚掷于远方,可以捆绑物体,可以经受住现世的磨难。

　　我之所以述说永恒,是因为它在冬天给予了我直抵心头的一盆火,在夏日给予我一片树荫和一座乡村池塘的纯净和阴凉。永恒之所以成为人们梦想的目标,是因为永恒是没有尽头的,也是每一个生命无法抵达的。

　　而我母亲的故事起初是由私奔开始的,后来却又转换为抵达。张楠之带着我的母亲私奔到南方之前,我记得很清楚,那是我在等待北京大学入学通知书的日子里,我一边等待一边感受着母亲非常特别的爱,那一段日子里母亲几乎每天都在陪我,她陪我走遍了这座城市,并品尝着我过去没有吃过的美食,并坚定地告诉我说,我一定会考上北京大学国语系的。在母亲十分坚定的信念之下,她已经开始为我筹备行装,那条蓝花布裙就是在这个时期缝制的,母亲隐晦地告诉我说她要跟另外一个男人去生活,并让我理解她。当时,我沉默着,有些伤感,因为我不明白父亲才去世了几年,母亲为什么那么快就要去跟别的男人去生活……然而,在我所保持的沉默中却又有对母亲的理解,至少,我没有阻碍她,这使得母亲可以勇敢地选择她的生活。

　　母亲留给了我她的箱子和蓝花布裙后就匆忙地离开了,之后就是我的南渡之夜,我们的生命没有尽头,也无法走到尽头。

　　母亲的故事继续在翠湖的露天茶馆中讲下去,而我是她唯一的倾听者。那个叫张楠之的男人带着母亲来到了南方,这或许是私奔,但已经是公开的私奔,因为在这个世界上,他们的爱情之路上再没有屏障之阻隔,如果说有阻隔那就是战乱。在他们终于停止了几十年的分离之苦以后,第二次世界大战来到了中国。人们之所以痛恨战争,是因为战争的炮火一旦升起就会改变人们的安宁生活。当张楠之作为年轻的将军将从云南赴缅甸时,他忍住了分离的伤痛,将母亲安顿好并宽慰母亲说用不了多长时间他们又会相聚的。母亲没有劝阻他,并留下来等他归来。他走了,带着他的部队,母亲站在她居住的小阁楼的百叶窗下,透过细密的叶片中的缝隙默默地目送着他和他的部队远去,从那一刻开始,母亲像我一样成为了等待和守望者。

尽管如此,母亲却从故事中继续向南而行,她已经不可能住在那座多雨临海的南方城市空茫地守望和等待,一种前所未有的思念和牵挂使她长时间失眠,她拎着箱子搭上了去香港的游轮再搭上了去越南海防的游轮,再搭上了从滇越铁路上奔驰过来的火车经碧色寨、蒙自而抵达了终点站昆明,从而最先抵达了西南联大的校园……母亲此次来昆并非已经抵达了终点站,她最终的目的是想抵达张楠之将军投奔缅甸的那片战场……母亲的这种选择让我震惊不已,而此刻我已从母亲叙述的故事中走出来,我注视着现实中的母亲,有一点是不会变化的,她永远都是我热爱的母亲。

除此之外,她已是那个已赴缅北战场的将军的女人。

我们的生命之所以鲜活,是因为它是一部未知的寓言,我感受到了这微妙的一切,我感受到了我对母亲的了解和陌生,我同时也开始沉溺于母亲故事中——里面确实激荡着鲜活生命的爱和缠绵的哀歌,而它将融入这个战乱的时代,无论这部寓言之书如何呈现,我相信它都在等待着每一个生命。

母亲来到了昆明,首先是要见到我,她说,在她离开那座北方城市以后,无时无刻都在想念我,但欣慰的是我已长大并长出了翅膀,这使得她可以勇敢地奔赴那个男人与她再相遇的世界。只不过战争来了,他是无论如何都必须奔赴战场的。她说,在昆明见到我,她发现我最大的变化就是长大了,一个女孩长大以后,不仅仅是身体在变化,还有她的心灵意识也已经开始在变化。她说:"因为战争,我们都在变化,因此我想明天就赴滇西,去寻找他,哪怕暂时不能见到他,我也想去战争的前线尽自己的力量,做一些有益于战争的事情。"她说:"我的女儿,你要好好完成学业,我相信,终有一天战争会结束的,待那一天到来,你就可以从事你所热爱的事业。"

我们将那壶茶水煮熟了再重新喝,直到身体中有一种清雅而执着之力使我和母亲面对面地倾诉或倾听的现实中,飘忽着一种遥远的致意,因为时间关系,我还来不及将自己的爱情故事告诉母亲,但冥冥之中我似乎在等待着另一段时空,我将头垂向碧绿而柔软的柳枝条,我的内心我的身体究竟有多沉重又有多轻盈?我和母亲匆匆相遇又将告别,那一夜,我们走遍了这座城市,我很想谈论周穆,但还是忍住了……我们走痛了双脚便回到母亲下榻的小酒店。第二天黎明,我陪母亲搭人力车赶往北校场,母亲搭上了一辆运送军用物资的大卡车将前往滇西。母亲不再穿诱人的高跟鞋,而是换上了一双平底布鞋,只是依然穿着她心爱的深紫色中国旗袍……

母亲坐在军用卡车上,就像我当年南渡而下的场景,当时的我们在国难中乘大货车逃亡于南方,是为了保存教育的理想生活。而今日的母亲之所以乘军用卡车前往中国滇西,是为了寻找爱并用自己爱的力量践行于缅北战场。

大卡车腾起一阵阵尘土,这迷离和忧伤的告别,使我不敢再设想未来之书的叙述。我将目光移向大西门前面建设路高大茂密的梧桐树之下,再前面就是我们的校园。

我回到宿舍,回到一个可以读书的天堂。

尽管如此,每听到邮差的声音时,我总是在等待,我在等待是否有周穆的信函和母亲前往滇西的消息,当然也在等待周梅花给我们承诺过的事,她在分别前曾告诉我和吴槿之说,到了前线只要有可能一定给我们写信。信函是我们所置身的那个时代最重要的联系方式,在今天大概已经没有多少人用手和纸笔写信了。而在我们的青年时代,邮电所很重要,既可以去发信也可以发电话,去邮电所最喜欢听到的就是工作人员往信封上盖邮戳的声音,那声音告诉我说,我们的爱和忧伤都在那一只只邮戳之下保留下来了亲切而遥远的回忆。

无忧是不可能的,但我们可以沉溺于日月交辉的每个时刻。爱,赋予我们生活方式,同时让我们担当并融入日日渐新的境遇中去。这一年,又到夏季,等待我的是已有的和未知的话语。面颊上会突然飘来凉爽的雨滴,如果我们像感恩一滴雨水那样感知心潮起伏、碧水荡漾,我想,这就是一个人内心的宗教。

那一天,邮差终于来了,是的,邮差终于来了。看见邮差的绿衣服,我的魂,我那四分五裂的魂仿佛重回到我身体中。

现今的人们啊,请陪同我,落伍的我,年迈的我,重回七十多年以前我站在联大的校园中看见邮差叫唤我名字的那个时刻。我正将头探出宿舍的窗户,因为我从玻璃窗户中看见邮差来了,邮差来了,每次看见邮差来,我都会跃起,我希望邮差能呼唤我的名字,因为只有在有我的信函时,邮差才可能呼唤我名字,然而,每一次都是落空,我听见或看见了邮差在呼唤别人的名字或将邮件递交给别人……他会给我写信吗?因为分别时太急我和他事先并没有谈论过信件的问题,而我也只是在之后每每看见邮差的时候想到了他会不会给我传递情书。邮差并不是每天来,他要十天半月才会出现,因为那个时代传递邮件的时速都很慢,在那个仅仅有海轮、铁轨更多的是邮驿传递邮件的时代,每一封信传递出去,基本上要一两个月的时间才可能抵达收信人的手中。

七十年前我在那些被战乱炮火所笼罩的日子里,因为恋人正在奔赴缅北战场而渴望着邮差会将他的信函捎来,尽管我知道一个军人一旦奔赴战争前线其身心是不会停留下来的,军人们奔赴的是战事,他们无法将脚步停留下来,因为每一分钟都意味着子弹会从空中、野草呼啸而来。

然而,在那个星期天的上午,当我偶然从玻璃窗中看见邮差的身影时,我的本能促使我推开了窗户,那一时间里我渴望着三个人的信函,首先是周穆,他是我的恋人,因为他的名字,我心系中国远征军所奔赴的缅北战场,在他所离开的日子里,世界是辽阔的,它的辽阔中有许多我无法捕捉的东西,就像我有一天站在联大校园里,仰头所看见的一只蝴蝶,这是一只从我耳边飞过的银白色蝴蝶,你很难想象我看见它时的那种莫名的欣喜或忧伤……我看见了它银白色的翅膀在飞,我却在下一瞬间里再无力去追赶它的翅膀……这让我想起了南渡中陪伴我们前行的那只小鸟,它从晾衣绳上进入我们视线,我们带着它疗伤而前行,直到抵达滇池岸的山头,我们已经察觉到它渴望自由飞翔,所以我们站在山头放飞了那只小鸟……周穆的脚步声远去,我看见了伟大的虚无,理想主义者的那种虚无,放眼而下就是那只银白色蝴蝶的虚无……他走了,他抵达何处,那些从空中飞来的子弹,是否已被他避开?我想知道的也许很多,也许很少,事实上我只需要了解他的平安,只需要他报平安的几个字。其次,是对好友周梅花的思念,她说过一旦有机会她就会给我和吴槿之来信,她所爱上的是一个飞行员,我相信她会托空中的翅膀给我捎信函。

再就是母亲,她简直就是一个传说。一个来自中国北方的女人,为了寻找她的将军,不久前已搭上一辆中国远征军的军用物资运输车奔赴滇西,而她的最终目的则是奔赴第二次世界大战主战场之一的缅北战场……我会等来母亲的信函吗?

然而,在那个上午,我听错了,邮差叫的并不是我的名字。所以,我没有等来任何信函。

　　我依然生活在我们的西南联大校园,这里同样充满着无数教育志士的传奇。

　　我又看见了朱自清。

　　朱自清当然是瘦弱的,尽管路途迢迢,他依然携带着自己瘦弱的身体来到了西南之边陲。我又一次在 1941 年 3 日 8 日朱自清的日记中读到了这一幕:"本来诸事顺遂的,然而因为饥饿影响了效率。过去没有感到饿过,并常夸耀不知饥饿为何物,但是现在一到十二点腿也软了,手也颤了,眼睛发花,吃一点东西就行,这恐怕是吃两顿饭的原因,也是过多地使用储存的精力的缘故。"这一幕,真实地再现出身患胃病的朱自清,饥一餐,饱一顿的教授生活。这胃病在战事缭绕的联大背景中使他身心日益被煎熬,在一个个白昼与黑暗交替的日子里,他不得不面对粗劣的饮食,同时面对身体中那个胃病。在 1942 年 12 月 11 日的日记中,他写道:"早晨很冷,三时醒来不能再入睡,勉力出席八时的课程,回到宿舍时像个软体动物。读钱基博(钱钟书之父)的《明代文学》,午睡后额外食月饼一块,致胃不适。当心,是收敛的时候了,你独居此处,病倒了无人照顾,下决心使自己强健以等待胜利。"他强撑着身心,也强撑着对于胃病的抵抗力,在这一幕又一幕的黑暗和难言的深处,我能感受到他的生活处境和悲伤。有时候,一块黑色的面包就是整整一天,有时候,遇到美食时,他那饥饿的胃就奋勇向前。1948 年 8 月 1 日,他在给朋友信中写道:"半年来胃病发作三次,骨瘦如柴……"尽管如此,他仍然用身心拒抗着生命最后的终曲。在这绵绵终曲中,有他在拒绝"美援面粉"的声明上的签字,他在最后的日记中写道:"此事每月须损失六百万法币,影响家中甚大。但余仍决定签名……此虽为精神之抗议,但决不应逃避个人责任。"朱自清英年早逝于 1948 年 8 月,早逝于战事弥漫的八年贫困而艰难的西南联大时光,冯友兰忍痛写下了这样的挽联:"人间哀中国,破碎山河,又损伤《背影》作者,地下逢一多,心酸论语,在惆怅清华文坛"。我看见的朱自清来自《背影》中的背影,来自小小寒舍中扶正中国文化的一盏烛光,我所看见的朱自清来自《背影》中遥远的背影……

我又看见了沈从文,沈从文是我们文学院的老师。

我喜欢听沈从文讲课,他带着湘西的口音而来,此刻,沈从文,在历史的屏幕中正在越过西南联大的重重围栏和时光的屏障。他所开的三门课分别是"各体文习作""创作实习""中国小说史",沈从文出现在教室中时,他总是会带来一大摞书,书会用去他的许多力量,面对书,他会用手臂抱或夹在胳膊下。面对教育,他的目光清澈而虔诚,他用目光与每个同学交流着。他讲课的声音很温柔,他平静地讲述,更多时候显得自言自语,宛如他故乡的那片小小的树林里,一群鸟在春天落地又再次飞翔的声音。我自己非常喜欢,也能感受到在这些自由自在的拍翅声中,文学对于我们身心的滋养。沈从文为了让我们真正地了解《中国小说史》,还亲自动手抄写辞条,他使用地道的云南竹纸,非常有趣而严谨地抄写,之后,他从他坐落在文林街二十号联大教职员宿舍的一间小小的房子里,带来了他的墨卷,那些卷成卷的《中国小说史》给我们带来了墨香和感染力。

我又看见了历史系的教授陈寅恪。

陈寅恪,称之为大师中的大师。亲爱的大师,我又看见了你,此刻,已近黄昏,这是历史上最灿烂的时刻,我又看见了你一生的辗转。年轻时,从美国哈佛大学到德国柏林大学，又辗转到巴黎大学……因为辗转是你的天命，人违背不了天命，所以，你的辗转，自始至终在天命的宿路上一路奔跑不息。而这天命就是让你的身心携带着人类的语言，这些语言就是梵文、巴利文、蒙文、藏文、满文、波斯文、西夏文、土耳其文，还有英、法、德、日、拉丁、希腊文，这天命使你成为了西南联大历史系的教授。教授，就是从海洋般宽阔的语境中走出来，就是从人类的智慧剪裁中走出来，就是从风雨摇晃中的独木桥上走出来。就是从细小的支流寻找到巨浪的波涛中走出来。你走了出来，走到了西南联大的讲坛，在李钟湘的笔记中，你的灵魂又一次出现，笔记中写道："貂皮帽、衣狐裘、围围巾，有时微笑，有时瞑目，旁征博引，滔滔不绝，同学如坐白鹿洞中，教室虽无绛帐，却也如沐春风。"你是教授中的教授，你给联大的学子带来了"晋南北朝史"，带来了"隋唐史"和"梵文"，给我们中文系带来了"白居易"系列课室的讲座。而在你患眼疾的日子里，你的世界，仍然是一片被明珠所照耀的世界。面对生活，你深谙这命运的磨难，继续着"教授中的教授"，生命的过程于你，仍然是沉濡于史学的渊薮，这无边的渊薮，使你在近乎失明以后仍然继续着生与死的磨难。在抗战胜利以后，你写下了这组七律《忆松门墅故居》："渺渺钟声出远门，四海无人对夕阳。破碎山河迎胜利，残余岁月送凄凉。松门松菊何年梦，且认他乡作故乡。"此刻，我仿佛又遇见了你，在那个阴晦的岁月里，你的足迹辗转于昆明、香港、成都，你的眼疾一天天变得严重。尽管如此，在联大的校园里，我看见的你，是一个用尽全身心抵抗着人生挫败的勇士；是一个倾尽身体之灵翼飞翔在人类史记中的吟唱者……而今天的我，在老态龙钟中仍然听见了你从联大走来的脚步声，你踏着生命的残露步步朝前走，而你生命的那口气，仍然盘踞在古老的史学之渊薮，它们使你脚步下旋起的那一片片金色的银杏树叶，仿佛古老时间的书笺，昭示着人类真理。

我仿佛又看见了钱穆和他的国史。

时光穿越着,确实的,这是来自 4 月最为阴郁的时刻,也同时是春风荡涤尽所有枯枝败絮的时刻。我的脚,一双从西南联大校园史中走出来的脚,一双在黑色布鞋中穿越时光的脚,今天将步行到校园深处一座座低矮的教舍,今天的我将再一次前去倾听良师钱穆讲国史,当钱穆讲国史时,教室里座无虚席,两边站满了倾慕而来的教授和学子。他使用无锡口音讲国史,在他充满激情的讲述中,所有的心灵都在其中穿越着,我的心灵史也在穿越着。那一天,我们倾听钱穆讲《中国通史》,那是一个凝聚力很强烈的时刻,窗外飘着绵绵的细雨,我的倾听力,在钱穆的声音中仿佛已经穿越了好几个世纪的黑暗,我睁大双眼,在绵绵不尽的细雨中,穿越着祖国山河的一卷卷混沌和清澈见底的巨梦。

时光是用来度过生命之光烛的,在不同的时间里,人度着时光的影子,每一道时光里都有叠加的影幻,它们替代自己的心向远游和蜷曲。时光让人类从结绳记事开始了时间的编年史。在西南联大的时间里,钱穆正编写着《国史大纲》。国史,这是一个人心灵的方向,我不断地寻访着这些来自历史记忆中的深邃之谜,在无限辗转的岁月里,钱穆叙说着,那高天流云之下的国学史卷和书写的时间。"民国二十六年秋(1937)卢沟桥倭难猝发,学校南迁,余藏平日讲通史笔记底稿数册于衣箱内,挟以俱行。取道香港,转长沙,至南岳,又随校迁滇,路出广西,借道越南,至昆明,文学院暂设蒙自,至是辗转流徙,稍得停踪,则民国二十七年(1938)之四日也,自念万里逃生,倍增感慨。"写作国史的时间从蒙自到昆明,又从昆明到宜良,在当时距昆明七十多公里的宜良,钱穆寻找到了一方隐蔽的山水,他的笔录中曾描述过这战乱中难得一遇的隐居地:"院子有一白兰花树,极高大,春节花开清香四溢。道士采摘去赴火车站,有人贩卖去昆明。张妈以瓶插花置余书桌上，其味浓郁。楼下阶前流泉，围砌两小潭蓄之。潭径皆两尺许，清泉映白瓷，莹洁可爱。张妈以中晚两餐蔬菜浸其中，临时取用，味更鲜美……"《国史大纲》就是在这样的幽居中完成。在这幽居中生活的大师钱穆居住在宜良西郊的岩泉寺下，居住在充满山水的风景中，更为重要的是居住在自己的心灵深处，居住在一个人的尺度密径过往的历史中。在这些属于一个人的尺度里，我看到了钱穆散步的小路，那一条条被山水所辉映的小路，倒映着无数先灵的踪迹。在历史和时间的国学史中荡漾着一代大师的步履，在这样静谧的时间里，钱穆每周都需要到昆明讲课三日，余下的时间就在这幽居中，读史并研习从而写下了《国史大纲》。1939 年 6 月是一个好日子，钱穆终于完成了《国史大纲》，在 6 月夏日的热浪和一阵暴雨之中，钱穆轻轻推开了门窗，目送着雨后晴朗的天穹，心情是多么舒朗啊！这是值得庆祝的个人生活录，是空中飞过的喜鹊的欢鸣，也是树枝拂动树枝般的一阵阵蝉语。在钱穆书写国史的居所外的小路上，曾经走来了汤用彤和陈寅恪，在他们下榻在钱穆居住小楼的那一夜，星光如此皎洁。他们共叙国史，叙人生之浩渺，他们居于战乱中的岩壁寺下，互为勉励，以此将星空的皎洁融入精神的怀襟。

生活与忧虑的艺术在于转换，葵花朝向了太阳，是一种阳光的转换；潮汐涌向了陆地，是一种惊涛滚滚的转换……以此类推。万事万物都有拥抱和缠绵，它们追问生命，而生命便教会它转换的艺术。我们在转换中离凡俗的大地更加亲近。窗外是渐渐西撒的阳光，此刻，在外面有无以计数的面孔，闪烁着不同的表情，在结束一天的日志前夕，还有无数人奔赴黄昏，为自己和他人演奏出黄昏的曲调。尽管如此，即将缓缓降临的黄昏是复述者和沉默者相峙的空间,它缓解着一天的倦容,制造着进入黑夜前夕的新的迷离,同时也带来松弛的舒缓,仿佛乐音跳过了激流,来到陆地上隐藏并结束最后一个慢板……

缓慢的时光,我的爱在这喑哑的时光中,静悄悄地飞渡,如古代的信使正翻过一条条驿道,而前方是未知的村落。天渐寒,不知桃李何日在春光中绽放?

我梦见过的或我未曾梦见过的,都像夜色一样茫茫无际,并随同银色翅翼划破永恒的天际……

我们的社会调查开始了,我选择了前往滇西抗战的道路……早安,我四周有风铃,它持久地响彻在墙壁那边,而天上是一束蓝光,我整理好了衣裙皱褶,准备让自己像梦一样出现在你们面前……寒冷依旧,砾石铺满了小路,在昆明近郊的田野上,早起的人们依旧到田野上去摘豌豆,我依然将脚跟站直告诉自己新的一天开始了。

人与人之间的能量就像轨道一样岔开,只有在特殊情况下才能会集。更多时候是来自个体的孤独的能量,这全然是身体中的能量,它将载动人的命运迎接下一站。如果能乘一辆古老的蒸汽式慢火车前行,你就能像写诗一样等待着下一站,而下一站不知道是铺满白雪,还是桃李已花开……人生最潜在的能量只是为了迎接通住下一站的那个未知,正是这个未知,成为了我们的永远!

永远,就是你知道,只有你知道并坚信我永远在你的心中像流水空气般存在着。永远,就是我自己,无论飞得多高多远,我将永远飞往世界上你生活的那个地方。永远,就是我们此刻活着,前去迎接黑暗再迎接黎明……永远,就是我永远爱你,而你并不知道的一个故事。

我收拾了简单的行装与吴槿之告别,她将前往蒙自和碧色寨开始个人史上的社会调查,当然,我知道她之所以选择这条路线,是因为乔尼,在这点上我们有共同点,我之所以选择奔赴滇西抗战的路线是因为周穆、周梅花和母亲……这三个人将整座滇西抗战的路线向我拉近或拉远……因为这条路线特殊而危险,我向学校申请后,经学校同意之后再将申请递交给驻昆的西南联大军用物资输送站后,才获得了搭乘运送军用物资的大货车前往滇西抗战的路线的机会,在这点上我要感谢母亲,正是她的先行搭车启发了我。尽管我的行为太冒险,但其中必定充满着巨大的勇气……而这个阶段,我已在私下热爱上了写作。我的内心翻滚着一匹匹野马奔腾似的战火,我也不知道为什么要前往第二次世界大战的亚洲主战场之一的缅北,许多事情都无法用理性解释,当我爬上了那辆军用车时,车厢中除了我还有几个年轻的士兵,他们与我的年龄都很相仿……是的,无论是在校园还是在战争的前沿阵地,都晃动着一张张年轻而朝气奔涌的面庞,他们都在用青春经历着教育和战争的历练。

我虽然没有像他们一样参加了中国远征军,然而,我却同样勇敢地选择了奔往滇西抗战的路线,我的社会调查有三个多月,看上去时间虽然短了一些,然而,我会利用这三个月时间辗转于缅北,用我的灵魂去记录和寻访前沿阵地的战事逸闻。除此之外,我最大的梦想就是在缅北能够与周穆、周梅花和母亲不可能又充满潜在可能性地相遇。在偶然和必然中相遇,一直是我对这个世界人与自然以及每个生命之间的期待。当我看见车厢中几个穿着新军装的年轻士兵时,内心升起一种难以言喻的激动,原来预想中的孤独感慢慢地消失了。车轮开始出城,开始出碧鸡关再出安宁再出楚雄……之后,我就开始与传说中的滇西相遇。

滇西是辽阔的,你很难想象在这晴朗的天宇之下,我们所奔赴的是战场而不是天堂。在蓝色天空下我们看见了逃难的人们……我的心绪突然又开始变得灰暗起来了,灰色,在今后漫长的时间里成为了我写作中的主色……在之后开始写作的日子里,只有在灰色中,灵魂似乎才会获得安定。首先,这灰色带来了写作时的庄重,当我决定写作时,我无疑是在为自己点上一盏灯。当世界执迷不悟时,那盏灯从书房开始,一点点地照亮了每一个角落。

准确地说,写作者所面临的都是揭开笼罩自我的那层雾幔,我们从灰雾中走来,作家写作的房间从本质上讲就是被灰雾笼罩之地,因而,在以后的时间里,我喜欢坐在房间里写作。喜乐只是生命中最短暂易逝的一部分,一个不敢面对人生哀念的人是无法写作的。写作吐露出的都是隐现的生命痕迹和无尽的幻想,它是庄严的,也是破碎的。灰色,就像世界的主色,更多的是历史进程中个人生活史的主调,而作家的写作无疑是在穿越着时间中的灰雾。

从年轻时到现在,我的写作一直在雾中穿行。尽管如此,我仍然坐在书屋中,它是一个牵连起世界万物的磁场,每天我都要在里面坐上几小时,更早的时候,我就写下了这些文字:迷惘是一种巨大的惊恐,不断地敢于同我们分享着忍耐中的幸福。我正是在这一时期的矛盾中,一种新形式的矛盾中感受到了自己的嘴唇在摇晃不停的阴影中变得冰冷,变得稍纵即逝,宛如一道划破长夜的闪电……因此,对我而言,写作中的大部分时间都应该是灰色的。在面对这些一个版块又一个版块所涌来的时间中,我自己就像苍鹭飞越着茫茫峡谷,人生的许多故事无疑都是用翅膀在穿越着,无论悲与喜……

辽阔而伟大的滇西在被第二次世界大战所笼罩的时期,最初注入我眼帘的风景画是:满山遍野的羊群有黑有白,牧羊人坐在羊群之间像是在唱着山歌,又像是自语清风舒朗间的传说……这个场景说明战争离满山遍野的羊群是遥远的,离牧羊人同样也是遥远的。看到这幅风景画,我在喜悦中有一种隐隐的忧虑,我不知道战乱是否会来到这些无忧无虑的羊群中使它们惊慌而奔逃。第二幅风景画就是车子所途经的村庄,我搭乘的军用物资运输车开始时途经的村庄均属于土坯房,当炫目的阳光朗照着青瓦白墙时,我又看到了从屋顶上升起的袅袅炊烟……在这样的村舍你同样看不到战乱的状况……直到我们的车子进入了滇缅公路,我才看到了第三幅风景,这幅风景破败而惊慌失措,车轮之下的两侧全部是逃难的人们。逃难者有两种,他们分别是在缅甸的华人纷纷撤回故乡,我坐在车厢里能听到他们在说母语,缅甸华人大都是来自中国的云南人,他们看上去大都是一个家族,去缅甸经商,因为战乱又开始以一个大家族开始逃离缅甸,所以,他们使用牛马运载行李家当,在他们说出的母语中有纯粹的地方口音,因为落脚于昆明已经很长时间了,再加上昆明这座城市会聚了天南地北的口音,同时也将云南各个区域的本地口音会聚到省城,最初来昆明时,我就一直在倾听语音,因为只有进入不同语音中去,你才能了解世界的关系,从某种意义上讲,世界的关系也就是不同语音所缔结的关系。看上去,从缅甸撤离出来的华人很多,但因为前面就是祖国和故乡,他们在逃亡路上显得并不绝望。

绝望的是那些缅甸人,他们的面孔大都黝黑,从面孔就能看出他们生活的海拔和纬度,就能触摸到太阳的温度和长夜的时间。由于日军侵入了缅甸,所以,那里的人都开始了逃亡……在他们的眼底有深深的绝望和迷惘,不知道这逃亡路上会再遇到什么不测,尽头又在何方。

而我,则在这条路上随同车轮在前移,这速度无法快起来,因为难民太多,我搭乘的运输车几乎是在逃亡的难民群中艰难前行。我趴在车的围板上眺望着路上的人们,他们携带着残破不堪的行李,这行李无论怎样残破总得用床单绳子捆起来,人去往何方,行李就去到何方,这是俗世难以舍去的行囊,这行囊

中有我们身体的味道,人生疲惫不堪的汗液,通常,这也是我们与未知的远方
赴约的证据。

在我头晕眼花的暮年,曾读过一部迷人的书,它就是约翰·伯格的《我们
在此相遇》。在这部有真实和虚构的叙述中,弥漫着片断似的个人史追溯,并
插入了对于绘画音乐,小说人生的审美记忆。每每读他的作品,灵魂之城都会
获得一种自由的追问和境遇。他的语言告诉我说,在人生的任何一种时间里,
都有生与死的相遇者,也将有伟大幻梦和现实的相遇者。而归根结底,无论你
在哪里,我们都会在某段时间中相遇的。这无疑是作家倾力之作,它永恒地构
筑了人类心灵上那些秘密的路径,并等待着与你相遇。是的,《我们在此相
遇》,从而处于迷失状态,并情不自禁地迷失于无法言喻的未来之中,这就是书
中的魔力。

很多时间里,我尽可能地沿着轨道行走,而更多时候我单独走在轨道外,
那是一些凹陷的,美而荒凉的路径,也许会与轨道交叉,但一旦偏离轨道,却会
走得更远。我们身置何方重要吗? 这个星球如此巨大,它应该可以容下每个
人偏离正常轨道而行走的可能性,秘密就在你挥手时,风吹发丝和语音的刹那
间……而我相信这些神话存在着,在我们使用言词的时候,房屋拔地而起,蛇
熬过了冬眠,蹚水而过的脚触碰到了水底青苔下尖锐的砾石。我们将熬过更
多的岁月,才可能配得上那些被神所护佑的每一个平凡的日子。

在惊慌失措的逃亡者中,我看见了一个华人男孩大约十岁,他手中牵着一
头羊,那是一只异常雪白的羊,在所有的破败景色中,只有那头羊仿佛刚刚沐
浴过,仿佛是一头来自天上云朵中的羊……男孩用绳子牵着它往前走,而他的

鞋子已经很旧很烂,他牵着心爱的白羊往前走,在他小小的年纪里这应该是他无法割舍之爱,所以,无论逃亡路有多艰难,他都要牵着它走在身边。我被这样的情景感动着,同时又看见了一个孕妇,看上去她应该是来自缅甸的难民,她脚下是一双拖鞋,缅甸因天气非常炎热,在大部分的时间里,人们总是穿着拖鞋行走着。眼前是拖鞋下的步履维艰,是带着隆起于母腹上的身孕通向逃亡路上的未知中的尽头,男人走在她身边,身体上承载了所有的行囊。而她将在何处分娩下她的孩子?老人小孩妇女是逃亡人群中最令人纠心的风景之一,我无法忽略车轮之下的现实,然而,对于这一切我唯有用心灵收藏下苦难,它使我战栗忧伤,车轮下是黄土滚滚,一旦刮起大风,就像一匹黄色的布匹在随风起舞。我无法忽略来自战争的惊恐,天气开始热起来,这意味离缅北已经越来越近。

地球为什么要有国境战,从中国边境的云南腾冲进入缅甸国土,我随同车轮的颠簸在思索这个问题……茫茫无际的热风荡漾着缅甸的国境线,偶尔看见鸟群们在天空中自由飞翔,它们大概无国土之分,在我们的车轮出腾冲境外线的刹那,我突然看见了一群鸟从缅甸的天空飞往腾冲的天际线,我隐隐感觉到它们似乎也在逃亡,从尘烟弥漫的炮火深处寻找避难地,从这个意义上讲云南的大部分国土乃至天空下的树枝,都应该是鸟群所投奔的避难者居所。地球为什么要有国土之分,是因为神在划分着心灵尺度,在这个灵魂的穿越之下每一个种族所造就的人类生活而奋斗。而战争则是另一种黑色的记忆,是未经神灵所允许而发布的战乱,因而,当心灵史的记忆混乱之后,我们看见的鸟群在天空中逃难,当它们拍击着翅膀逃难时,而我们人类却用四肢在逃难。

我看见一个老人已经走不动了,看上去她就是走不动了,她的儿孙们前去搀扶她……我无法去帮助她,因为我们的车一分钟也无法停下来……是的,前方在打仗,我们的军用物资运输车根本就无法停下来。

慢或快都要过去,远古的脚步声已过去,我们是否可以在一天的某些时刻,坐下来倾听自己的声音,它避开了外在的讨伐,正像地球是浑圆的,我们是否可以重温自己的许多地球记忆,那是属于一个我们与地球构成的私密往事,也许是片断似的,却是我们用慢或快的节奏安抚下的一种诗意之怀。我们的地球记忆是由从母体坠地开始的。从那一刻开始,随同我们独立的行走,我们出发的地方也正是我们与地球产生多种情景融洽的地方。无论是我们的爱与恨,还是生命的搏斗,痛苦的滋味,都与这个地球系为一体。而如今虽然地球越来越破碎,正像我们的历程越来越苍茫,纵然生命尽头只是一场虚空,而我们在此重温着自己的意念,无疑是在进一步地筑铸我们的信念。何谓信念,它是你疲惫和无望时,坚信自己在黑暗中会点燃的一盏灯,它是你在孤独中已经看见的一片繁花……重温自己会让你了解爱,爱是无可名状的触摸,是出自你与这个地球厮守维系的给予。爱同时也是迷离惆怅和疼痛,正是它们捍卫了地球人心灵的磁场。

七十多年以前,在通向缅北的路上,我的心灵磁场正通向离战争越来越近的前方,当空中的热浪飘来时,我开始隐隐约约地倾听到了前方的炮火声……我几乎一直在睁着双眼,用眼睛接受着从滇西到缅北的路线,只有在黑暗中我会闭上双眼,小憩片刻,尽管如此,自从离开昆明以后,我只是在车轮的漫长颠簸中以断断续续的小憩迎来了新的一天。

而当新的一天到来时,我仍然同几个年轻的远征军战士坐在车上随同车轮继续奔赴前方的战场。那天半夜,当车子终于抵达目的地曼德勒时,我有一种无法说出的疲惫和激动交织一体的感受。他们将我送到了中国远征军在曼德勒城的指挥部时,我下了车,随即军用物资货运车就开走了。我有一种空荡荡的幻觉,在眨眼间,载着我从昆明进入异域的那辆同样是疲惫不堪的运输车就这样消失了……这真实而恍惚的一幕使我似乎失去了方向,如有可能,我愿意随同那辆摇晃颠簸的军用物资运输车走向通往战争的每一个地方。

我站在午夜的曼德勒城的黑暗中,正在等待着什么?

感恩你,感恩在我的全部故事里,你为我而激起的波浪。感恩战乱中飞来的流弹和通向海洋的深度。感恩你,感恩流走的时光。感恩我们在短暂时间里的拥抱,感恩月亮的皎洁,雨帘外的惆怅。感恩你,感恩正在叙述的故事中,你像插曲、火车,风一样的呼啸着我的命运。感恩你,感恩细雨,感恩你的坚定,感恩我们的距离和思念,感恩你……感恩明天,感恩摇曳之烛,感恩月亮和太阳的轮回,感恩世间的秘密,水和火的分离,夜和昼的漫长。

他们将我安排到了指挥部做战事记录,只因为我是西南联大中文系的学生。而我更愿意深入基层去,恰好卫生救护站的站长前来指挥部汇报工作,在短暂的时间里我听见了许多伤亡的人数,那是来自卫生救护站的女站长口头转述的伤亡数字……我默默地倾听着……似乎有一种力量在召唤着我。终于,我醒来了,我产生了想去卫生救护站的强烈愿望……那夜我同女兵们睡在营帐中,这些女兵大都是话务员、卫生员等,她们与我年龄相似,在营帐的地铺上我睡在她们中间,由于时间太晚了,大家很快就进入了睡眠,我也许是最后一个进入睡梦中的。在入睡之前我告诉自己,天亮以后我一定要去指挥部申请到卫生救护站。我睡着了,不知道为什么,这竟然是离开昆明之后我睡得最为踏实的一个夜晚,尽管短促的三小时后,天就亮了。是的,天亮了,我听到了女兵们起床的声音,那些通过衣襟和整理床铺时所散发出来的声音,是一阵阵的速度,是入战之前被中国远征军所训练出来的速度。它使我想起了昆明北校厂中国远征军的训练基地,周穆用自行车载我穿过翠湖的周边小巷,前往北校厂站在山坡上观看远征军训练时的操练声,正是从那时候开始,周穆暗自产生了参加中国远征军的愿望。

女兵们转眼就不见了,这是中国远征军训练出来的速度,类似我们在校园中跑警报的速度,如果你没有这个意识和速度,你就会成为被摧毁之物。在战争中训练出来的速度是为了全力抵抗从空中飞来的流弹,是为了快速地拯救一个人。我开始明白了速度地重要性,走出了营帐,这是曼德勒城郊外的一片旷野,早晨的空气也许是一天中最好的,你根本就感受不到白天的那种炎热……我加快脚步走到了指挥部诉说了自己的愿望,我没想到这个愿望很快就实现了。

等着我吧,当警戒线越来越明亮,天空越来越灰暗、越来越抒情,道路离你们越来越近……我就会寻找到你们的行踪。

所谓日常生活,就是用手触摸到的毛巾、水龙头、菜刀、药水、枕头、书籍、阴影、滑杆和抛物线……在所有日常生活的里面,都有我们的存在和逃离。日常是必须的,伴随你的,每个人的日常性,构成了简谱式的梯级:一二三四五六七……

而所谓信仰,就是用自己的灵魂之旅探索世界。简言之,在行走中,在路上的泥洼中看到辙迹之舞所抵达乡壤。在梦境的屏息中,不辜负自己身陷渊薮时的精神之跃起。在寂寥的山水中,也能倾听到潜伏于内心城壁上的那一束束青黛色的音韵……它们召唤你,如召魂者已在四野平川中回到了焰花四闭时的静息与冥念……

卫生护理站坐落在离营帐三百米处，几十座纯白色的医用帐篷内的军用床上躺满了受伤的兵士。我想去承担几个受伤兵士的护理工作，因为我感觉到护理人员明显欠缺。大约是被我的虔诚所感动，站长同意后，将重病区的三个病人交给了我。这三个病人都躺在一间白色的帐篷里……我轻轻掀开布帘，我暗示自己，从这一时刻开始，我要忘记全世界，包括我要暂时忘却寻找周穆和母亲，以及周梅花的计划……我要尽我身心全部之爱专心致志地护理这三个病人，看上去，他们三个人似乎都已经变得奄奄一息。我开始走近他们，这是三个非常年轻的士兵，如果不是战乱，他们应该正在学校里念书。

对于我来说，描述三个士兵的受伤是残酷也是令人悲伤的。尽管如此，我仍然想用目光勇敢地面对他们。炼金术格言说，走向隐晦和未知，要通过更为隐晦和未知的事物。而此刻，我即将面对的是赤裸裸的战争，充满了梦一般的链接。时间是万能的，唯有时间可以改变我们身体中那些坚固的东西，那些金属般的、石头般的幻念。只要遇上时间，比如遇上了触摸和拥抱——因为触摸可以让金属和石头留下新的理念和痕迹，而拥抱可以让坚硬的心变得柔软。时间，亲爱的时间，在流水中生成的时间，满世界滋长仁慈和芥蒂的时间，与我们心底的时间有什么区别？

我就在这些时间中沉沦着。回望我的过去，仿佛理想主义的精神在不眠之夜远行着。远行，永远是我生活的主题，更多时刻当然是在写作之中远行着，我的语词负载着这一生不可能完全用生活来再现的理想主义的精神，同时也负载着我对这一世以及来世的思索和穿越，并引领我生活在远方之中。

　　在那个燥热的上午,我终于揭开了白色的幕帘,前去面对三个年轻的中国远征军的身体,难以想象他们在倒下之后是怎样被护送到这里的,我说过,描述他们躺在窄小床架上的病体,是一件非常残酷的事情,然而,在七十多年前的缅北,我已经在不知不觉中沦陷此地。先是使用眼,这双眼睛除了是父母给我之外,更重要的是神给我的,它们赋予我明亮和光泽,更重要的是赋予我洞察一切的能力。使用眼是为了向你们,向这个世界的灵魂,向这个世界的审判者们,向未来轮回中的你们,描述我所亲眼目睹的这一切:先来说一号病人,直到现在我还不知道他们的名字,可以想象在当时的战争背景之下,部队已无法核对他们的姓名,因为战事意味着残酷的血腥和混乱,你根本无法知道,在哪一秒钟你会倒下去。

　　一号病人已经百分之九十的烧伤,面对他不知道需要多少勇气,他的头颅看上去就是一只烈柴快烧尽又突然被灭寂后的现状,那灰黑色的头颅枕在白色的枕头上,脖颈以下的部分同样是灰黑色的,由于炎热,他的身体需要完全的裸露,如果从远处看过去,一号病人的身体就像一截烧毁的黑木头。我之所以先来面对一号病人的身体,是因为他的病体是最先进入我眼帘的,这眼帘就像缅北的雨季出奇的潮湿,我将省去泪水,省去更多的悲伤和无望,前来面对这一切。我来到了一号病人的床边,紧挨着床边坐下,是我的本能中温热的磁力,那磁力使我伸出手触摸着他的右手,他的右手垂在床沿,我将他的手心抓住,以我未曾有过的力量——我知道,触摸一个人的手,实际上就已经寻找到了通往他心的路线,这路线如此灰暗,宛如我独自行走在原始森林中突然就嗅到了焦枯味……刹那间,我又突然用指尖触到了来自他手心的热,那不是整个缅北开始上升的气热,而是从他烧焦的手心中传递的身体之温度,他的眼睛竟然与我的目光相遇了,感谢神保留了他的眼睛,尽管那双眼睛是多么无力,我仍然感受到了在这双眼眸深处有无数想倾诉的语言。

　　在之后的漫长岁月里,我知道,谈论忧郁是可耻的,因为纯粹的忧郁是无法谈论的。纯粹的忧郁,它们像光影移动在植物和流水的时速中,或者像我们身体的血液中只为了那些不舍昼夜的循环而低吟。谈论忧郁是可耻的,在更多的日子里,天空那么蓝,流水那么清澈,花朵那么绚丽……谈论忧郁是可耻的,所以,我今天要将忧郁的情绪深埋在土里。真正的天堂应该在泥土里,只有它可以容纳我们在尘世间疲惫不堪的肉体,只有它可以收藏我们的忧郁。当忧郁开花结果时,它们是什么花?什么果?对我而言,最忧郁的花应该是红玫瑰,越是艳丽的红玫瑰,越是忧郁。而最忧郁的果应该是紫色的葡萄,当它们在秋色中结果时,显现了忧郁的大地之果母……

　　而我们的生是围绕着一场又一场的相遇而展开的,当我此刻静坐,是为了等待。守候并等待,并不意味着无事可做,相反,所谓等待就是去面对风云变幻。当一条鱼在水里旅行,遇上的急流险滩,数之不尽的万里征途变幻出了它们的水中风云。一条鱼要被岩石撞伤多少次才能看见大海?而一个人的风云变幻就像咒语般无穷无尽地滚动,它改变了我们的笑脸和初衷,改变了我们的意志力和造梦的图像,改变了我们修行的路线和目的地。即使是这样,我也不再害怕那在路上等待我的一切。啊,这一切难道又是精神支撑着一切吗?精神实际上同样是一个空洞的词汇,是人的存在或幻念赋予了精神以更广袤的空间,在每一次出发之前,是幻念在先,然后才产生了精神。

　　我的精神之幻念在眼下就是一号烧伤病人的头颅、面孔、脖颈之下的肉体,他能感知到疼痛吗?可他就连呻吟都没有,他那具烧伤的赤裸的肉体,更多的令人想起一片野火荡尽的荒原,然而,他是荒原中的哪一部分? 是麦秸草还是枯槁的石榴树……我在他眼睛里似乎发现了饥渴,我务必面对他的饥渴,本能告诉我说,他是三个病人中最严重的,也最应该尽快得到关怀帮助。我很快返回卫生站要来了一碗水,我又来到了他的身边,坐在床沿,开始小心翼翼地使用调羹,这调羹的水微不足道却已经来到了他嘴角,那上下两片干裂的嘴唇黑得像灶灰,我的判断是正确的,他确实已经很渴了,那点点滴滴的水正沿着他口腔而下,我相信对于一个烧伤的病人来说,水就是最好的疗伤剂。他接受了这来自人类的水,通过调羹输送到他口腔再进入他身体的器官,从此刻开始,面对我的一号病人,我发现了用水的妙处,我发现了他的眼神开始变得柔和起来了……我绝望中的意识深处突然有了一丝丝的欣慰。

面对二号病人就是面对截肢的肉体……因为天气太热,二号病人身体上只盖着一块白色的床单。我走近他,他的头上还有血迹,最严重的就是他失去了左臂和右腿,后来我才知道,因为天气炎热又缺乏抗炎药物,受伤的左臂和右腿交叉感染后已经危及生命,不得不为病人截去了左臂和右腿。他可以跟我交谈吗? 然而,他似乎睡着了,身子朝向里面,我拍拍他的手臂,他竟然真的睡着了,我不忍心将他唤醒。天气炎热,他能睡着就进入了最好的疗伤状态。

现在,我将去面对三号病人……后来,我才发现在三个病人中,第三号病人因为大脑受伤已经昏迷半个多月了。他的身体上依然盖着素白的床单,他躺着,身体看上去无任何知觉……面对他,我该做些什么? 我前去请教我们的女救护站长,并向她汇报了我的种种感受,她告诉我说,三个病人都非常特殊,又面临着严峻的战事……女站长嘱托我说,护理人员很少,三个病人眼下只可能交给我了,相信我会用爱心去为他们疗伤。我谈到了第三个病人的昏迷状态,站长说,三号病人的脑昏迷最需要的无疑是你的声音……他需要你的声音去唤醒他的意识……我似乎明白了很多东西,而在旁边的白色救助室里,此刻又输送来几十个从前沿阵地的伤员,他们军绿色的军装上布满了血迹……很久很久以后,我还想起这一幕幕战事伤亡录,每寸焦土上都蜷曲着疗伤的人们忧伤而疼痛的眼神……

很久以后,我想起了水在壶里沸腾后必须进入另一容器保温的常识;我想起了剑锋随同佩剑者历尽隐或露所折射的时光;我想起了书写者在不经意间将自己出卖后的种种败局,或者借助谎言来亲自消灭自我的一种幻念;我想起了一滴水直奔大海的旅程,以及它在汪洋中的哀鸣;我想起了展翅高飞者与守望者不相同的庆典,以及他们等待的焰花在远天四散后所面临的茫茫长夜。

之后,面对缅北铺天盖地席卷而来的炎热,同时也面对坐落在曼德勒城郊外荒野上我们卫生救护站的几十顶绿色帐篷,我似乎已经开始放下了在社会调查实践中,寻找他们的目标。我突然发现我是能够放下许多东西的女人……首先,我放下了小小的自我,相比缅北天空上飘忽不定中的战火,我的自我只是一种意识,然而,不得不承认正是来自自我中那些忽明忽暗的意识将我召唤到了缅北战场。

缅北,自从开战以来,都是以肉体的死亡和伤残而揭开的一场又一场战役,我来了,原来的初衷只是完成三个月的社会调查,以此为理由在寻找那些这个世界上我最为挚爱者,但我没有想到自己到达缅北以后就开始选择了做卫生站护理员。我想这是我心甘情愿选择的,在我看来这同样是最直接深入的缅北战事社会调查录。

作为来自西南联大文学院的一名学生,我心甘情愿地接受这上苍安排给我的使命,当我穿上了站长给我配发的白大褂时,我接受了这场严肃的使命,这使命就是通往三个病体的疗伤过程。作为读者的你们,请通过强劲的想象力看见缅北战场中的我,那个穿着白大褂的我。我当时的眼睛一直是潮湿的,我每天都在告诉自己,切勿流泪,切忌面对疗伤的病人时流泪,因为我要抑制住悲伤,让我的病人们感觉到生命是有希望的。而等待在缅北不可能是虚拟的,而是从每个细节开始的。我之所以重视细节,是因为我曾经是那个穿着蓝花布裙逃亡的女孩,从那一夜开始,或者是从母亲送给我那条蓝花布裙时,我感知到了那绝不是一般意义上的裙子,母亲对我的爱都缝制在了那条蓝花布裙中,它上面的花朵显现出的分明是我青春的符号,是母亲为我幻想的远景,这些细节使我喜欢上了那条裙子,此次来缅北,在我箱子里就携带着那条裙子,因为我深信总有一个来自现实的时刻,我会穿上那条蓝花布裙的。

生命是由诸多的细节构成的,南渡路上当周穆在那座叫桃源的小镇银器店里买下那只银手镯时,是为了送给未来的女朋友……而此刻,我手腕上就戴着这只银手镯……噢,夜已深,我躺下了,躺在这绿色的帐篷里,晚安,我爱我自己,是为了更好地爱你们。明天有雨,后天有风,再后来有回忆。仅凭这些理由,已足够我热爱这漫长的夜色。

战乱中的生活,每结束一天,就想洗一个热水澡……倘若能有沐浴间……再后来,这些愿望在战后和平的日子里都实现了,我有了自己的浴室,随同时光流逝,在每天就寝前的浴室里,可以尽情地观察自己受挫或欢喜之后是否老去。花,只有被自己观赏过,才称之为花。时间,让棉絮床单中有自己的肉体,而灵魂如果不想生锈,最好的办法就是经历一场场风吹日晒。夜里,我最喜欢的就是让身体散开架,让那个称之为灵魂的小东西取悦自己。

面对一号病人,水非常重要,他的身体中似乎永远需要水,我每每与他的眼神相遇时,才能感受他的年龄,只有他的眼神才可能保持着他的年龄以及他的青春,而他的肉体之枯槁就像历尽了数场风暴的洗劫,显得如此的衰竭和破败。他的每一次眼神无疑都在呼唤着水,我已习惯倾听这召唤,将一勺一勺温水喂到他干裂的嘴唇……我倾听那吮吸声,他需求水和米糊,简言之,由于长久躺在床上,他的饮食结构就像婴儿。我给他翻身时发现,他的身体肌肤已完全被改变,再无法看见原有的肌肤,他忍住的痛使他渴望着睡眠,医生给他服了安睡的药汤后,他便睡着了,在他体温的里面,我能感受到他身体的许多器官,包括心的跳动。我去门外给他采撷了一些绿树叶放在他枕边,我想树叶的绿颜色同样能减轻他体内的疼痛,这是我的想象,而对一号病人,我尝试着做许多事情,将他的身体侧翻,用湿毛巾轻柔地覆盖他的眼眶……他,无疑是我一生中见过的最能忍受疼痛的人。我尽可能与他的眼神相遇,以此解读一个烧伤病人的痛苦和愿望。我的存在对于他是温存的,只要我坐在他身边,他总想给予我微笑,然而,他脸上的肌肤已烧伤,他只能用眼神向我表达问候。

我侧翻他身体时,他总是很愿意配合我的手和力量,当他的头斜靠在枕上时,他看着绿色的帐布,仿佛荒野上的孩子,在看候着他的群羊。于是,他就慢慢地睡着了,如果光线明亮,他的睡姿就像隆起凹下的小山坡。

面对他,想象他未烧伤时的模样是艰难的。

我开始搀扶着失去左臂右腿的二号病人下床,是在一个凉爽的雨后的黄昏。这时候他从床上坐起来……这是好几天以来,我所看到的变化,他说他想走一走……这是来自云南某个区域的声音,我想起来很久以前在蒙自时倾听过的地方口音,我的判断力不错,他告诉我他是个旧人。因为蒙自离个旧很近,所以声音很相似。我搀扶着他下床时才感知到他非常需要一副拐杖,如果有一副拐杖能够夹在他的右胳膊下,他会很省力。身体,我们的身体是完整的,缺少哪一部分都是一种痛苦和遗憾,而一旦身体的某部分残缺了,那么,面对现实很重要。这现实,是一种过程,就像洗脚洗脸也是一种过程,人活着的每一种方式都是过程的累积和抵达。我的二号病人,看上去已经渴望下地很长时间,他的身体在窄小的床上移动,如果手脚未残,像他这样的年轻战士下床就像松鼠,因为松鼠的目标不是长久地栖于一棵树上,而是用我们目力无法达到的速度超越它眼眶下的世界。他的左脚终于落在了地上,我看见了他前额上的汗水……这里是纯粹的热带,之所以说是纯粹的热带,是因为我们每个人即使不说话不干活,浑身也都是汗淋淋的。因为热而催生了汗水,因为热,你看见一只青涩之果转眼间已经成熟而饱满。我用力地搀扶他的胳膊,他说,待在床上真难受,又不能走又不可能跑……我安慰他说,这只是暂时的……没走几步,他脸上的汗水不停往下落,他看见自己的汗珠子落在了地上,他充满希望地说,希望这是暂时的,因为他还想回个旧做矿工,个旧是锡矿之地,他的最大梦想就是去做矿工,等战争结束他就去实现这个梦想。我边搀扶边倾听这个青年的声音,他的个旧口音很浓烈……我倾听着一个已经失去左臂和右腿的士兵的梦想,我的泪水再次往眼底深处迂回,我不想让他看见我的悲伤。黄昏的光线中,我艰难地搀扶着他往凉爽的地方移动,眼前出现了一条河流,这是之前连我自己也没有发现的一条河流,它在白天一定是碧色的,而现在河流被黄昏笼罩着……河岸有高大的枇杷树,如果是秋天,这树上一定挂满了金黄色的枇杷……

他的背倚依在枇杷树上,巨大的枝叶重落下来,几乎可以覆盖他的身体,这确实是一个好地方,似乎也是他的避难之地。我相信,这个地方也一定适合一号或三号病人。然而,我将怎样将一号或三号病人带到这棵树下,倾听河水的汩汩之声呢?他显得很激动,他说在他的故乡有很多河流,沿岸都有村庄。他说,这是入战以来,他看到的最美的景色之一,他还说,这也是他受伤截肢躺下以后,第一次从床上下地寻找到的一条河流……他的眼睛有许多憧憬,是的,他那双望着河水的眼睛中似乎也有层层叠叠的漪涟……

我想去城里为二号病人买一副拐杖,如果有拐杖,他对自己伤残的肉体会更有信心。于是我到卫生站申请并说了自己想进入曼德勒城的理由,这个理由被同意了,站长告诉我说沿着帐篷外的那条河流往前走三里路程,就是曼德勒城区了。天刚晓,我就出发了,人这一生有各种各样的出发,有各种各样的理由开始出发于某个栖居地。我之所以来到缅北,最初完全是被爱驱使,做社会调查活动本来有许许多多背景,而我却偏偏选择了前往缅北的前沿阵地,因为我所爱的人们都以各种理由投奔到了缅北战场。以此理由,我的足迹开始沿着河岸向前行走,这是一条不宽的河流,但在这个早晨沿着河岸行走,你会忘却掉战争正步步逼近这座城市,河岸之上的宁静是多日来我未曾享受过的,这一天我穿着便服,因为临出发之前站长提醒过我,城区已开始混乱,让我一定小心,不要暴露自己的身份。我穿上了随身携带的一套便装,踏着黎明脚下草丛的水雾,在中间竟然没有碰到任何人。我明白了,战乱时期,必然会让城区或郊外的人们停止任何工作和劳动,能逃亡的人已经开始逃亡,无法逃亡者会留守城市。三公里路笔直清晰,随同白昼降临,河水像绸缎般铺开,如果没有战乱,我想,这河岸的野生枇杷树下,就是人们最好的乘荫地。三公里路在我脚下已穿梭而过,之后,是渐次逼近眼前的曼德勒城区。

　　人生细如密织,如花瓣儿那样柔软,在更多时辰,我们以编织而度年华,一个缺少编织术的人生是悲哀的。但是一个拥有编织术的人生同样是忧伤而坚定的。我发现,无论是在祖国还是异域,在每个朝暮相接壤的地平线上,都生长着像我们的灵魂一样孤独的树,生长或枯萎总是会息息相依,而它们共同的盟友和敌人,永远是无所不在的时间。这时间下出现的我,走完了那条河段,开始偏移的一条朝向城区的小路出现在眼前,我没有别的道路可以选择,这是唯一的一条小路。路两边几乎都是深绿色的热带灌木,突然我听见了马铃声,我看见了马帮,传说中的云南马帮……这有点像神话降临,在这样一个兵荒马乱的时代,竟然还有传说中的云南马帮将与我相遇。马铃声从风中荡漾过来,我站在小路边,走在前面的应该是马锅头,他头戴麦秸草帽,这是已经西化的草帽,帽檐上还镶嵌着黑色的丝绸,首先是走在前面的马锅头看见了我,他三十多岁……他看见了我,虽然我没穿着中国款式的蓝花布裙,他似乎可以判断我来自中国,他走到我身边,我感受到了他的滇西口音,我们联大有许多来自滇西的新生,所以,我熟悉这些在群山绵延中被高山和峡谷所创造的声音。云南每一个区境的声音,都会让人想起他们的饮食、灶具、衣饰和山水自然,就像自然界的兽和飞禽们的声音,潜在中催生出一种自然之力。这个三十多岁的马锅头站在我面前,金黄色镶黑边的帽檐压住了他宽阔的前额,他微笑着问我是不是中国人。我点点头,他说,日本人就要入攻曼德勒城了,为什么还不尽快撤离?我没有多言语,在这个兵荒马乱的时代,我不想告诉任何人我从哪里来,将到哪里去。是的,我想离开了,小路却是那么窄小,几乎被他的马帮队伍所占据,马锅头挡住我的去路说,妹子,缅北太乱了,你独自一人为什么还在这样的地方行走,你想到哪里去?如果你想回中国,就请你跟上我们的马帮回去,请你相信我,我们中没有一个人会伤害你的。

我摇摇头,我不想过多的暴露我的北方口音,我也不想让他们知道我的身份……我只想离开,尽快去到城区,为我的二号病人寻找到一副拐杖,相比所有肢体健全的人来说,他确实太需要一副拐杖了。不过,他们看上去都没有恶意,尤其是挡住我去路的这个三十多岁的马锅头的眼神确实也是善意的。然而,不说话也是不可能的,因为他挡住了我的去路,如果他不让路,我看上去是无法离开的。我说,我想去城里看亲戚……他点点头说,看来你还有亲戚们在城里,好了,那你就过去吧,请你告诉你的亲戚们如果能离开就尽早离开。因为日本人就快要入侵曼德勒城了。他一边说一边让道并嘱咐道,妹子,我的家就在腾冲高黎贡山脚下……如果你们撤离回家的路上,碰到什么麻烦,请去高黎山脚下找我,我的名字叫任小二……他让开了道,我回头看了他一眼,他的眼神善良而热忱,面孔因为风吹日晒显得很黝黑,鼻子坚挺,使他显得很生动,不知道为什么我从那一时刻开始就铭记住了任小二这个名字。

他们的马帮队伍为我让开了道,我直奔曼德勒区时,整个身体仿佛被笼子罩过,满身的汗水正在往脚下流动,尽管如此,我的血液畅流着,我开始寻找城区所有的店铺……许多店铺已经关闭,在一条街头,我终于看见了一家杂货铺,一对老人守着杂货铺,在来缅北之前,我做了些准备让自己学了些缅北口语,而现在这些口语竟然派上了用场,当我在店铺中寻找拐杖时,我看到的都是来自中国的丝绸布匹,盐和茶叶……我根本就看不到拐杖的影子。

损伤的肉体,这肉体是从战争的前沿阵地所撤离过来的;这肉体布满血痕,尽管血迹百分之八十已被黑色的烟尘覆盖。

肉体是我们的另外一个家,里面有支撑整个生命结构的骨骼和血液的畅流,而肉体中的每一个器官都是为了安置生命存在的秘密之穴。

这赤裸裸的时间之下的是时间……

我喜欢时间已经很久,这样说显得很含糊,事实上时间就在我们穿衣、睡眠、梦游、走路、吃饭的任何空间里,萦绕在我们周围。时间无时不在,时时刻刻相伴我们。而我体会的时间,是那种被我意识到的从感念深处慢慢渗透过来的时间。这样一来,我充分感受到了时间的无常时刻在改变我们个体的命运,它就像云南原始森林地带上那些蚂蟥,以不可思议的潜在力量,钻进了我们的肌肤,以此吮吸我们的血液。尽管如此,我喜欢上时间已经很久很久,就像我此刻默默中注视着百合的那种深玫色,我知道它盛放中的那种红,观赏花瓶中的鲜花,从花骨朵开始期待,时间在替它复述一朵花一束花从凌晨到下午的命运。我在早晨观赏它时,也感觉到了它想张开花瓣时的那种热烈的渴望。下午,在不经意间,它们就集体地怒放了。

梦书

DREAM

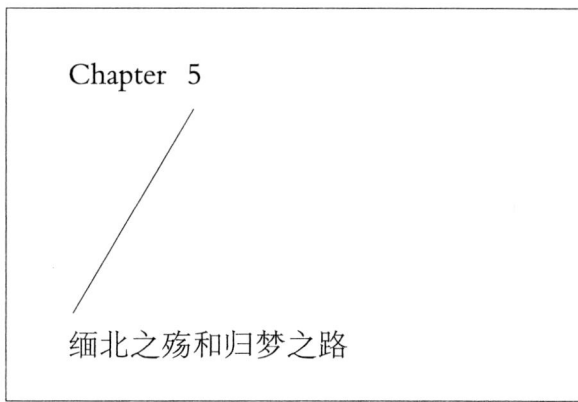

Chapter 5

缅北之殇和归梦之路

　　奔跑是一种迷人的景象，无论是在乡村布满尘土的路上奔跑还是在城市的水泥道上奔跑，我们制造的都是速度。奔跑，是为了追赶。那种情不自禁的奔跑是令人兴奋的，因为我们用脚配合着全身的节奏，正不顾一切地往前追赶。是的，追赶，这是一幅用四肢展现自我的全景图像，没有人知道在全身心的追赶中我们的速度为什么那样快？为什么那样快地就随同天空的飞鸟穿越了云彩下的那些凝固的风景。我不知道别人在奔跑时还会想起什么，对于我来说，奔跑的时候，我只感觉到我的心跳。

　　当我突然在一对守城的缅北老人所开的杂货铺中发现楼角的一副拐杖时，沉滞间的心跳开始加速。今天，最重要的事就是寻找到给二号病人的拐杖了。老人告诉我，这副拐杖是几年前他的儿子骨折时用过的，如果真有人需要它，就由我送给需要它的人吧，老人说得很平静。面对这个目光淡定的老人，我还是留下了少许费用，接过拐杖默默地离开了。从表面上看曼德勒城似乎成为了一座空城，但我相信，依然有许多人驻守在城区中。我不敢多滞留，因为这副从缅北老人转换到我手中的拐杖很重要也很特别，它可以帮助我的二号病人……

　　若干年后我在黎明时自语道：确实，耐心，需要足够多的耐心，你才能在皱褶中看到波平浪静，这应该是天堂的景色。无耐心者无法抚平皱痕，亦无法用身体装下一个世界的深湖。在另一个黎明，我在微信中写道（微信是经发明者研制流行于地球的另一种电子速度）：水，是从天上下来的，它从不泛滥，是人筑起的城让它成为涝。心,如果像鸽子的羽毛,但可以再透明些,像水,叩齿而透凉,治着亘古以来,自有生灵诞生以来的皮毛,沿着众生的路,永恒之水,从天上下来的水,多么晶莹,我爱这人心编织的又一天的降临。

回到七十多年以前的那天上午,我手中拎着那一副拐杖,匆匆撤离了曼德勒城区。我不敢滞留,因为在乱世中我一路上目睹了那么多的伤口,看见了那么多伤残之躯和溃败的生命在逃亡;我不敢有一分一秒的滞留,每每想到我的三个病人,内心就再无风景,而我的脚步只想尽快地奔向那条河流,因为沿河流而去就可以回到我们的营帐。我几乎是在用小跑的速度奔走,炎热的地平线上,几乎看不到一个人,后来我才知道,属于曼德勒城市的人们,该逃离的已经逃离了,该留下的已经留下来了。看不到一个人,意味着战事已近……

确实的,我似乎已经预感到了什么,于是,我开始沿着河岸的小路奔跑,我总是有一种梦魇般的致命的预感,战事已近……也许就在几十里之外……多年以后,我不再奔跑,而是在从容中醒来,回首着往事……我看到了我的脚,奔跑在缅北郊外的碧绿色河岸,尽管身后根本就没有一个人追赶我,我仍然感觉到了一种追杀,天空之上有子弹就要飞来。当我终于跑完了三公里之后,我来到了我的营帐地,眼前是我在奔跑中似乎已经预感到的一切,帐篷没有了,所有的帐篷都没有了,人们正在忙着出发,我在出发的人群中终于找到了卫生救护站的站长,见到我她便急切地说道,很担心你,日军已经朝着曼德勒袭来,我们得尽快撤离……我在卫生救护站站长的眼眶里看到了无尽的焦虑……

亲爱的读者,这焦虑你们是无法理解的,尤其是更年轻的新人类,我感觉到你们就像来自另一个星球的外星人一样,你们每天在手机上刷屏,你们的视力在下降,你们的心灵却越来越孤独,越来越浮躁……我感知你们时会产生另一种无边的忧虑,然而,凭我个人的力量是无法改变世界的,因此,我认为手机带来的是另外一种战乱……每到那一刻，我移开手机，移开视屏，转眼观看着我的身前身后，我安详的祖国姿容，有瓜果悬于空中召唤我从梦中醒来，仿佛面对一场场秋事的过渡、丰盈、凋落并将迎接更多的悬浮和妙律。除此外，有路通向脚下，我喜欢那一条条充满黄尘沉土的小路，两边是巨大的绿荫迷津，我乐于走上这条路，它古典的泥土可以容天下，可以引水也可以畅通地气。可以让我继续走。走到你们身边，是为了共同谋事并取土种植，是为了天下锦绣扑面而来。每当我驻足面对这些人间平凡奇境，它们像道德一样因质朴而遵循了天命的准则。我又遇上了那一丛丛替代一场场秋天所呈现出来的虚无主义精神的屏障，它的红色如此柔软地承载着天空中的一部分秘密，大地上的一部分飘逸，我想说声：祖国，您好！

　　只有寻找到我的三个病人，我的心才可能安定，于是，我抱着那一副拐杖开始在撤离的人群中边走边寻找……卫生救护站撤离病人的车辆就在前面，总共有六七辆军用货车。我无法判断我的三个病人到底在哪一辆车上？我只有跟在车轮后面行走，每个人都走得很快，货车上大都是重病症状者，大多数伤兵依然只能行走，因为来迟了，我的行囊由一个救护站的大姐为我背着，找到她，她执意要为我背行囊，我固执地从她肩上接过了行囊，这是我在南渡路上学到的，自己的东西自己负载，如有可能尽可能再去帮助别人。走在人群中，我发现了大腿受伤者，他正在艰难中移动着脚步，我走上前，想起了手中的拐杖，而当我将拐杖递给他时，他的眼睛一亮，我感觉他在此时此刻是多么需要这副拐杖，它终于在危难中派上了用场，这多少给我带来了一些欣慰，于是，我就走在他身边，当他用上拐杖以后，就轻便多了。我们就这样撤离开了从前的营帐，由一位缅甸向导引路，我们将迁往森林山谷……缅甸的原始森林，是一座座天然的巨屏,然而,我知道,进入森林以后,我将离亲爱者们更远,在这场辽阔无垠的缅甸战事中,寻找到我挚爱的人们是多么渺茫……原谅我吧!我已身不由己,陷于这些为战争而饱受创伤的士兵之中,我无法抽身前去寻访你们,无论你们在哪里,都请你们各自珍重吧!

迁往一片山岗时,天已近黄昏,卫生救护站站长来到我身边夸我是好样的,行走了如此漫长的路从不叫苦,还要照顾别人,并仍然能继续往前走。听到这些,我内心很得意,而回顾这一切,我得首先感恩西南联大的南渡以及旅行团从长沙到昆明的路程,这条路是我生命中最重要的路,我恍惚中仿佛又看见了那只小鸟,正是在那只翅膀受伤的小鸟陪伴之下,我们由此寻找到了路……不管你信不信,我深信那只小鸟是一只精灵,我相信它还会在我生命的天空中出现。

从丘陵进入森林,天空中的巨树撑开了厚实碧绿的叶枝,这是我首次领教缅北的原始森林,这也是战争的避难地……受伤的兵士们将在这里接受疗伤的过程。满载重症病人的车开到丘陵地带就无法前行了,接下来,我们将搀扶病人进入林区,我开始寻找一、二、三号病人,所有的重症病者都暂时躺在林区的担架上,没有人可以叫出他们的姓名,所有病者按照编号归案,在他们的白色病服上都用银亮的别针佩戴着自己的号码……随着已经开始下降的温度,我寻找着我的病人……此时此际,我已经忘却了全世界,我只有在忘却世界的时间里,才能迎着黄昏中模糊的光线,寻找到我亲爱的,因为世界大战而躺下的战士。分辨不同症状的病人,是了解战争残酷和野蛮的最好时机,我真的没有想到缅北丘陵深处的山坡上躺下了那么多的中国士兵,他们之前满怀着壮志冲锋陷阵,在他们躺下的时候,他们的身体缠满了绷带,有些人的身体还来不及包扎救护……那个使用拐杖的士兵将拐杖还给了我,他很感谢这副拐杖在最为艰难的时刻帮助他逾越了迁徙之路。

我怀抱着拐杖,环顾这片丘陵,不远处就是原始森林,我们得尽快将病人们迁移到前方的林子里,幸运的是我很快就搜寻到了一、二、三号病人,无论战事怎样混乱,借助于天与地朗照中的最后一点点光线,我还是很容易就寻找到了他们。我蹲下地,一只膝头着地,伸出手,我真想拥抱每一个病人,此时此际,我的目光又再一次地与一号病人的目光相遇,在迁徙之前他们已经给他烧伤的身体穿上了病服,白色的病服罩住了他像荒野般的身体,他的眼睛望着我,仿佛告诉我,见到我真好,他的嘴唇已经干裂得很厉害,然而他似乎知道我太忙,眼神中便省略了对于水的渴求。我来到二号病人面前,让他首先看到了我手中的拐杖,这时候他显得很激动,他说:"你真好,你帮助我实现了一个梦想。"亲爱的读者,生活在二十一世纪的你们,能感受到一个失去左臂右腿的中国远征军的士兵,对于拐杖的需要吗?他说因为我帮助他寻找到了一副拐杖,从而实现了一个梦想……

最重要的是我还将面对第三号病人,他也许是三个病人中让我最为无助的,因为他的大脑细胞还处于昏迷状态。我告诉自己,待我们安置好以后,我一定要多使用语言前去唤醒他沉睡的脑细胞。而此刻他紧闭双眼,他已经冥睡了几十天,他是在梦游吗?在另外工作人员的帮助下,我们开始将重症病者们迁移到一公里深处的林区。卫生救护站在进入林区几百米之后就开始筑居营帐,缅北的原始森林是全世界最为复杂而诡异的地貌,如果往深处走不仅仅会迷失方向,还会遇上许多纵横在原始森林中的野兽。当黑夜降临时,我的三个病人已经住在了军绿色的营帐中,我终于又吁了一口气……寻找水源成为了那天夜里最为重要的事情,救护站在缅北向导的引路下在营帐地不远处发现了一条溪流,这条溪流可以直接饮用。在休息之前,我务必给三个病人准备好干净的饮用水。

水,值得在今夜的星空下礼赞,在二十一世纪,人们陷于水的忧怀越来越深……水,成为了最头等的质疑,当城市的自来水无法供人们饮用时,城市正在流行送桶装水……水的忧患使我想起缅北森林中那条清澈的山涧溪流,卫生救护站的所有人饮用的都是这条水流,当我将调羹里的水喂进烧伤病人的嘴里时,我意识到了他品尝到了甜美之水……相比曼德勒城区,这座林区要显得凉爽多了。我开始喜欢上了这里的林中小路,第二天一早,我最想做的事情就是陪同二号病人到林子里去散步,当我走到他们的营帐时,二号病人已经起床了,他正在用右臂撑着拐杖朝前走……我感到了少许的欣慰,这副拐杖中有我的足迹,因为它我曾经沿着那条河流独自往前走,中途曾遇到了马锅头,一些事情总是要有开始的。

是的,另一些事情总是要到来的。我来不及前去寻找的事情总是要出现的,这一天,我正陪同三号病人说话,事实上只是我独自在说话,三号病人是不会说话的。三号病人的床靠近帐篷里的一道窗口,我跟他说话时就听到了鸟鸣声……我说:"知道我是谁吗?我叫苏修,你就叫我苏修好了,我是西南联大的学生……因为社会调查来到了缅北,你现在是我的病人……我想,你是从哪里来的?你好年轻啊,为什么不醒来呢?无论你从哪里来,家里一定会有父母姐妹,他们都在等你啊……"我想说得更多,但不知道要怎样说下去,我反复地说着上面的话,并伸出手来为他按摩脖颈手臂,常识告诉我,经络的畅通会有利于脑神经的恢复。

鸟鸣声过来了,我侧耳细听并对三号病人说道:"听我说,在窗外有一只鸟像我一样正等待着你醒来……醒来吧,你一定认识这只小鸟吧,我想,它是来看你来了……"

侧耳细听中的鸟语首先到达了我耳边,这鸟语声是多么熟悉啊!我站在窗口,看见一只小鸟栖在窗外的树枝上,绿翅膀的羽毛,它看见我显得有些惊喜,竟然从窗口飞进来了……确切的,那只绿翅膀的小鸟竟然就那样从窗口飞进来了,而且栖在了我的肩膀上,这一刹那间,我感受到了邂逅。我深信,这就是那只栖在晾衣绳上的小鸟,这就是那只陪伴我们旅行团从长沙到昆明的小鸟,这也就是那只栖在我们肩头上的绿翅膀小鸟……它又回来了。栖在肩膀上的鸟发出的鸟语声,我相信会传到三号病人的耳畔,也会传到一号病人的耳前,果然,这个烧伤的病人竟然微微地转过头来,我看见了他眼睛里的晶莹,那当然不是泪水,而是感动或想象。神灵所赋予我们的一切,在适当的时候,都会启发我们的心智,由此,让我们面对人生的挫败时,寻找到勇气……毋庸置疑,所有躺下的病体、医生和护卫者在这个现实中都需要从柔软双胁中渐渐上升的勇气,这勇气需要多种外力,就眼下而言,这只鸟过来了,栖在了我肩头,它发出的鸟语对于人类是无法复述的,然而它却给我们带来了世界上一切精灵们所幻想的自由和飞翔。

我将小鸟捧在手心,来到了烧伤病人的床前,我拉起他那黑炭般枯干的手让他抚摸到了一只小鸟柔软的身体,整个过程悄无声息,却在无声中弥漫着一种温柔的旋律。我深信,人类是需要从内心深处相遇这种温柔之旋律的,相比那些长矛和剑弓,烈炭和子弹,这旋律更能造化人类的灵魂和自然的生活简史。

烧伤病人的手坚硬荒凉,令人伤心,然而,我深信它的手骨节能在小鸟柔软的羽毛上,感知到生命中的一种温柔的召唤。恰好这时,二号病人撑着拐杖回来了,当他看到我肩膀上的这只小鸟时,我看见了他眼眶中的惊喜。

你难以想象,我竟然会与母亲相遇……

是的,相遇是我喜欢的一个词汇,面对它,任何战争的恐怖死亡和毁灭都会失去功效,本来,我已经放下了在缅北战场前去寻找我所挚爱的人们,你知道的,我已无法离开我的病人们,我相信他们也无法离开我。面对七十多年以前的那场战争,就是面对黑夜漫长的追思录,而一旦这个窗口打开,所有的往事都像水中苇草在微风中朝着我摇曳而晃动。

那天傍晚,我正陪同二号病人在山坡上散步,夕阳是金色的,好久好久没有看见金色了,面对战争,我们都在抵抗而流亡,哪怕天空中有冉冉上升中的金色,也会因此被我们所忽略……而此际,黄昏中最后的一抹金色余晖就像孤独的漫游者一样来到了我们脚下的山坡,起初,我们都沉浸在这束柔美的光泽中,仿佛忘却了一切。再后来,我们都同时听到了从山坡上山的喘息和脚步声……

在战争时期,保持警戒是必须的。

我和二号病人停止了行走,观测着四周的动向,从山坡上山的路上突然出现了几个人,他们离我们的视线已经越来越近了……我看见了母亲,有三个人离我们很近了,两个男人抬着担架,走在担架前的中年妇女竟然就是母亲,她已不再是那个身穿黑色高跟鞋和深紫色旗袍的女子……上山的母亲走得很急,脚穿黑色布鞋和布衣……头发剪短了……她是在走完最后一道山坡时才看见我的……我们相遇了,在之前,我刚刚与那只小鸟相遇过,过去的那只小鸟又重回我肩头,而此刻,我又与母亲相遇了,母亲惊讶地看着我,这惊讶是对我突然出现在缅北森林中国远征军卫生救护站的追问? 是的,这追问是作为母亲置身在战争前沿阵地做护理员的追问。我们终于又面对面地相遇了,母亲惊讶地走近我,没有问我这是为什么,是因为所有的为什么都被担架上的伤兵所面对的现实所笼罩着……

这是一个刚从前沿阵地撤离的连长,他从头到脚都是血迹和炮火的烟尘……

三十多岁的连长躺在急救室中……我陪同母亲站在外面,母亲已经不再是之前的母亲,她已经融入了战争的现实,她简单地转述着来到缅北的一切,她的经历与我类似,从昆明出发时搭乘的就是中国远征军的货运车,直赴缅北前线的母亲后来像我一样进入了前线医疗队,从而成为了一名护理员。除此外,我们最相似的是母亲同样投入了救护工作之中去,从而忘却了寻找他的将军。母亲完全变成了另外一个女人,这也正是她的生命追求。母亲将随同另外三个人离去,母亲说前沿阵地需要他们……我本想邀请母亲住一晚,我们共叙来缅北的很多感受,然而,母亲他们乘着夜色已经离开了。

茫茫夜色掩饰了来自战争中的硝烟。我目送着母亲和他们的影子远逝于没有星空所照耀的夜晚……世界是奇妙的,也许是充满宿命的,在这样一个被炮火枪弹所覆盖的国度,我和母亲竟然以不同的命运来到了缅北的战乱中,尤其是我的母亲离炮火竟然是那么近……我没有时间忧伤,临寝前,我又回到三个病人的营帐,当我用手掀开一角帘布时,那一夜,似乎平静而安详,因为三个病人都睡着了,我这样谈论睡眠时,首先所面对的应该是我的一、二号病人……他们可以入睡后又醒来,因此他们都知道白昼和夜晚的关系,简言之,只有在这两者的关系中才能用生命感知生与死的变化。对于我的三号病人来说,只有长睡而看不见白昼……我祈望他能够尽早醒来。

遇见母亲从而也让我产生了与周穆相遇的期待,或许我们会在某个时刻相遇……这种愿望驱使我尽职尽力,我要尽可能地让我的一号病人烧伤体面积恢复,目前,只要不让皮肤感染,就能减少生命的危险。我也要尽可能地让我的二号病人在截肢以后还能寻找到生命的希望,让我感到欣慰的是二号病人自从有了拐杖以后,似乎就充满了活力。最后,我也要竭尽全力唤醒沉睡中的三号病人,如他能醒来,相信他的肢体语言也会逐次地醒来。

缅北,我所沦入的第二次世界大战中的缅北,是我青春时代的战地摇篮,也是我生命历程中除了南渡而下的万里长征之外最为重要的社会课堂。

飞机,我们竟然也会看见飞机,那一天,我陪同我的二号病人沿着林中的小路往前走,我们走了很远时,突然听到天空中有轰鸣声,在昆明联大校园时我们经常跑警报从而熟悉了飞机的轰鸣声,而此刻,这轰鸣声离我们似乎很近,在很近的距离中我们可以从树枝中往天空看,确实的,二号病人说,这是飞机,它就在天空……好像是飞虎队的飞机……飞虎队突然让我想起了周梅花和她的美国飞行员依恩……有时候,你心灵中的意念越来越强烈时,事实上你已经离这种意念很近很近……我的面颊在一大片浓密的树叶之间感受到了天空之上的战争,它告诉我说,这是飞虎队和日军飞机在空中的战争……果然,我们的头仰起时,就看到了几架银白色的飞机,无论是战机还是客运飞机大凡都是银白色的,这是在效仿天空之色。飞机并不是为了参与战争,它是为了践行人梦想在天空飞行的翅膀,只不过后来飞机也被迫参与了战争。而此际,几架飞机在天空中搏斗,突然我看到一架飞机正在从空中落下来……一架银白色的飞机正在从空中落下来,我们听到了一阵巨响,仿佛巨大的云朵落在了空中花园深处,之后又听到了一座空中花园的坍塌……是的,这是从云空砸下地的坍塌,它就在我们附近不远,大约是三百米的距离。我们站立的地方晃动了几秒钟,之后,森林又恢复了平静。二号病人说,我刚才看见一架飞虎队的飞机从空中落下来了……难道真的是飞虎队的飞机从空中落下来了吗？我们开始沿着灌木丛往前走,脚下已经没有小路可走了,我们想探个究竟,想走到几百米外飞机落下来的地方,二号病人的拐杖抬起来又插入了深厚的灌木丛,我的脚也同时抬入了一大片灌木丛,之后就是一片茂密的原始森林了,一阵阴森潮湿的气息扑面而来……

　　一天的风景又落下帷幕,我们每个人都有自己的风景。创世界以时速的变幻不断改变着我们的去向。这一时刻,大自然的风景,无论是用炼狱造就的,还是用天堂历练的,都安静如婴儿的睡眠。确实,这个世界有鲜红、黑色,也有绿色或紫色、蓝色……世界的辽阔给予了我们不同的选择、发现。人面对风景,那层层叠加的涡流、幼芽、碧水芳草,必将与心灵接壤。这一夜过去,我深信每个人都有曾经回到自己身体中的风景追忆史,无论它是黑红蓝,还是云絮、泥土,它都是我们身边或远方的摇曳和雷电,也是春风和惊悚。而在七十多年前的那一刻,我和我的二号病人正在往前走,他是勇敢的,如果没有他的执着,就我本人来说,或许会放弃往前走,因为往前走不仅仅是前去面对一座诡异的我们无法了解的原始森林,更重要的是我们将去往的地方就是飞虎队驾驶的飞机落下的原始森林。

　　在另一段时间里,对于我来说,没有波澜惊心,这是过渡中的某一段生活。疗伤意味着在一所房间里要看见世界的话,就必须打开窗户去看见远云游动,就必须压低声调,就必须推开云里雾里的屏障,就必须面对万能的时间,只有求助于伟大的时间,解除你身体中的窒息和灰暗。

　　安排我们在夜色中隐遁的神啊,从无数黑夜的星宿中可以看见你正在冥冥中感知我们的存在。因为有了你,任何险恶的梦境我都可以走出去。因为有了你,忧伤和喜悦成为了我心灵中最大的庆典。因为有了你,爱是蓝色的,尘土是金色的,时光是可以流逝而拥抱的。因为有了你,嘴唇是玫瑰色的,秘密是紫色的。因为有了你,任何我所遭遇的、变幻莫测的命运中都会有来自你的启迪。因为有了你,我坚韧而柔软的肩膀上永远有天笛在召唤我沉睡而又醒来。

当我躺下去时,大地就在我下面,我依稀感觉到你们的召唤,我无法睡去。深玫瑰色、孤单的蘑菇,所有这些大地之母,指引我再一次日夜秉行,只为了倾听到远天的晨钟。而此刻,因为缅怀,我像雪一样苍白,是否可以再经历一次浴火重生?

天与地在黑夜中心心相印,而我们人类在这一刻是否已经深深相拥?成为一棵树,一池水,一双眼?

我和二号病人使用他胳膊下的拐杖在朝前探路,看上去,他已不再是我的病人,而是在这座原始森林中带领我勇敢前行的盟友,森林中奔跑着松鼠,它们确实生活得很自由,天空中撑开的树枝就像天然的舞台,它们穿梭着,同时也用目光朝下在窥视着我们的行踪。除此之外,还有许多黑色的大蜘蛛也在树林中自由自在地行走。眼前突然就出现了一大片被压倒的树枝,它让我们想起了几十分钟之前飞机从空中落下时的巨响以及周围的晃动,我和二号病人对视了片刻,我们止步而沉默着,而我们的内心深处慢慢地正在接近一个残酷的现实,飞虎队的飞机被日军击轰之后就是从高空中坠入这片森林的,可以想象它那沉重的体身在从空中落下之后,迅速地压倒了它身体下的这些大树枝杆。而它同时也落下去,坠落在那些层出不尽的腐叶之上。当我们决定朝前走时,我们已经准备好了勇气去面对一架银灰色飞机那巨大的残体。往前走,是必须的,自从我将蓝花布裙叠好,将课本书籍放在箱子里的时刻,有一个神就在暗示我说,留下来是不可能的,往前走,是必须的。

之后的另一夜在漫长而短暂中开始或结束,下了一夜的雨,空气是湿润的,黑夜无梦而醒来,所有生命的践行比夜晚的梦更荒谬而迷离,也更具体而深入⋯⋯白日梦复制着黑夜未呈现之梦,它来自我们个体的灵窍,打开它,通向的是未知的道路,这就是梦之魔书。

有一只黑色的大蜘蛛正在倒下的树枝上引路,它体内潜藏着无数的触须助它在这个辽阔的原始森林中行走,如果遇到它喜悦的乐园,它就驻足从而用嘴里吐出的网编织它栖居的王宫,并由此寻找到配偶而快乐地繁殖着生命。而此刻,它的足迹下遇到的是一头陌生的猛兽,对于它来说,陷落在树干下的银白色飞机肯定是一头猛兽。它仿佛正在引领着我们朝前走⋯⋯跟随一只黑色大蜘蛛往前走,我们会发现什么?首先,我们知道那架飞虎队的飞机已经坠落在此地,但依然有无数从空中折断的树枝在覆盖着它的原形。只见黑色蜘蛛的身体已开始攀缘到折断的树枝上,它似乎有无穷无尽的探索方向。

而我深信不疑,现在的你是存在的。在最黑的夜晚,我们或乘一辆小马车,因为我们需要的是足够多的慢,用剥葵花子的慢,感受心脏为什么会那样跳动,血液又为什么是红色的,或者在灿烂的白昼,请让我成为你的速度,并让我由此深信,即使在天蓝色滚动的地平线上,同样也会有惊悚的闪电,叙述着我们朝着黑夜而探索的时间。

飞虎队的飞机坠落而下,之后,倾覆在原始森林的巨树之下,飞机的力量是看不见的,当它以整个机身的时速坠落时,可想而知承载它机身的地方的剧烈阵痛。世界上的许多事情似乎注定要被我撞见,或许如果没有二号病人我也不可能走得这么远,只有在这片原始森林,我也才有可能感受到二号病人不再是病人,当然失去的左臂和右腿是永远的失去了,它们再也不可能回到他肢体。然而,只有在这片森林中,我感受到了他的勇猛坚毅,他一直在带着我前行,他用拐杖和左腿探索着飞机坠落之地,同时也携带我并给予我力量。这力量移动在光影斑驳的原始森林中,移动在野兽们曾经隐身搏斗过的战场。人,这一生中如果没有那种从生到死,再向死而生的历程,那么生命就苍白如纸。

生,使我们呼吸到阳光雨露的滋味,首先是由身体感受到的,所以,我们每天都应该善待并礼赞我们的身体,正是肉身的丝丝相扣,柔韧之波涛造就了我们的灵魂出窍。

死,通常是湮灭之火烛,是灰烬中的灰烬,当生命化为灰烬时,轮回之翼随即而来,它拍击着通灵的翅膀,将又一个生命唤醒,从而我们会看到冰冷的灰烬中重又长出幼芽。

在战争中,我经历得最多的除了逃亡之外,就是生与死的舞台……很多漫长黑夜中我躺下来,这时候,床是我最热爱的地方。有那么多忧伤的消息,也必然有明天黎明前夕群鸟的欢鸣。在我肢体疲惫时,亲爱的床,请梦神降临吧!

我从未梦见过飞机像大鸟一样从空中坠入原始森林,如果这现实放在二十一世纪的和平年代的话,那么,在所有电子产品中将一日复一日追究飞机的起因和结果。二十一世纪的空难曾经掀起过一轮又一轮惊悸和人性之战。而此刻,我的青春,我那曾经穿着蓝花布裙投奔到西南联大校园中的年华,正同我的二号病人一起越过这些被飞机翅膀撞断的树枝,如果细看,每一棵倒下的树上都有鸟巢,蜘蛛所编织的巨网,还有松鼠们曾经藏身的痕迹……世界的更多奥秘无法深究诠释,正因为如此,地球上才可能演绎着春夏秋冬的轮回。

喜欢上轮回,是因为我一直在行走,只有在时间的行走变化中,你才可能遇见许多向死而生的灵魂。

是那只黑色蜘蛛引领着我们继续往前走,当它突然间跳到树枝之上的一只裸露的飞机翅膀之上时,我和二号病人的呼吸突然加重,我们不顾一切地向前,想尽可能地在第一时间里寻找到生命的迹象。生命因奇异而孤独,这两者之间有长久达成的亲密关系,而更多时间是相互吸收精华,就像原始森林中树与树之间的致念。而如今,我已老迈,雨昨天半夜抵达,悄无声息地抵达,无闪电风啸,这样的雨可渗透微尘肌肤,相比轰轰烈烈的骤雨,我更喜欢羞涩的雨,从而感知衣襟风骨和饱受时间抚慰中的世景,并默默地迎接。

我的脚足重又变得年轻起来,因为我的二号病人一直往前走,往前走是一种探索和寻找,飞机落下来了,眼见双翅已折逝,机身从中间断裂……而这样已经是一种奇迹,因为从高空中落下来的飞机恰好被空中树干挡了一下,再往下垂落时速度减缓,从而没有让机身燃烧,否则只会出现一堆残骸,那是我们难以想象的悲剧,因为战争,悲剧发生在每一个角落,在前沿阵地,每天都有成批的人在倒下去。我们终于来到了机身旁边,虽然战斗机没有客机大,然而,折断的两只翅膀在痛苦无望中已经脱离了机身,可想而知,失去机身它们的飞翔是迷惘的,而机身呢,它同样遭受了重创,许多局部已经裂开。我们突然在顷刻间听到了属于人的呼吸声……在所有生命中面对人的呼吸时,你才会可能寻找到他们的鼻翼上的两个孔道是贯通身体的每个器官的,所以,即使是最微不足道的呼吸，也同样可以让我们在面对残生和死亡的场景时，搜索到生命的存在。我的二号病人支撑着一支拐杖开始用手清理挡住机身的树枝，在他的带领下我也开始用双手移开了树枝，在经历了近半小时的清理以后，机身周围显得干净多了。

搜索就是尽可能地寻找到生命的迹象。我们终于发现了湮埋在树丛中的驾驶舱……这个不可忽略的现场，使我们似乎离刚才感知到的一阵阵虚弱的呼吸更近了。搜索这个词在二十一世纪，成为了所有一切电子产品中的附加词，随同淘宝、阿里巴巴、微信对当代人生活的捆绑，现代生活者的搜索大都是沿着视屏在展开，在小小的视屏中人们很容易就可以搜索到除了信息之外的一切物资生活。而在那个时刻，我们的搜索是从原始森林中开辟出来的一条路，是掠开树枝在潮湿的林中空气中寻找生命迹象的活动。我的历险很显然会一次又一次地沦入那场战争中……大雨，听雨滴声，旋律中最悦耳果断的，可以帮助你辗转一切的杂念，让心念如倾盆大雨那般坚定。

依恩出现在机舱的驾驶室中，他的脸头颈到处是鲜血……这驾坠落的飞机正是依恩所驾驶的……那一时刻，我来不及深究这意外，所有这些元素均都是我生命中理所应当存在的。我无法说出这些原因，甚至没有时间再去追问，作为一名来自西南联大文学院的学生，肩负着做一次社会调查的个人使命，出现在缅北，经历了做一名康复护理员的职责，在如此短暂的时间里，我似乎已经历了太多的东西。人的经历应该就是叙述故事的时间线索，我后来开始的写作离不开我经历的所有细节，正是从每一个突如其来令我生命战栗的往事中，我拥有了触碰时间线索的机缘。而时间就在这里，当我们发现驾驶舱中有人时，我们已猜测到这就是飞行员，但我没有想到他就是依恩。

196

依恩,就是周梅花的男友,就是让周梅花参加中国远征军的男友,周梅花为了依恩而从军,后凭着流畅的英文而成为飞虎队的翻译,就是为了时刻陪伴在依恩身边。我曾在美丽的春城昆明见证了他们在跑警报中约会相爱的许多过程。我们之所以拥有了过程,是因为我们的身体很虚空,它需要收藏那些属于水晶、玻璃和矿石,包括一切伤口的历史。

依恩,已全面昏迷,我发现,暂时的呼喊是无效的。

最有效的现实,就是将依恩护送到救护站……而此刻,只有我们两个人,我们的力量显然远远不够。我们没有时间再迟疑,在经过了非常短暂的属于空气中用无声语言的默契之后,决定由我的二号病人赶回到救护站(这是他执意要这样做的,我理解他的执念,我已深信,从现在开始,他已经不再是我的病人,无须我再伸出双手护理他,相反,自从有了那副拐杖之后,他似乎就已经开始长出了翅膀,这翅膀是他逐渐恢复的信念给予他的)。他让我留下守候,而他自己则撑着拐杖离开了,在潮湿的原始森林空气中,我能听见他使用拐杖探索着路,这是我们刚刚走过的路,这是一条救命之路,所以,在他拐杖下我能感受到他的速度加快了,同时,我也能感受到他对作为飞虎队员的伤员的悲悯之心,救命就是速度,就是抓住分分秒秒的速度。

我成为了守候和等待者。

我坐在机舱外的树桩上,心跳声开始加速,我手里握住一根棍棒,这是我的二号病人临走时交给我的。我理解它的用意,在这座原始森林中潜藏着无以计数的猛兽,简言之,自古以来,原始森林都是巨兽们的乐园,它们远离人类的生活区域,在这些树冠之下繁衍着家族,纵横着野心并蕴藏着生命的活力。我感觉到了自己那急促的呼吸声,冥冥之中,我似乎看见那些称之为老虎、黑熊的巨兽就在几百米外的林子里散步,它们一旦嗅到我们的气息,或许就会赶过来的。

我并不恐怖,我只是猜想着,一旦那群野兽看见了我们的存在,它们会不会嗅着我们的呼吸走过来。

想象野兽的形象,同样是一场生命中的幻象,一个置身在原始森林中的人,会很容易地就想象出与野兽对峙的情景。试着想一想这番场景:如果是一只老虎,一只金黄色的老虎,如果它走到了我身边,在吃掉我之前,它会不会跟我长久地对峙并与我用眼神交流后放弃对我的进攻? 而如果是一头黑熊来了,我看见了它笨重的身体跃起的刹那,它会不会也会发现我是它的异类,就像原始森林中的花朵般平常,于是,它走过来,嗅了我的气味后就离开了……之后,我的二号病人就带着另外两个抬着担架的护理员来了,我吁了一口气,我很庆幸,在老虎和黑熊还没有走到我身边时,他们就过来了,所以,饥饿的困兽们没有机会吃掉我的肉,并将我的骨头抛在原始森林里成为永恒的化石。同时,我也很遗憾,我生命中失去了一场在原始森林中与巨兽默默对峙,标志着勇气和劫难的惊悚时刻,我失去了与巨兽搏斗的生死之传说。所有这一切,都是为了让我活下来,而我活下来,也许就是为了写这本书。

书,是虚无与现实之间的关联……

我生命中出现的每一场历练都在等待着我。它们从晨曦中露出接纳我的引力,我这一生都与生命中多种牵引力有神秘的关系,我知道整个过程都是人间变幻无穷的晴天或雾雨。在彩云之南,这样的天气变幻尤为明显,我将身体投向于这种历练,全身心地倾注于上苍安排我承纳的一切,它像是伫立或屈膝的一种影像。

以全力之心所投入的必定是我们生命中所渴望的境遇,等待我们的比我们为之期待的更辽远而寂寥。当深邈的星空注入我们的眼眸时,世界已经历练过了我们的信念及内心的准则。而我们一生无法穷尽的相遇,是因为我们拥有无法抵达的永远。我之所以出发,是因为确信你在远方等待着我。

依恩已被送到急救室里……又一个昏迷病人需要人唤醒。依恩昏迷了多日后仍未醒来,我主动要求护理依恩,于是他成为了我的另一个病人,而此刻也正是我的二号病人即将离开卫生救护站的时间,二号病人因为不能再参战,所以在他的主动申请之下,同意了他回老家。我前去送我的病人,为了安全他身穿一套便装,他说,他如果幸运的话会遇到马帮,尽管战乱以后,马帮逐渐地在中缅的各种路上消失了,但他坚信在热带丛林深处的古道上他一定会与马帮相遇的。很显然,我的二号病人已恢复了前往故乡的执念,我将他送下山,他说,他已经问过缅北曾经为中国远征军引过路的向导,他将从侧面的另一条山道回中国云南的老家。我们告别了,他肩挎着干粮将从战场撤离,我真诚地祈望他能尽早回到老家,实现他开掘矿产的梦想。人,都要有理想,这理想就像蜜蜂采蜜是为了回到一只只神奇的蜂箱中去,吐出身心中的蜜糖;就像蚂蚁们即使身置茫茫荒野,也要带领着家族迁徙并用自己的肢体筑起了土丘下层层叠加的蚂蚁王宫。附着在人生命中的那些冲动和激情就是理想的源头,而最终实现理想需要一个人忍受住痛苦寂寥恐怖,以其坚韧的内力不顾一切地朝前走去。

因为战乱,我的身体时时刻刻置身在告别中,我站在山头,远远地看见我的二号病人正在往前走,当清晰的画面逐渐模糊时,我知道或许这是最后一次目视他的背影,他撑起在空中的拐杖升起而落下,仿佛在探索着属于他命运中的那条道路,我坚信他一定会战胜归途中种种不测的艰难,最终将回到故乡。

在我的申请下,原有的二号病人的床位上躺着的是依恩,我有一个强烈虔诚的愿望,我要为好友周梅花做一件事,在她缺席的情况下,替代她好好护理依恩。就目前来说,依恩的病情很危急,除了一条腿骨折外,最严重的就是昏迷……我的三号病人直到如今仍在昏迷中,尽管我每天跟他说话都还没有唤醒他,而现在又增加了另外一个昏迷的病人……噢,昏迷,站长告诉我说,除了跟昏迷者说话之外,如有可能让我每天用热毛巾为昏迷者擦身,这是激活身体的另外一种方式,它也会激活身体中长久以来休冥的血液和神经,让它们尽早醒来。

面对两个昏迷病人,没有什么是不能做的。我在后勤部找到了一只铁锅,然后又到林子里捡到了许多干柴,做这些事很有趣,林子里落满了干枯的树枝,满地的腐叶,森林确实深藏着巨宝,因为在七十多年前每一座原始森林大都没有被伐木机器砍伐过。是的,转眼间我已经抱回了很多的树枝,它们就是最好的柴火。找到了火柴,将铁锅支在我亲自用石头砌制的炉前,用木桶拎来了山泉水倒入锅内,就这样我又开始了烧热水。我知道水只要温热就足够了,对于我的病人来说,只有温柔之水才能抚慰肌肤,以此达到唤醒沉睡肌体的功效。我将水盛在木桶中,在缅甸境内因为原始森林繁茂,几乎所有的生活器具都采用木制雕琢而成,包括碗盆桶,等等,也就是说在你使用任何一种器皿时,都会嗅到木制的香味。

我已经不是第一次用温热毛巾为病人擦洗身体,还在曼德勒城郊外我就已经开始了这项发自内心的工作。心,无疑是另一种神秘的器皿,在它的里面,我想,一定布满了地球上所有生物者的血管和暗礁,所有风吹草动和天高云淡都在一颗心的范围内,所以,倾听到自己心的召唤无疑是一件最有意义的事情。小鸟又回来了,在我面对二号病人的身体时,它飞到了我肩头,我想,它之所以回来,无疑是为了给我足够多的勇气。尽管我不是第一次为病人擦洗身体,但每一次开始之前,我都会暗自告诉自己,眼下,你是一个生命健全者,你所面对的是世界上生命最虚弱者,他们需要你以全力前去唤醒他们。

现在,美国飞虎队飞行员依恩又成为了我的二号病人,他的身体很高大,腿很长,而床很窄小,所以,我看到他的身体占据了整个窄小的床,我慢慢地掀开了他身体上的白色床单……面对这具冥睡的身体,我想象着,宇宙中的元素应该是白色的,就像战乱中盖在病人身体上的白色床单,就像医院护士身体上的白大褂;当然也有绿色,原始森林中看不到尽头的绿色,人如果一旦迷失在原始森林的绿色,那会是怎样的命运? 除此外,还有红色,这是我在缅北战争的中国远征军的某座卫生救护站,在日夜交替之中看得最多的一种颜色,这颜色除了是从伤口巨创中漫出的液体,还使我想起了进入中缅公路之前,在怒江岸边的小村庄外看到的木棉树的花朵……

面对我的二号或三号病人的身体,柔软的毛巾比以往会更柔软,它除了清洗肌体上的汗水外,还轻柔地到达了每一个部位。身体,我了解了战争一旦开始,将意味着开始呈现出一批又一批将士的身体蒙难记,从这一刻开始,我就厌恶了发动战争的侵略者。在救护站的急救室外的一只木桶里,我每天都可以看见从身体中的某个部位取出的子弹,看见那一颗颗沾满鲜血的子弹,我能感觉到子弹从空中飞到大脑、胸腔、双腿中的穿梭之患难,每天的每天,从急救室传来的叫喊,大都是因为抢救伤员时缺少麻醉剂造成的。战争中倒下的伤员,每一个人身体上所留下的伤口都是活生生的证据,都是审判战争制造者的强有力的证词。

　　面对我的二号病人依恩时,我突然滋生了一个想法,如果能在短期内找到周梅花,让她来到依恩身边,我想也许依恩会醒来得早一些。我这样说,是在告诉二十一世纪亲爱的读者,当你们的手每天在刷手机屏幕时,你们可以在转瞬间就搜寻到你们想寻找到的从物质到个人生活的踪迹,随同电子化全球世界的降临,人们可以复制身体也能复制天上飞的地下跑的生灵。而在七十多年前的缅北战乱中,你要寻找一个人,传播一种消息,就意味着要做好漫长的搜寻或等待。那时候,人还无力对抗地球上一道道巨大的屏障……

　　今晨,我使用笔颤抖着写道:生命在日夜交替中,在无所不在的时间面前,像流沙,亦像云南山涧之泉,而光芒透过缝隙,使我又找到了步下台阶后打开秘窖的钥匙。孤独或芜杂彼此对应,比如墙壁上的蜘蛛与灯光的暗自对峙。时间之触须,是我倾心的痕迹。风雨无阻,我在阁楼上看见了羊在奔跑,牧羊人亦在奔跑,兀鹫在巨大的峡谷之上张开了翅膀。

　　面对战乱,我将去何处与你相遇? 保持着走路的姿态,将一条路走完后也将有另外一条路在等待着我。我始终坚信会与你相遇,这样的信念基于我所置身的立场,它将载我去会见神谕留下的踪迹,让我在时间遗迹中倾听到神的布道。它也会载我去面对俗世的万物。在这个布满众灵的天下,我与你期待着相遇,只是因为我的梦境早已浮现过了我们在古代"五里一短亭,十里一长亭"的图像。除此外,相遇之人生图像,对于我来说也就是万水千山中扑面而来的遭遇。

　　与一条蛇相遇,那道风景或是惊恐、战栗的摇晃,当蛇移动着身体过去以后,你还待在原地或者突然奔跑,一生中这样的场景如一条蛇在风景中缠绕不休。或与一座峡谷相遇,你面对着山下的路开始了质疑追问和幽魂似的恐惧,很多年以前,你仍在那座峡谷中向下走或者向上攀援着,而我与你的相遇,应该是怎样的? 我知道,美,如果没有危机四伏,又怎么会惊心动魄?

与世界上一切美如幽灵的人于此相遇,是为了完成自我在破开黑夜之梦的世界;与苍茫视野间一切美如狐狸葵花露水的事物相遇,是为了让自己的前额抵达那些召唤你前行的词语;与君子和小人相遇,是为了完成你命运中的修行,是为了看见皎洁的月亮穿透了你的肉身。

我期待着与你相遇,是因为我在打开的镜面中又看见了你。

一切有待时间去复苏更新。那年春天,我的桌面上又落满了玫瑰凋零时的花瓣,它的形态就如波浪中的意识形态。一切未知有待语言去探索覆盖并揭穿。春天,所有未知的就像芽胚已在树上隐现,它们的命运有待风雨阳光去蜕变。

七十多年前的那天早晨,我在缅甸向导的引导下开始出发了,此次出发只想寻找到一个人,她就是周梅花,我穿上缅北的衣裤,上衣很短,裤脚很宽大,缅甸向导引着我从一条森林小路来到了山脚下,再进入庄稼地中的小路,由于战乱,所有的庄稼面临着荒芜,只有果树仍在硝烟炮火中自然地生长。向导告诉我,飞虎队员的空军基地坐落在一片开阔的荒野上,我们得寻找到马匹,否则单凭走路是艰难的。而寻找到马匹同样也是迷惘的,我们边走边环顾四周,向导说再走五公里就进入缅北的一座小镇,那是来自中国的马帮途经并下榻的地方,小镇上有好几座马店是专门为来自中国经商的马帮所开的。经他这样一说,我便觉得有了希望,这希望使我们加快了脚步。

远远的不时有零星的炮火声入耳,这炮火催我们继续加快速度,噢,速度,用脚所一寸寸丈量的速度下是尘土飞扬,是空气中许多生死不测的生命劫难。我之所以想迫切地寻找到周梅花,是因为我知道周梅花与依恩的热烈相爱,我相信一旦周梅花出现在依恩身边,依恩就会醒得更快一些。因此,我将此意与站长商议后,获得了支持,同时派遣缅甸向导与我同行。五公里外有一座深山丛林深处的小镇,这里山美水美,仿佛与战乱无关。正是在这座小镇,我没有想到我会与那个叫任小二的马锅头再次相遇……

我在前面叙述了我与任小二相遇的情景,但我确实没有想到在相隔很短的时间后我们又相遇了。来自高黎贡山脚下的马锅头出现在群山包围的一座小镇上时,我起初并没有看见他,因为我和缅北向导来这座小镇的目的是为了寻找两匹马,我们必须重视现实的距离,要凭我们用脚行走的话,要耗费很长时间才可能到达飞虎队员的空军基地……所以,我们的目光搜寻的是马匹,而当任小二的马队出现在这座小镇时,我和缅北向导就迅速地加快了脚步,那些枣红色、白色、黑色的马匹跃入我们的眼帘……我们很快就追赶上了这支马帮队伍,就在这时任小二看到了急匆匆的我们说:喂,干什么的,是不是光天化日之下也要抢劫啊……经他这么一说,走在队伍中的赶马人都回过头来包围了我们。任小二似乎认出了我,他走近我低声说道:妹子,怎么又遇到了你? 经他这么一说,我同时也认出了他。彼此的相认使我们可以进一步说话,我将目前的困境告诉了他,凭直觉我想他会帮助我们的。他说,想不到你在中国远征军中做事,救人的事,我任小二是不会推托的,妹子,你们就挑两匹马走吧!

这是我未曾意料到的一场相遇,在缅北的一座被群山所包围的小镇上,我们幸运地遇到了来自中国云南高黎贡山脚下的马锅头任小二,很快就得到了他的支持,就这样,我们从它的马队中挑选了两匹高大的骏马……临别时,我对任小二说,如果有一天遇到你,我们再把这两匹马送还给你。任小二笑了,随后又严肃认真地说道："妹子，我们都是中国人，日本人就要打到我们的故乡了，这两匹马就作为是我捐献给中国远征军的交通工具，遇到危难时，就请它们为你们服务吧！"

我的眼眶中又开始饱含着热泪，在任小二的帮助下我跨上了马，之前他用精练而简短的语言告诉我说，看得出来，你之前从未碰过马，别害怕它，骑马之前，请用手去触摸它，请相信马是最为通灵的，当你的手触摸到它的脊背时，它能感知到你的心跳，你可以用心告诉它，你需要它为你做什么。

我的手放在了那匹枣红色马的脊背上，它温热的脊背隆起，不知道驮过多少货物，而此刻，我的内心正通过我的手指在与它默默地交流，我的内心似乎在急切地告诉它说，求你使用世界上最快的速度，带我们去一个看上去遥远的地方……我们之所以要尽快地争取时间，是为了将一个已昏迷了好几天的飞虎队飞行员唤醒。

马儿啊，你真的能通灵吗？你真的能带上我们前往那个地方吗？如果可能，就请你带上我出发吧！只见马儿的尾巴摇曳，它竟然回过头来看了我一眼，马儿的眼睛真漂亮，我从此就叫它马儿吧！当我叫出它名字的时候，它便将头移向我的怀抱……自此以后，我的生命中就有了与马儿的故事。

就这样，我跨上了马背，向导跨上了另一匹黑色的马，向导天生跟马通灵，他说马儿看见他就喜欢他，因为他天生就喜欢马儿，小时候他生活在缅北的山区，在那里他们全靠马儿驮粮食物资等等。我们告别了任小二的马帮，我的枣红色马儿驮着我飞快地奔驰在去目的地的灌木丛中。

我不知道为什么如此快就学会了骑马，马儿的速度真的很快，我趴在它脊背上，我们好像在很久以前就是好朋友了，它和另一匹雄壮的黑色马匹不断地加快速度，我们就在云朵下奔跑着。仿佛没有战争，我们驰骋得好快啊！很快就已经看见了飞虎队的基地,我们看见了从地面上逐渐升上天空的飞机。

飞机,就像大鸟……

一个警卫发现了我们,这时候我们已经下了马,警卫问我们是什么人,是从哪里来的。这是一个穿着中国远征军服装的警卫,虽然我说中国话,但是他仍对我保持着警备的态度,而当我说出我是西南联大的学生,为了做一次社会调查来到了缅北时,他笑了,他说他也是联大的学生,后来参加了中国远征军,目前在飞虎队做翻译和警卫。听到他曾经是西南联大的学生,我真的很高兴。我们联大的学生遍布在缅北,或许在每一个区域都会与他们相遇。我问他是否认识周梅花,他说周梅花正在里面翻译一份电文……我说明了来意,因为事情很急,在缅北战争中所发生的很多事情都很急,都与生死相系……

周梅花出来了……对于她来说,这当然是一个无法想象的意外,首先,她怎么也无法想象我会出现在缅北,出现在她的眼皮底下。我在她的眼神中看见了惊诧……我只是简单地复述了一遍我来缅北的理由:一次社会调查使我选择了通往缅北战场的路,在这次选择中我几乎没有任何犹豫就选择了搭上中国远征军的货运车,自此以后我就成为了远征军卫生救护站的一名护理员。

当我说出了依恩的名字时,我看见周梅花用一种追问焦虑的眼神看着我,还没等我细说就追问道:怎么,你为什么谈到依恩,你是不是有依恩的消息?几天前我们与依恩所驾驶的飞机失去了联系,我们只知道依恩的飞机坠毁落下来了,但完全不知道坠落在了何处。你知道缅北有辽阔的原始森林,你知道的,在战争时期寻找失联者有多艰难。

现在,我终于等到了可以说话的机会,我说,依恩现在就躺在卫生救护站的帐篷里,他仍旧处于昏迷状态之中,我来,就是为了寻找到你,请你去陪伴依恩一段时间,如你能前往,在你的呼唤之下,相信依恩一定会尽早醒来的。

　　周梅花的眼眶里闪烁着泪水,她已哽咽,不断地点头自语道:"只要依恩还活着就好,昏迷不要紧的,我会唤醒他的……"之后,她就返回本部说明情况,带着简单的行装来到了我们身边。看得出来,在与依恩失去联系的几天时间里,她已备受煎熬,这种煎熬当然不会发生在二十一世纪的今天。近些年,不知道为什么,也许是地球异变的速度加快了,使得飞机在云空深处失联的事件越来越多……越来越多的地球人莫名其妙地就在这个世界上消失了。这种煎熬同时也被无数失去亲人消息的地球人所承载着。而在七十多年前,我所看到的煎熬是无数生者与死者的默默告别,是鲜血浇铸的战争遗梦。在这部梦书中,此刻充斥着周梅花的内心煎熬,我们经历了短暂的离别后的相遇,竟然是在缅北飞虎队员的空军基地上,身穿中国远征军制服的周梅花身材高挑,在她与依恩失去联系的日子里,不知道她忍受住了多少巨痛,而此刻,尽管巨痛依然,迷惘的现实中竟然有了依恩的消息,这消息当然是真实的。

　　很多时辰我们宁愿在虚幻中度过,因为虚幻是不确定的,在许许多多不确定的线路中,我们或许会随同一只蝴蝶升降而落下从而寻找到慰藉和欢喜。而反之,在真实的世界里,我们所面对的是尘沙风暴的降临,正是这些无法逃避的真实,让我们寻找到了置身其中的信念。

　　周梅花跨上了我的枣红色马儿,在那个黄昏已拉下序幕的时刻,我们又开始随同马儿的速度纵横在缅北的丛林。

　　毋庸置疑,我们将勇敢地前往那片卫生救护站所在的原始森林,我们将勇敢地去面对那个真实,它不是谎言虚拟,而是活生生的现场。而当黑夜降临时,我们感知到了马蹄下开始出现了那片真实的背景,我们逾越过了缅北的一条漫长的路线,只是为了尽快地接近那个真实的世界。

　　在这个真实的世界中有无数来不及抢救就已告别人世的将士,因为天气炎热,无法将他们的遗骸送回祖国,只好将他们的遗体掩埋在异国的土地上。所谓真实,在卫生救护站里,就是数之不尽的伤创,白色绷带上的鲜血弥漫……在这里,所谓真实,就是你在战场躺下了,你来到了这里,你得借助于神力或心力才可能活下来。

在今天,我会时刻让花瓶中有鲜花绽放,它会让我忽略记忆中那些生与死的较量……时间涂鸦着我,我在时间中涂鸦着,以此消磨了许多莫名的感伤。此刻,昆明的天空蓝得令人眩晕,时间让我们的生活充满了无穷无尽的谜底。时间穿过了我们的身体,穿过了楼梯、走廊,穿过了纸片、土豆、西红柿,穿过了朝暮中的光线。尽管如此,时间也同时验证着,我们今世的生,将来的亡……简言之,时间是罪恶和良善的分水岭,时间是挥霍者的光阴,时间是错过的拥抱……时间是我等待过又流传而去的风谣,时间是忘却,时间是我此刻的彷徨,时间是永远等待中的玫瑰花……

一切穿梭的,停顿的,握住的,松开的,悲伤的,喜悦的,所投身其中的并非都是在索取真理,而是在不知不觉地陷入人生过程中的一个时刻……

我将周梅花引进了依恩躺下的那间帐篷,我让她在如此短暂的时间里就看到真实的一幕,那就是她的心上人依恩的昏迷。这个真实触目惊心,昔日高大英俊的飞虎队员就这样躺下来了……我们开始动手为依恩与周梅花的相逢而扎起了又一顶绿色帐篷……而我将把书中未讲完的故事继续讲下去……讲故事意味着什么?多年后我开始了写作……夜晚,停顿的思绪,多么渴望在茫茫海洋深处随风飘荡,任随海浪载我前行……

于是,我祈祷着,天已亮,世界如此干净,信仰又从梦境来到现实中,在梦书与现实的接壤地,也是黑夜谢幕的时候,月亮是照亮梦书的灯光,太阳是铺展现实的长廊。在梦书里,人在黑暗中游弋,在一片银光中秘密地飞翔。

而永恒的忧伤,是黑色,也是白色的,更主要是红色的,因为只有红色才能经历了燃烧后变成灰。

只要稍有空隙,我就会想念周穆,在缅北我已经与母亲和周梅花相遇过,然而,至今我与周穆相遇的现实仍是一道迷离的悬窗。我也会想念吴槿之,她的社会调查选择在云南蒙自,在这些日子里,不知道她在时间中经历着什么样的故事。她与法国青年乔尼的爱情故事将以什么样的方式讲下去……在那个没有手机的年代,只有依凭想象去触摸世界。

周梅花已开始呼唤依恩,早晨我经过了他们单独的那顶帐篷外时听见了周梅花在跟依恩说话,她说:"依恩,你能看见我吗?那天早晨你钻进机舱之前曾经拥抱过我,我从未告诉过你,当你拥抱我时我的感受,那是因为每一次当你拥抱我时,就意味着你要执行飞行任务去了。你的命运,从我开始认识你时,似乎就永远注定着要从大地飞往天空,在云南,最美丽的就是天空了。你幻想过,当战争结束以后,一定要带上我,将云南所有的天空看个够,你还说过,当战争结束后,你就会向我求婚,选择云南的某座小城举行婚礼,并永远生活在一起,你还说过,在适当的时机你会带我回美国加州,在那里你的父母有一座不大也不小的农场,种植葡萄并亲自酿葡萄酒,酒味很美,就像我的玫瑰色嘴唇……依恩,醒来吧!我求你尽快醒来吧!"

我已好久没有讲述我的一号病人,今天早晨,他用眼神召唤我过去,并不是想喝水,由于他面部的肌肉严重烧伤,所以他暂时还不能说话。暂时,这个词汇是遵循我每天的祈祷所产生的希望,我希望所有这些不稳定的巨创都是暂时的可以修复的伤口。我希望一号病人不仅仅能够与我用眼神交流,也同样能够用语言交流。语言,这项活动是每个生命都具有的技艺,嘴或舌将语言送出,失去语言者,是昏暗的。所以,我祈望这是暂时的,用不了多长时间,我的一号病人将用语言跟我对话。他的眼神告诉我说,他此刻并没有口渴……那么,他需要什么,他将头移向窗外,移向那片碧绿的树枝,只要他睁开眼,那片树枝仿佛离他就很近,他的脚,一只脚已经开始下地,另一只脚努力地挪动着,因为烧伤面积大,造成了他的肌肉损伤,最终导致他身体不可能像正常人一样舒朗地伸直,只要细看,他的双膝足踝都是扭曲的,他的韧带也是弯曲的……不过,他下地了,除了口渴之外,他想挺直身躯到地上走一走,我终于理解了烧伤病人的另一个渴望。我伸出手来搀扶他,不管怎么样,他终于下地了,接地气很重要,所以,我们的建筑物要从地面上筑起,我们的脚也要落在地上。我的一号病人的脚终于又一次地触到了地气,他不想穿鞋,赤裸着脚,这是在床上待了很长时间的病人的渴望,他想用赤裸的脚感受地气中的潜力。他的脚移动在森林中的腐叶上时我看见他的眼睛突然开始变得越来越明亮了,这是一个好兆头,意味着在他经历肉体的折磨和巨痛之后,他又在这个世界上寻找到了美好的牵引力。此刻,从树枝上空洒下的阳光明亮而斑驳,那些光环是圆形的,也是弧形的……我的一号病人站在这一束束斑驳的阳光下,从他的眼睛里我能感受到,折磨和煎熬对于他来说都是暂时的。当一个人遇到光能获得内心的喜悦时,那么他就能逾越生命中的所有劫难。

周梅花走到我身边,我们谈论战争同时也谈论爱情。

她说："看到依恩这样,我不知道怎样办。三天时间已经过去了,他似乎根本就听不到我在呼唤他。但我相信,终有一天,他会醒来的,不管战争将持续多长时间,也不管他还会昏迷多长时间,从现在开始,我已做好准备,将寸步不离地守候在依恩身边。苏修,你为什么不去找周穆?你要知道战争中任何事情都会发生的,几天前在获知依恩的飞机坠落之后,我的心仿佛也同样坠落在了那些看不到尽头的原始森林处,我不知道去哪一片原始森林寻找依恩,我听说过缅北的原始森林是野兽和巨树居住之地,不欢迎人类的脚步声,所以人一旦进入就再也无法走出来……在迷惘中你们来了,苏修,我很感谢你和你的二号病人,听你说他是撑着拐杖带着你进入飞机坠落之地的,过几天,我很想去飞机坠落地看看依恩开过的飞机……"

我说："我不是作为中国远征军的战士进入缅北的,我依然是西南联大的一名学生,我之所以选择了缅北作为自己进行社会调查的基地,首先是因为你们的存在,自你们离开昆明后,我每天都想在梦中见到你们,然而,在茫茫长夜中没有任何一个梦可以让我与你们相遇……有几天,我执迷地等待着邮件,每每看见邮递员骑着自行车进入联大校园,我的心就会跳起来,但我知道在战争中的缅北邮寄信件是不可能的……终于,有了社会调查的机会,我搭上了中国远征军运送物资的大篷车,我想告诉你的是,我的母亲在我之前,就已经从广州来到了昆明,她只身前往昆明的一个重要原因,是想前往缅北战场寻找她的丈夫,我母亲第二任丈夫是她的初恋,后来几十年失散,母亲嫁了我父亲,后因为疾病我的父亲去世,之后,母亲又再次与青年时代的恋人相遇,当年的恋人已经是一位将军,于是母亲随她的将军南下广州,之后不久,第二次世界大战爆发了……将军率军来到了云南组建中国远征军,将母亲留下……母亲本可以等待或守望,然而,她却选择了来昆明,并选择了来缅北,母亲是佛教徒,她拥有内心的信仰,除了在缅北寻找到父亲之外,她最想做的事情就是成为一个战地卫生员,她实现了自己的愿望,成为了一名离战争区域很近的卫生员,不久前,她曾将伤病员从战争前线送到这里,我又见到了母亲,虽然她还没有寻找到她的将军,但看上去,母亲身心已经完全融入一名战地卫生员的职责中去了……我说了这么多,在我们告别的日子里,我所经历的内心感受,原来本想到缅北就去寻找你们,但我同母亲的命运一样,来到缅北就进入了生死之交的战争前沿阵地,我成为了一位卫生护理员,我非常愿意为他们服务,尽管当我面对他们的时候,我再也无法抽身前去寻找周穆和你们,但我们却在命运的安排下相遇了,因此,我坚信,我与周穆也会在命运的另外一种安排中相遇……

归根结底,在我们所期待的一场又一场相遇中会揭开历史的幕布,我曾在一座废弃的舞台上停留过一段时间,我对地球上所有废弃的场景都心怀挚爱之情,从一座废弃的建筑中我们可以触抚建筑的苍茫,之外,我们可以感知到生命曾经在建筑的居所中所留下的轮回气息。如果说废弃的建筑是时间朗照中人与妖孽所显现的神秘之所,那么,废弃的舞台则是曾经上演人间戏剧的场所。当我的手抚摸着一座废弃的舞台上层层的亚麻幕布时,我仿佛又看见了出场的魔兽与天使,还有来自芸芸众生的演员轮回上场……因此,我所期待的相遇,在舞台上更多的是在舞台下蜕变着时间……时间是载物之作,它给予了我们忘却,也会让我们重温那些来自记忆深处的磁针……

我虽然在绵绵不尽的原始森林笼罩之下的卫生救护站暂时还无法与周穆相遇,但我坚信,我们之间的相遇就像那只飞鸟来到我肩头,它带来了意想不到的惊喜和冥冥之中的神秘之力……

之后,我又看见了林子里的两匹马,枣红色和黑色,它们的存在又让我想起了马锅头任小二,想起了他的微笑,就会让我想起我祖国美丽的千山万水,如果没有战争,千山万水就不会破碎。

那一年,我独自一人沉吟着,雨季的漫长,改变了大地的地貌。尽管如此,在绿得眩晕的花园里,仍有受伤的鸟儿从空中落下来,仍有浑身赎罪者在奔逃,仍有仓鼠们在每个角落寻找战乱,仍有花凋谢又开放,仍有我们在举足间的步履艰难……这就是我们的故事。

静静地等待,等待,直到岁月融化我,我深入根须下,像杯子碎裂后再圆寂,静静地像敌人一样与我对峙,像闪电一样分裂我。我所走过的路,是千千万万根绳子从高空中落下来的痕迹。静静地,我的喜忧像筷子样敲击着时间的鼓面。

又一个静悄悄的黄昏,我们的救护站迎来了一个神秘的伤员。几十个战士轮留抬着担架上的病人从灌木丛中出现在救护站,之后,他很快就被送到了急救室……我感觉到这不是一般的伤员,有人低声说这是中国远征军的将军……我没有多思虑,只是想正在急救中的将军一定是遇上了一场激烈的战争,并且是他亲自率领指挥的战争。急救室进行了长达十小时的抢救……每个人仿佛都在等待着急救室的白色布帘被掀开,时间越长越让等待者备受煎熬。我也是等待者中的一员,一生中我从未见过将军,在之前,我从未想到过将军也会身受巨创,将军应该待在指挥所里指挥战役,将军也应该骑着彪悍的战马在硝烟滚滚中指挥着战役……我确实没有想到将军会被担架抬到手术室……终于,几十个小时过去了,黎明时,白色的帘布终于揭开了……

多年以前……多年以后,都是时间的轮回让我们起伏不定,直到我们修正春去秋来的因果,许多事情才会尘埃落地。在多年以前的黎明,我见到了将军,他终于渡过了几十个小时的抢救,三颗子弹从离心脏很近的地方取出来了,这是三颗不同寻常的子弹,我收藏了这三颗子弹——是因为当站长手捧这三颗子弹掀开白色帘布走出来时,在第一时间里我就看见了她脸上欣慰的表情,我们的站长是一位外科医生,每一次有伤员送到急救室去时,都是她亲自抢救。尽管时间很短,我已经习惯于与她相遇时观察她脸上的表情,她是一个稳重的外科大夫,平日里很少从她言谈中感受到她内心的悲喜情绪,但她的表情却是一张晴雨图,也就是说,透过她的眉宇间就可以看到生死图像。抢救将军的几十个小时过去后,她是第一个掀开布帘出来的,只见她清秀的柳眉舒展开来,虽然看上去有些疲倦,但总体来说是顺利的。我从她手里接过了三颗子弹,它在我手心中仿佛开始了另一种叙事,之后,将军躺在担架上被抬了出来,我迎上去说请求把护理将军的任务交给我,站长看了我一眼轻声说道你虽然从没经历过护理训练,但你已经是非常优秀的护理员了……就这样,我幸运地成为了将军的护理员。在我的生涯,这是又一个极其严肃的事件,总之,它降临了,它的降临潜伏着将故事叙述下去的旋律,除此外,它的降临是为了帮助另一个人寻找到她的将军。

将军疗伤的帐篷坐落在林子里最安静的那片空地上,地上开满了野生的许许多多花卉,其中有一种称之为鸢尾花的覆盖了帐篷外的山坡,看到这种紫色的我就禁不住想起了我的母亲,紫色是母亲钟爱之色,不知道母亲此时此刻在哪一片前沿阵地。在书中母亲这个符号是紫色,我将它付诸于母亲体内,就变成了紫色的灵魂,哪怕在炮火绵延的缅北,哪怕母亲已经脱下了她的深紫色旗袍,对于我来说,母亲依然是一座紫色的花园。而林子坡地这片向阳的地方竟然自由地绽放着紫色的鸢尾花,我俯下身嗅到了花朵的香味。每一株植物的花冠都有自己的气味,它们独自厮守着自己的味道,无论轮回生死,从不改变自己的立场。母亲同样是一个坚守自我立场,从而独立追求自己信仰的女人,从北方到南国再到西南昆明之后再到缅北,这条路上充满了母亲执着的信念。

偶然会带来奇迹,我的生命注定要在偶然中会见许多人,卷进许多事件中去,就像一滴水,如果仅仅是一滴水,盛在任何容器里都会从人间蒸发掉,倘若这一滴水融进溪流,那么就找到了浪花或波涛汹涌,所以,一滴水的哲学隐喻告诉我说,命运让我辗转到了缅北是为了像一滴水样寻找到浪花;命运让我成为了救护站的一员,从而让我面对生命的生死之劫难,是为了熔炼我对生命的悲悯和爱恋;命运让我此时此刻面对这片绚丽多姿的紫色,是为了礼赞我的母亲,当我嗅着这片紫色的香气,命运已在冥冥之中演变着另一篇叙事。

每个时辰都是永恒,只要你在沙子里看到泉水,灰烬中嗅到檀香,黄昏中打开了门……

将军很虚弱地进入了睡眠,我站在床边,为他整理换下的衣物时,在一件军绿色的衬衣里取出了一块怀表,我小心地想将怀表放在他枕下时,却意外中看见怀表的另一面镶嵌着一张照片……从这一刻开始,一个偶然降临了。你相信吗?每个偶然都是轮回中注定的,在人短促的一生中,你的轮回有前世今生和来世,而偶然也是必然,当我看到那帧照片时,我默默地为将军盖好被子,我从将军的帐篷中悄无声息地退出,而我的呼吸却急促地寻找着什么。我在黑夜中坐下来,身前身后都是紫红色的鸢尾花,你知道吗?我在黑夜中呼唤着母亲,你知道奇迹开始付诸于偶然时,那些纵横过无数山崖险川的路突然将一个梦想中的现实呈现在眼前的惊喜和忧伤吗?

现在,让我告诉你吧,将军怀表的后面所镶嵌的那帧照片就是我的母亲,她身穿紫色的中国旗袍,目光坚定而温柔……从看见这帧照片的时刻开始,我正在孕育着另一个梦……

每晚回到集体帐营安寝之前,我都习惯与我的病人们去告别,掀开布帘时,我的手较之前会显得更温柔,用温柔对付破败和哀伤也许会更有力量。我的一号病人看上去并没有睡着,尽管夜已经很深了,确实,夜已经很深了,在战争结束之后最为孤独的那些日子里,面对黑夜的深邃,我一次次回到房间,无论它窄小还是在阁楼偏西的地方,我都能找到幸福或平静感,倘若这时有战乱,我会合上窗帘,将灯光熄灭,或放下武器,先睡上一觉,醒来时相信窗外已是晨曦万千。

我的一号病人已经开始下地行走,无论是多么垂危的伤者,只要有一天能将自己的身体从病榻上立起,将双脚立在地上,那么他就已经开始战胜了死亡的诱惑,为什么要说死亡是一种诱惑呢?当一个生命垂危者听到死亡的召唤时,会拒绝人世间的阳光,这时候,垂危者很容易就被死神带走了。

我的一号病人是一个内心明朗者,哪怕身体的烧伤面积影响到了他的姿容、说话、行走,他的眼睛仍然会告诉我说,除了感觉到口腔的饥渴之外,还渴望着到林子里去走一走……在最近几次搀扶他的行走中,我开始发现他的身体状况已经越来越稳定,他的目光巡视着脚步所到达的每一个细小的区域……当他看见一只松鼠正从树枝上欢快地跃起时,他在此止步,久久地注视着这个场景,我知道他虽然无法表达此情此境,内心却已将此现实之景融入自己对生命的感知中去。我相信林子里一只松鼠的幸福生活会召唤他从病榻一次次站起来,我希望有一天,他能从这片原始森林走出去,就像之前的二号病人撑着拐杖,前去寻找他的国家和故乡。

我的三号病人仍在昏迷中,但我并没有为此而放弃希望。

世事以晨曦开卷,所付出的代价永远是值得的。你会知道,因为时光流逝,我们的生命也在流逝中,我们所开始的每一天,是以微光开始的……我要付诸行动,昨晚我已向站长讲述了我母亲与一个将军的故事,身为外科大夫的女站长被这个故事感动着,同意了我前去寻找我的母亲,但有一个条件,必须由缅北向导陪同我前往阵地。

前沿阵地必须沿着炮火弥漫的地平线前行,这对于昨天的我来说无疑是一个严峻的考验。今天之前,我的足迹虽然丈量过依恩飞机失事的地方,也曾经随向导前往飞虎队空军基地,但都是力图避开了战火和硝烟区域,而这一次,我们前往之地,恰好是离战火最近的地方,因为我的母亲就在战火硝烟的阵地救助伤员。当晨曦开始弥漫,我和向导又骑上了任小二送给我们的枣红马和黑马……昨天临睡之前,我又去告诉马儿们明天我们将出发的意图,以及寻找到母亲的意义,我的手指抚摸过了两匹马儿的脊背,深信我们之间已将通灵完成,并且我感觉到两匹马儿在我离开时都同时以一种深情的目光目送着我……我深为感动,地球上的万灵都是有情感和思想的,重要的是我们要与它们结为亲密的盟友。

我依然骑在那匹枣红色的马背上,我虽然没有在马背上度过光阴的历史片断,然而我却很快就能掌握马儿的习性。如果在狂野中奔驰,你可千万别害怕,你要放松自己,让血液畅流于你生命前行的使命中,当一匹马儿加快速度朝前奔驰时,正是它与你默契后竭尽全力践行着你的意图,简言之,在这里,当两匹马儿突然之间驰骋在缅北的群山丘陵平川时,是为了帮助你尽早地找到前沿阵地,同时找到你的母亲。所以,每当我骑在马背上,突然感觉到它四蹄下扬起的树叶尘土时,我便紧紧地抓住缰绳,并将自己伏在它坚硬起伏的脊背上,我感觉到了在它四蹄之下时间在飞快地移动,时间变幻着我们身前身后的自然地理背景,当马儿在狂野地奔驰过一条白花花的河流时,从它四蹄下激荡而起的水花四处奔溅,那无疑是我生命历程中最兴奋而刺激的时刻……它让我忘情中变得勇敢无畏,就像沉湎于一首古老的史诗的源头,去复述我们生命循环不已的时间之谜。

马儿也有驻足的时刻,这时候它会突然安静下来,因为向导正在辨别方向,向导手中有一个指南针。他将圆形的指南针放在手心,世界应该是方块状的,每一块都是人类居住生活的城堡,在这座城堡之外有水渠良田花园和森林。世界也应该是圆形的,它可以滚动中依附在人类心灵中的巨磁之上,反反复复永不疲惫地创造着历史。

我听到炮火声时,证明我们离前沿阵地已经很近。

我们从山底开始向山顶前行,我们的马儿们载着我和向导已经驱近了山顶的战壕边缘,这应该就是母亲所坚守的一座前沿阵地了,这也是中国远征军长期驻守的一座山头,在山顶不远的小树林里,就是卫生队的帐营区,受伤战士可以撤回这里,如是重创者就将护送到我们的卫生救护站或者别的站区……我在寻找我的母亲,好像上苍也在为我助力,眼前突然就出现了这样一番场景:一个40多岁的中年妇女正双膝着地,为一个腿部受伤者包扎伤口,她的目光专注得就像蜡烛中的灯芯,哪怕风雨飘落,它仍在燃烧着。这个中年妇女就是我的母亲,她的头发上落满了尘土草棵,衣服上沾满了救护伤者时留下的血迹,那些血迹斑斑点点或者像块状,将永久地留在母亲的衣服上,成为战地记忆中的一部分。

这些与黑暗相关的记忆中深藏着血迹,有一天开始出现在我复述历史和生命相交的许多个时刻,尽管那时候战争已经退下历史的舞台,我仍然收藏了母亲留给我的两件遗物,它们就是母亲一生中最挚爱的一件深紫色旗袍,另外,就是母亲在做战地卫生护理员时穿过的这套军绿色的布衣。

待母亲包扎完伤口之后,在她惊愕中抬起头来与我的目光相遇时,我一生中永远铭记了这样的目光,她的眼神充满了疲惫,我能感觉到母亲已经有很长时间没有睡上一场好觉了。对此,她在力图用某种忍耐力支撑着自己的身体;而当她终于又结束了对一个伤员的包扎任务时,她的眼神中有一种欣慰满足感,这让我又一次地感受到了母亲将全身心投入战地护理的慈怀。当我们的眼神又一次在意外之中相遇时,她的眼神敏感地从我的眼神中已经捕捉到了什么。然而,母亲从来不是一个遇事惊慌失措的女人,她站了起来,将我拉到一边,低声说道:"昨晚我已获悉了将军的事情,我知道你出现在我身边,就是为将军而来的。"母亲的眼神沉着而坚定,仿佛在告诉我说,我什么都不害怕,就是害怕这一天的到来,然而,既然它来了,我会去迎接它。

母亲去收拾了东西,她的箱子已没有了,手里拎着的只是一只简单的包,我知道,一个置身在前沿阵地的卫生救护员,将舍去许多东西,就像战士只有军装和武器相伴一样。

过去的时间和现在的时间都回到这一刻,这些纸上的时间是否会与你在辽阔的某一时辰相遇,人生中有限的生命跨越中停顿的片刻,就像你重又回到很久以前的房子里居住了有限的一夜,遇到了前世的许多故人,然而,你还是要周转而出,接受这命定磁场中有限的时间。尽管黑夜和白昼都是有限的,人的每一个瞬间也都是有限的。是的,我有限的生命是用来与许许多多来历不明的词语相遇的,与词语的关系就像在有限的生命空间里,我找到了汪洋大海中另一个漂浮不定的自己。是的,我有限的生命中有你的存在,因而,我总是想翻越高山峡谷,在有限的时间中探开雾障,从而确认你到底是谁。过去的时间和现在的时间都是在同一座舞台上所历现的时间,而我们将怎样寻找到有限时间中的台词?

我们回到原始森林中的卫生救护站时天已经完全黑了。

是的,天已经完全黑了,在森林里,我的魂重又安顿下来。

把自己的魂安顿下来,同样是一个重大的战役,每个人都有一个魂,它们或者像野马奔腾,或像云鹤在天际飞翔,都需要安顿它的居所。七十多年前,因为西南联大文学院所开展的社会调查,我所选择并奔向的第二次世界大战中的缅北,使我拥有了安顿在缅北原始森林中的灵魂之居所。

那天上午,一个士兵因伤口感染持续发烧之后去世了,我们掘开了森林中一块干净的土地,那些土质呈褐色仿佛已在准备好收留着一个士兵的灵魂。我们将他穿上了洗干净的士兵制服,他早已安静地合上了双眼,对于他将去的那个地方,他似乎在之前也并不恐惧,相反,哪怕在持续 40 多度的高烧中,他依然平静地接受着命运的安排,直到死神带走了他。

我从森林里采撷了一大束鲜花安放在他朴素的墓地上,由于战事所碍,墓地上没有石雕的墓志铭可以镌刻下他的名字,但我深信这个广袤而神秘的世界已经收留了他的灵魂。

母亲来了,前来面对她的将军。

在充斥着万千尘埃的路上,突然降临的一场雨,会让你的足尖激起泥浆。无论如何,我们就是在尘埃和泥沙中活下来的。生命最为尊贵的不是冠冕,而是你的足迹在尘埃和泥浆中到底能走多远。

我感觉到母亲走到将军身边的那种庄严和炙热,哪怕是黑夜笼罩,她也要将自己拉回到现实中的场景,以此安抚将军虚弱的身心。那天晚上我们抵达卫生救护站已经是午夜了,母亲下了马,我的那匹红色马儿一直在勇敢无畏中带领我们穿越着黑暗中的屏障,这时候它们似乎不再需要缅北向导手中的指南针,马儿走过一次的路,似乎都保存在记忆深处,而且我注意到了马儿的四蹄是记忆的蓄藏所,它们收藏走过的每一条上坡下山的路,也同时竭尽全力地收藏着途经过的路上每一条河流与另一条河流的区别,在黑暗中我们只管收住缰绳,同时也要力图收住那颗蹦跳而充满忧虑的胸怀。在路上,我们因疲惫不堪或焦虑而处于半昏迷状态,在此现实中,全凭马儿的记忆收藏的那一条条倾斜在缅北丛林中的路线。

更多时候,距离是一件彻头彻尾的长袍,它穿在我们身上,并时刻感知着我们的欲求和痛苦。所以,在我看来,人类的叙事基本上都是在讲述用身心逾越距离时,所历经的战争和霍乱。因为距离的存在,鸟学会了飞翔,人学会了

221

行走。因为距离的模糊和遥远，人滋生了思念和惆怅，距离，是美学和哲学家终生沉溺的沙漠和绿洲，也是俗世者身体上被时间和穿越声历练出的一道道烙印。

在那天晚上所绵延而出的深不可测的距离中，我记得很清楚，一路上，当我们骑在马背上时，我都一直要求疲惫的母亲手抱住我的腰，看得出来母亲已经来不及探究我怎么就突然变成了马背上的一名骑手。也许多年的辗转以及在战争背景下不得不迅速用身体所面对的黑暗和恐怖，使母亲面对我青春期的成长，感悟到了，我不仅仅是来自西南联大文学院的一名学生，我已经蜕变为在这场缅北战乱中的存在者和历经战争记忆者。多年以后，在一个冬天，我和母亲又围炉而坐时，她追忆着这一夜跟随马蹄纵横黑暗时的场景时告诉我说："那时候，在上马背时，我丝毫都不怀疑你的骑技，因为我内心的潜意识告诉我说，我的女儿已经是缅北乱世中的一个奇迹，她将在这场战乱中学会忍耐痛苦，也会学会在马背上纵横的勇气。"

照常理，抵达目的地以后，母亲会尽快奔赴将军的身边……然而，母亲却要求我带她去林区的小溪边擦洗一下身体……我非常理解母亲的用意，她的要求让我突然升起了母亲与将军相遇的仪典。我带领母亲走了一段路后来到小溪边，母亲让我为她站岗放哨时，她已经脱干净了身上所有的衣服，她赤裸身体的线条被垂落下来的树藤半掩着，身体，亲爱的身体，它们的存在或消失，就像树冠跃于天空深处，或者在某一刹那，再无法找到昨天在半空中存在的那朵花冠。

母亲半弯下腰，从随身携带的包中取出了一块香皂，我嗅到了来自母亲身体上一阵阵茉莉香的味道……

母亲从水边上来了,她已经将自己充满汗水和硝烟味的身体洗得很干净。在夜色中,依稀看见她已经穿上了那件深紫色的中国旗袍,而且令我惊讶的是母亲还带来了黑色的高跟鞋。我理解母亲对将军的那种爱,她想出现在将军身边时,突然间让她的将军感觉到她的降临不是偶然的,她是从昨天的风雨之乱中走来的,她不是别人,她就是那个穿着深紫色中国旗袍的女人。剩下的时间,是将我的母亲引向将军的帐篷,就这样,在战乱中的缅北,母亲终于就要与她的将军见面了。

是的,我正在写小说,来自叙述的意外也是故事延伸出去的结果,这是生活和时间相互缠缚的结果。它是我经验之外的更深入的对生命的致幻虚构,但当你进入每一步虚构的时间中去时,你无法放下它,因为你内心向往过这种生活的遭遇和搏斗,所以,你相信它便是真实的。

记录之所以在一个作家那里坚持下来,是因为这是一场场文学的行为和缅怀。只有写作可以解决作家灵魂中的那一场场内心战役中的整个过程,也只有写作让作家在这一历程中重逢着时间遭遇中的人或事。

一切细节之良善构造了心灵的忧伤和快乐,我相信,百花明丽,万事因春风而敞开。

而语音像穿越在茫茫荒野中的战袍,裹满了荆棘和黑暗,将每一帝国、每一族、每一性别、每一次战役中消失的灵魂重又找回来,是为了让我们重新预测海洋有多深,镜子会不会再次破碎,燕雀繁衍了多少朝代,星宿离心灵到底有多远,接踵比邻中的雪山那边为什么升起了赤黄色的火焰。

　　母亲在午夜进入了帐篷时，我退场了，对于母亲来说，这是一个行千里路，奔赴而来的时刻，当她穿上中国旗袍时，她就似乎已经做好了所有准备。她将面对从胸腔中已经取下三颗子弹的将军；她将面对一个弛骋疆场而倒下的将军；她将面对短促一生中她跟随将军而因此遭遇到的颠沛流离之苦；她将面对从茫茫长夜所绵延出去的许多无法预测的未知命运……

　　哪怕时光流速多快，直到如今，我也能看见在那个长夜迷茫的时辰，身穿紫色中国旗袍的母亲，用手掀开白色帘布的幻影和现实交织的时刻，而我的母亲在这一时刻是如此美丽，在她竭力所屏住的呼吸里，时间之魔法正在演变下一轮回中的命运。而对于母亲来说，时间将演变着帐篷中将军的生死之劫……

梦书

DREAM

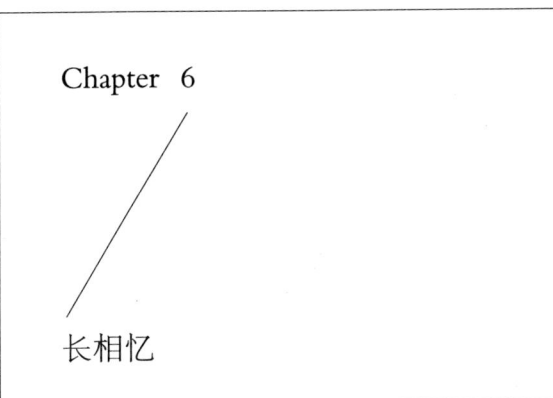

Chapter 6

长相忆

没有什么,挺住就是一切,当整个俗世铺天盖地而来,我还是要喘口气,给自己沏一杯热茶,躺下半小时,让心脏感知世人都在旁边周转,风流水声亦在耳畔,当活着的潜力无限,我们就能站起来,是的,像赤裸脚印中无声无迹的、柔软而坚定的信念。

我们将去面对几公里外的那架飞机,那是缅北细雨蒙蒙的日子,我和周梅花前往飞机坠落的丛林。我喜欢丛林已经很久,从长沙南渡而下时,我们曾穿越过许多片丛林,但相比缅北的丛林来说,只要你在缅北丛林中走几小时,你就很难走出来,而对于南渡路上涉足的丛林地区,哪怕你已经走了很远,你还是能够在惊恐时倾听到附近牧羊人的歌调,还能凭着嗅觉、听觉再走几里就会有尽头,而尽头总是会让人看到希望。缅北丛林是没有尽头的,所以,朝前走时,我们会做一些标记,往树枝上用藤枝结绳,这是过去的二号病人教我的。不知道他是否已经归家。战乱中,所有事都是未知的,全凭我们的心灵触觉去感应。在某些短暂的闲暇中,我在类似虚幻与现实中看到了二号病人撑着拐杖在丛林深处的马道上遇上了来自中国的马帮,我听说过这些马帮的部分传奇,哪怕战火弥漫,这些已经习惯于丛林中诡异多变天气的马锅头,仍然驮运着货物穿越着他们自己开辟的马帮古道。

周梅花钻进了依恩的驾驶机舱,她在里面静坐了很长时间,我感觉到了她在无声地祈祷,几十天时间已经过去了,她的依恩还没有醒来……我独自一人沿着飞机的机身坠落之地走了一圈,我又看见了那只黑色的大蜘蛛,它正栖在机身中央半空中的树枝上在织网……很多年后,我在云南的一座孔雀花园,看到了同样的场景,我感悟着一只孔雀栖在半空中,孔雀的美,在没有开屏的时候,它栖在枝干上,栖在半空中。我喜欢半空,像一双充满睡意的眼,仰头看见的虚幻。它的美,蜷曲在翅膀下,蜷曲很关键,你如想栖在半空,就该寻找到一只孔雀,它身上的蓝,是否已征服了疲惫的你?是否已让你睁眼?除了世态之恶,你是否想借别人的花园,垒建半空中的蓝?孔雀就在半空中,悬在桃木枝干上,蜷曲吧!合上书页,像孔雀一样隐瞒身世吧!

穿越如此漫长的时间,我又回到那只黑色蜘蛛停歇在飞机上空的枝干上织网的时间,这时候细雨正缠绵,缅北的战事越来越激烈。周梅花作为美国飞虎队依恩的恋人正坐在飞机舱内默默祈祷……而在飞机折断翅膀的半空之上,一只黑色大蜘蛛正在秘密而公开地编织着它强大的蜘蛛网宫殿。细雨中的我,回到了我青春蹉跎中的岁月,我走到折断的飞机左右翅膀前……这是一生中我最后一次面对这架飞虎队坠落于缅北丛林中的飞机,这以后,战事的残酷改变了所有人的命运,我再没有力量前来面对这架飞机,即使是在战事结束以后的和平日子里……

周梅花终于钻出了机舱,她的眼神疲惫无力,看得出来,刚刚过去的一夜,对于她来说又是彻夜无眠。她在告别着依恩的飞机,我们都在悄无声息中接受着战事的变化,当我们决定在此与飞机告别时,我同时也在默语中陪伴着这架飞机,虽然更多的飞禽走兽都会隐藏在丛林中,我还是能够看见它们在未来的时间中走到飞机面前的神态,对于这些原始森林中的飞禽走兽们来说,它们所面对的无疑是一个庞然大物,一只更大的巨兽,一只长眠在时间中永不再醒来的巨兽。我也告别着那只黑色大蜘蛛,希望它繁衍更多的后代,栖于飞机的半空枝干上织网,那些千丝万缕中的网络或许可以为飞机遮挡风雨。

巨大的韧性会带领我们感触这一世的朗朗春风、绵绵秋月。如此，我们就再也不害怕刀剑下的人、尘埃里的化石。我已发现，我们躯体里有万能的韧性，只有流水可以与它默默对峙，相互歌吟。

自从母亲来到救护站以后，将军就有了最好的护理员，偶尔我也会随同母亲进帐篷，将军依然躺着，他已经知道我是谁。他的虚弱目光与我的目光接触，我仍然称他为将军，我想，再没有比这个称谓更恰当和贴切的称呼了，在我心目中他应该就是我们的将军，母亲每天用温水给他擦身，在战乱中，救护站看上去也算是一个小小的避难所了，尽管如此，我感到炮火离我们已经越来越近……而且，有一个非常不好的迹象已经悄无声息地出现了，由于天气渐热，即使藏在林子里，热度较之前开始上升，因为缅北的盛夏已经降临。确实，这是缅北的热度，我感觉到热度开始从空气中袭来，身体开始从早到晚变得黏稠，汗腺仿佛也打开了，开始往毛孔外渗透……就在这样的情况下，将军的伤口开始感染……之后，将军的身体的温度也逐日上升。母亲开始用凉毛巾为他擦身并退热……

救护站所有人的眉头紧锁，站长已经支撑不住了，我看见她站在山头，目视着前方的炮火……她的内心深处一定翻滚着滚滚不息的浪潮。由于日军已将战火蔓延到了缅北的整个区境，中国远征军的医用物质越来越匮乏……在这里匮乏意味着将军和受伤的士兵们的伤口将无药治疗……我感觉到了站长的悲伤，她的身体面朝战火，沉沦在这无奈的悲伤之中。救护站的医药已空……在热度弥漫中，伤员们的伤口将与缅北的恶劣气候搏斗着，我们知道高热是什么吗？

在高热之下,一只青涩的水果第一眼看上去时,还是青绿色,待你的眼神游转了几小时的山水回来后,那只几小时前看见的水果已经不见了,转而见到的是一只金色的苹果,如果再过几小时你再面对它,那么,金黄色的苹果已经消失了,你面前出现的是一只正在枯萎的苹果……

高热让我们身体中的水分正在大量地消失……

将军的伤口感染后,他身体中的高热度迅速上升……

我们都略知一个基本常识,高烧持续会烧坏身体的器官……将军在高烧中仍然用深情的目光看着母亲,那深情是我能领悟的,在其中,可以延伸出一个更广阔而兵荒马乱中的背景。没有背景的人生是不可能的,婴儿落下地时,我们的背景就已经开始了,无论你的命运投胎何处,你脚落下地的地方,你睡觉吃饭的地方,包括我们的父母姐妹兄弟都是我们的背景。之后,随同人生之旅的变化,我们所置身的背景也在反复无常的变化之中,但无论背景如何变化,每个人内心都有一种不变的东西,那就是我们的良知和爱,有什么样的良知和爱,就拥有什么样的明天。而明天将是因与果的舞台。

最近以来,除了护卫我的病人,让他们拥有一个值得期待的明天之外,我也在协助周梅花和母亲的工作。

在一个早晨,依恩醒来了,周梅花急匆匆地前来叫我,天刚晓,我正在水边洗漱……依傍我们卫生站营地的这条溪流,在我记忆中也应该是世界上最为清澈缠绵之水,它不仅保证了我们的安全用水,同时在它的下游也是我们洗衣净身之地。每个早晨当我在水边洗漱时,我都会迎来新的一天,并且以饱满的热忱期待着奇迹再现。

所谓奇迹就是让每一个因战争而备受重创的伤病员拥有再生的希望……

奇迹在更多时候大都是渺茫的，因为我们卫生救护站所接收的病人，多数都是严重受伤者。最近以来，药物严重匮乏，我目睹着一个又一个伤病者告别了人世，当他们谢世时，我们都会为他们举行一个朴素而简单的悼念仪式，并亲自掘开泥土，将他们的遗骸送走。而我自己总是会情不自禁地到山坡上采撷一束斑斓的野花，插在死者的坟前。而且我会用自己内心的声音默默地告诉他们，去吧，去吧，去到一个没有战乱和炮火弥漫的世界，去找到你们永恒安眠之地……

而我坚信，这座辽阔无垠的原始森林，就是逝者们永久的故乡。

依恩睁开了眼睛，这对于卫生救护站的所有人来说，无疑是奇迹的再现。他的睁眼，意味着他要尽快前来面对所在世界。在某种意义上来说，在场的周梅花凭借着强烈的爱每天为依恩用毛巾沐身，并用爱的语言呼唤着依恩……这种强大的力量潜入了依恩的神经深处，从而让依恩战胜了生命中的苦厄，他终于醒来了，而且在他醒来后所看见的第一个人竟然就是周梅花，在我看来，这真是一件充满奇迹的大事。然而，当我们在依恩醒来的喜悦中前去分享这个现实的时刻时，另一件严峻的现实出现了，依恩失忆了。

所以，他不认识坐在他床边的周梅花，亦不认识我，而我和周梅花都是他认识的人……我看见了这一事实，当周梅花拉着他的手低声细语着："依恩，我是周梅花，你不是经常唤我为小鸽子吗？我就是期待和平的那只小鸽子……想起来了吗？依恩，我就是你的小鸽子，我曾陪同你飞翔过蓝天白云……你为什么忘记了我？不，这是不可能的，你一定是在跟我开玩笑？是的，我想，是这样的，你一定在跟我开玩笑……玩笑，请别开玩笑了，结束这个玩笑吧，亲爱的依恩……"

倘若真的是玩笑就好了,是的,我们的生命中充满种种不可思议的玩笑,正是那些不经意间所降临的玩笑,由此缓解了我们痛苦而疲惫的心灵,玩笑的制造者们,大都是一群善良的精灵,因为有一场场意想不到的玩笑,我们可以暂时忘却苦难。倘若真的是一场由飞虎队的依恩创造的玩笑,那么,在玩笑之后,我们所迎来的将是一场战争中的喜悦。

然而,真实的情况是这不是一场玩笑,而是严酷的现实。

依恩不仅仅忘记了周梅花,也不再认识我,更重要的是他也不知道自己为什么会躺在这里,看上去,他已经完全苏醒,他终于从几十天的昏迷中醒来了,他将迎来他的失忆。

失忆中的依恩从床上想下地时,他挪动脚踝时感觉到了绷带在挤压着他,对此,他有些质疑地问周围人,自己的脚为什么打上了绷带? 他又为什么会躺在这里? 一切对于失忆中的依恩来说都不可理喻地荒谬,对此,他执意要站起来,想面对这个世界探个究竟。周梅花突然想带依恩去看他开过的那驾飞机,我们给他用树枝做了一支临时的拐杖,我同意周梅花的意见,也许面对他曾经驾驶过的那架坠落之机,他的某些记忆就会复苏。

依恩下床以后撑着拐杖开始前行,在路上,周梅花一边搀扶着他一边对他说,在之前,他是美国飞虎队的一名飞行员……依恩不解地自语道:飞机,我会开飞机吗? 飞机成为了一路上我们所启发依恩神经的主要现实问题。依恩说,小时候,看见小鸟在天空中飞翔,他就曾经梦想着自己是一个长出翅膀的人,但他怎么会开飞机呢? 他撑着拐杖缓慢地前行,当周梅花告诉他几公里外的原始森林里,有一架他曾经开过的飞机时,他突然睁大了双眼。我感觉到,这个现实开始像梦一样笼罩着他……梦的无规则和基本原理,都在遵循造梦者内心的愿望,仿佛一棵巨树上所有延伸出的枝干树叶,都是从一棵树的灵魂中脱颖而出的。灵魂,一个人的灵魂如抵达此地,它会寻找到无我的激情和安详,尽管战火声已越来越近,然而,你总是心存某种信念,敌人终有一天会战败的,终有一天,他们会成为人类审判席上的被审判者。

此刻,要度过这些灌木腐叶盘桓的原始森林,是为了让失忆者依恩看到他昨天驾驶的飞机……昨天和今天相隔如此近,命运却在荒谬中改变着我们的人生,依恩的拐杖继续前行,看来,他喜欢上了这片看不到尽头的原始森林,他的双眼开始越来越明亮,他不住地抬头想透过天空中自由生长的树冠看到更深邃的星际。我已经隐约感觉到即使在森林里,他也在不住地仰头,他一定是在寻找他生命中的白云朵朵的蓝天,当然,他也会被树枝上蹦跳的松鼠所吸引,他笑了起来……

一直搀扶着依恩的周梅花看见依恩的笑容时,脸上紧锁的眉头正慢慢地打开,人生的希望就在于哪怕在最无望的日子里,你也能寻找到告慰自己的理由,人们常说,面包会有的,那是因为在难以抑制的饥饿中你突然嗅到面包的味道……幻想是支撑人活下去的最大魔力,倘若你走在沙漠上,你一边走一边在干渴中幻想出有一眼泉水,也许就会让你脚下生起旋律,不顾一切地朝前走……幻想,会让人心生喜悦,也会让一个充满厄运的人长出翅膀。

飞机又一次出现在我面前,本以为此生我再也无力走到这架飞机前,因此,上次陪同周梅花来拜谒飞机时,我已经庄严地与它告别过。飞机以破损之躯体出现在依恩面前,周梅花低声地说道:依恩,这就是你曾经驾驶过的飞机,你还记得你的老朋友吗?依恩沉默不语,他伸出双手抚摸着一只被折断的翅膀自语道:天啊,飞机的两只翅膀都被折断了,它为什么要从天空中坠落到这片原始森林中?你们能告诉我,这是为什么?

为了什么?飞机折断了翅膀?又为了什么?飞虎队员依恩陷入了失忆中?

这些问题哪怕时间流逝多长时间,它们仍然会令我们的呼吸变得灰暗。周梅花搀扶着依恩来到驾驶舱,她努力地凭借着爱情的力量,想将依恩牵引到他昨日的飞行记忆中去,依恩终于钻进了机舱,这似乎是周梅花眼下最大的愿望了。

我们的每一个愿望,在为此实现的过程中,都要找到与自我的历史有可能相遇的玄机……此时此刻的我,感觉到了空气中的玄机正环绕着依恩的飞机在展开,它就是驾驶舱,作为飞虎队员的依恩理所当然应该在驾驶舱中找到自己昔日的气息,他的目光显得恍惚,这也正是我们所需要的神态,因为依恩如果是太清醒的神态,只会意味着他的失忆更严重,他的飞机和飞行的历史已经离他太遥远了。太遥远的东西要回来,会更加艰难。反之,他脸庞上一阵阵突如其来的恍惚夹杂着一种追问的表情,尽管还没有寻找到答案,却让我和周梅花充满了等待。

远处的炮火越来越近,我们没有更多的时间在这架坠落的飞机前久留……依恩离开飞机时,目光显得很忧郁,如果再有些时间,一些缓慢而松弛的时间,就像生活在这片区境中的松鼠们沿着枝干藤蔓穿越时空的时间,也许依恩就会寻找到他昨日的痕迹,然而,缅北战事正急速地变化,我们将以自己各种各样的名义拜谒完这架为第二次世界大战而坠落的飞机之后,迅速地离开。来之前,站长已嘱咐过我们,我们的卫生救护站正等待着上级的指示,有可能会突然离开。

远处的炮火开始疯狂地轰炸着缅北……

半夜秋雨后,世界又露出了原初的面容,被秋雨润湿后的大半个缅甸露出了它稀有矿石般的宁静。我又来到了这里,只有一个目的,用我的足履验证人类的又一种旅途,这是一种什么样的旅途啊!我一直在走,以走的方式在丈量,随同彬马拉会战的流产,杜聿明遂下令第200师先期向北撤,中国远征军已越来越深地陷入困境,日军之前已再次占领了仁安羌。满山遍野的敌人不顾一切地反扑,试图彻底消灭中国远征军。而此刻,200师向北撤,沿八莫、南坎而撤退……撤退之路,已明确显现出了中国远征军第一次远征的失败。

失败,我们从出生后已经尝试够了太多太多的失败,几乎在每一种格局里都充斥着失败的滋味,只因为从火中熔炼青铜器物需要尺度,这是火给予我们的尺度。只因为在江流中泅渡同样需要尺度,金木水火土给予了我们粮食、温度和夜与昼,同时给予了我们疼痛的肉身,之后,再给予了我们飞翔的灵魂。现在,到了我前去面对中国远征军撤退之路的时刻,细雨如琴瑟,漫过出境之国的缅甸,漫过伊洛瓦底江,漫过中国远征军的败北之路,漫过了人类的江河之尺度。

撤退意味着什么? 我回过头去,看到了一张张面孔。他们的脸,又让我再一次地想起了青铜器物的熔炼。简言之,战争就是一次熔炼青铜器的过程,其火淬之速,必熔炼出世间一切苦难之谜,成就一切罕见之圣器。在漆黑与明亮之间我又找到了撤退的路线,我又一次重回到战争中的万劫之路,在仁安羌,被解救的英缅军第1师第七装甲旅7000人,在解救后,已不再与中国远征军合作抗日,开始向印度溃逃,这溃逃,必使日军蜂拥而来。日军迅速从西北又来到了曼德勒—平满纳一线对中国远征军开始包围……之后,是中国远征军55师和49师的溃败,在萨尔温江之岸上,是中国远征军的撤退。之后的1942年4月20日后,日军开始将全部主力攻占腊戍,腊戍在地理中,是中国远征军进退的基地,因而,在此地屯集着大量的军需物质,而此刻的27日,在通往腊戍的森林、灌木丛、公路和小路上已被日军的军队所覆盖,在史迪威和罗卓英的布置之下,中国远征军主力在曼德勒已撤退,腊戍已失守,它失守于人心歼灭,失守于只有 28 师一部分中国远征军的守候。腊戍必失守,它失守于战争中的恶,失守于攻克和后退的茫茫无际。腊戍必失守,它失守于难以掌控于手心又难以脱离开去的人间的白与黑。腊戍必失守,它失守于盲目和执拗,失守于我们纠结不清的制度。腊戍必失守,它失守于哲学,失守于黑暗与光明的交战和拥抱。腊戍必失守,它失守于湍急之浪,失守于反复无常的信念。腊戍必失守,它失守于沦陷,失守于等待和观望者的体系。腊戍必失守,它失守于眩晕失守于镜子的圆面破碎的光阴。腊戍必失守,它失守于践踏和侵略,失守于无耻者的宣言。腊戍必失守,它失守于忠诚,失守于伟大的惊叹号;腊戍必失守,它失守于军师参谋,失守于卜告的魔圈失效;腊戍必失守,它失守于世界的花园和它的美学,失守于人类梦游时遇到的魔鬼;腊戍必失守,它失守于饶舌,失守于言说之罪;腊戍必失守,它失守于军令和戒律,失守于等级和身份的界限;腊戍必失守,它失守于激流暗礁,失守于英勇的传说;腊戍必失守,它失守于战史,失守于弹药、战机、坦克的发明者,失守于人类的历史……

这一年,又遇到了秋雨,我一生所热爱的细雨。忧郁伤骨,伤及我活在世间的形体。唯有思想能穿过沙漠,尽管沙漠中只剩下了虚无,尽管天下无人需要这份虚无,我还是要用探索之触梦到你。翻过这一座山脉,就能进入你们撤退的领地,就能与你们的磨难相遇。

我又睁开了眼睛,抖落了睫毛上的雾露,抖落了内心所经历的霜雪。只需漫长的一夜,我仿佛又重新追上了你们的踪影。之后,等待我的将是什么?我又看见了滇缅公路,这是一条用身体铺就的公路,路之源头,满载着身体的哀歌,满载着笨重的石碾滚过的血迹,满载着忧愤和死亡。而今天,滇缅公路上一片混乱,中国远征军的车辆、器材和伤残病员们已开始了大撤离。在混乱的脚步声中,你已无法再去审定这战争的浩劫有多深,你已无法像圣人那般将目光投向清澈的蓝天,你已无法申诉或像孩子般无助地哭泣……

你就是你,你就是这撤离中的你,溃败的你自己。

无论你失去了手臂和大腿,还是伤及了颅内和心肺,你只要有一口气,仍然需要撤离,还有大批缅甸华侨难民也在,这是一条逃亡之路。逃之路,像这秋雨中的虚无,从远处沙漠中涌来的虚无,如此的境遇,是我一生中所遇到的悲伤。之后,5 月 3 日,日军 56 师侵入中国境内,并攻占畹町。8 日,再攻占密支那,彻底地截断了中国远征军由缅北回国的道路。而随同腊戍、密支那失守,中英联军在缅甸作战全局失利,日军进逼中国滇西……中国远征军的大撤离就在眼前:26 日,在曼德勒以南的中国远征军开始了撤退,由第 5 军新 22 师实施掩护,5 月 1 日,中国远征军第 5 军第 96 师撤出了曼德勒,再经缅北的孟拱折向东,经葡萄、片马、泸水再退回国内……

撤离是什么? 当然是朝后转动,就像一只黑麋鹿遇上了人类的狩猎,所以,它们必须朝着自己的老家,原始森林奔跑……就像鸟在飞行中遇上了空中射击手,所以它们必须直奔更高远的天空,也要飞翔。就像爱情遇上了分离之路,所以,掉转头离开是必然的。

就像我在此刻,遇上了秋雨,遇上了开窗以后,满地的落花,遇上了一场无法抵御的秋瑟。所以,我必须让自己学会凋零。

撤离对于卫生救护站来说,是从半夜开始的……而这一夜我并没有在救护站,因为将军高热一直未退,我决定私下去那座中国马帮经过的小镇寻找消炎和退热药品……我没有向站长申请,因为我知道申请肯定不会被批准。是什么给予了我勇气? 我,只是一个来自西南联大文学院的女生,是什么让我努力去尝试生命的过程? 我想这是因为爱与悲悯的情感在左右着我。在之前,我已经用许多语言复述过了母亲的故事,一个女人为了爱情而来到了缅北,又因为战争而成为前沿阵地的卫生救助员……眼下,为了救助将军,母亲几乎丧失了睡眠,每晚都守候在将军身边,用凉毛巾为他降温,这样一来,母亲美丽的眼睛迅速地变成了黑眼眶,那双眼睛充满了深渊般的焦虑和期待……我几乎不敢与母亲的眼睛相遇,我害怕面对这眼眶中的漆黑……于是,我在微风中似乎又听见了马儿的叫声,我来到了那匹枣红色马的身边,当我将手放在马儿的脊背上时,一个念头突然降临了。又一个通灵的时刻已到,我将心中的愿望转述给了马儿,它将头垂向我胸前,仿佛召唤我说,我们出发吧!是的,我们要出发了,我想,一定是神给予了我勇气,它使我隐瞒了出行计划,包括对我的母亲也隐瞒着。我是在下午四点钟左右出发的,我手牵马儿到了山下,我害怕马蹄声惊动人们的耳朵,因为我知道马蹄声是很有力量的,从它四蹄下发出的声音,只要落在大地的砾石尘土之上,总是会被风儿送进人们的耳朵,因此,我牵着马儿走了很远,你要知道,如果马儿没载人奔跑,它的四蹄也是很轻盈的。

亲爱的马儿,你真是我的盟友和知音,你能感知我内心的方向,所以你能载我到一个想去的地方。我们得绕开敌占区。什么叫敌占区?就是已经被日军所占领之地,就是炮火弥集之地。炮火是可以看得见的,均属危险之地,我还不想去送死,面对死亡,在我看来,凡是可以绕开的,都应该绕开,当然,战场上的士兵除外。我想,如果我是一个军人置身于战场,那么,我也会忘记自我,在战场上冲锋陷阵时,所谓的自我,是不存在的,因为自我已经变成了武器,不过,那武器无论它是弓弩还是冲锋枪都应该是拥有灵魂的,是人的爱恨交织赋予了它灵魂。

　　我们几乎都是在原始森林的马帮道路上奔跑,这时,我能充分地感受到中国云南境内马帮的魔力,就是他们开拓了通往异域的道路,将商业拓展到一个又一个遥远的国家。马儿载着我奔驰在马道上,这条路简直是天道,虽然路上到处是褐色的马粪团,马道两边却是高大的松木向前一路绵延开去,所以,马儿奔跑在这条路上时我能感受到它的自由和舒朗。我们在下半夜抵达了那座森林中的马帮小镇时,小镇上仍然燃着灯烛,从黑夜中靠近这座小镇时,我才发现身体是肉做的,而不是铁铸的。也许是因为已经抵达了目的地……也许是一个词,它有多种可能性,它告诉我们世界是多样的,没有唯一的解释,就像人出生后所面对的路,你不可能只有一条路可以走,除了主要的路之外,旁边还有许许多多交叉的道路可以行走。我最近对于路有了更深的思索和了解,从帝都到长沙再到昆明,我们冒着敌人的炮火前行,你知道的,只要你已经来到了路上,就一定得对自己的生命的重负有担当力,首先,无论你多么累多么饥饿都得往前走,只有这样,你才不会离开你的集体,而我们当时的集体就是旅行团队,有了这面旗帜,我们就不会失去方向。在西南联大,我们除了接受教育滋养之外,还学会了在敌机轰炸昆明城时跑警报,噢,在敌机轰炸下跑警报时,我们看到了一座城市的人们怎样在惊恐迷乱中逃生,这时候,逃生就是为了战胜来自战乱的迷离,跑警报,除了使我们掌握勇气和智慧外,同时也使我们保存了生命的又一种存在。

　　战争中的缅北,是被无数战事所绵延的道路。在这里,有逃生之路,无数的逃亡者像暴风雨来临前夕的蚂蚁们带着渺小的肉身之躯在奔逃。我来到了这座小镇,执灯的竟然是一个华人,他一说话,我就在黑暗中感受到了来自祖国的母语,它就像是连在我舌尖上的神经,让我没有因此在黑暗和饥饿中倒下去。现在的我,除了万分的疲惫之外,就是又渴又累了。下马时,如果没有这位华人执灯向我走过来，我几乎就快要眩晕倒地了。

是母语的召唤，使我的内肋开始挺立，我从而发现人在最为虚弱的时候，只要挺立起了内肋就充满了力量，这力量有光的召唤，华人手中的那盏油灯，仿佛已在刹那间打开了我的心脉，我将再次倾力而面对这个黑暗未蜕变的下半夜，我将由此面对这盏灯束所照亮的现实，我在光中看到了寂静的街道中飘着浓烈的马粪味儿，这刺鼻的味道使我相信，虽然战事越来越近，却依然有来自中国云南的马帮途经此地。执灯的华人走近我问我是否需要找房间。

我是很累很累了……但目前最为重要的事远远超过了睡觉。

我已经是一个负载内心重任者，远在原始森林救护站的将军仍高烧未退，急需药品……这重任使我的内肋有了力量。我重又挺立了身躯，要了一碗凉水喝下去……水，很重要，我又想起了我的一号病人，自从我开始护理他的那一天开始，就深深感觉到他的嘴唇血管乃至他周身的血管，都在渴求着水。他的故事告诉我说，在任何濒临死亡的日子里，只要有水咽下去，就可以获得再生者的希望。

我们并不盲目中依倚希望在生存。但只要有一线希望，类似在一座深深的洞穴中透出的丝线般的光亮，一只深陷其中的蝙蝠也能在此寻找到外出飞翔捕食的机遇，而如果是一只巨鹰，它可以用啄食的利齿破开坚固的石壁，去天穹捕捉飞翔的野心。一线希望，说的就是人类在黑暗无助中寻找到的天机弥漫……如能在客栈的房间躺几小时当然最好，然而，等待我的是将军的高烧，母亲那颗接近绝望的心灵……我说出了想买退热药品的愿望，华人执灯看着我说，姑娘，你别急，镇里有一家中药铺，可现在三更半夜的，怎么也要等到天亮啊……你还是先到我们店里住下再说，好吗？这位五十多岁的华人大叔说得倒是有道理，我听从了他的好心建议，决定跟他到客栈中先休息几小时，反正,离天亮已经不远了。

离天亮已经不远了,任何时间都会过去,我躺在阁楼上,已经有很长时间没有住过这样的房间了,它让我仿佛回到了老家的故园。在中国北方的某座城市,我们也有一座小小的庭院,在我上初中时,父母就给了我一间阁楼上的房间……之后,生活发生了变化,我感觉到了那种变化中有父亲离世的哀伤,尽管这哀伤此刻已变得久远,凡是久远的东西都会被屏障遮住,久而久之,上面也许会落下灰尘……然而,我们的历史都是在灰尘中前进的。

我在这座阁楼还嗅到了马粪的味道,推开窗,下面就是马厩,几十匹马儿正在咀嚼青草……我似乎还隐约听到了一个人的咳嗽声,那声音是从隔壁的房间传来的……这咳嗽声很像一个人的声音……我到底在想些什么呢? 我收回思绪,让自己不要再往下想,并力图说服自己小憩片刻,因为离天亮已经很近、很近。在任何时间里所赢得的一点点睡眠,在战乱时期也许是微不足道的,却会让我们恢复体力,这一点在长沙而下的旅行团中的路上,我的感受就更深了。恢复体力是为了迎接明天,有时候你在漫不经心中打的一个盹,或许就可以让你从黎明走到午夜。珍惜时间中获得的一个有限而安静的时光,使我变得冷静而坚强。于是,我终于闭上了双眼,也许真的是太累了,我像蝉一样睡着了,不再动弹也不再使用语言。

语言在沉睡中时,重回血液心脏,重回灵魂之穴,这一刻,我竟然真的就睡着了。直到东方渐晓,一阵阵马匹的叫声和人语混合在一起后,我醒来了,首先,我得确定自己在哪里。确定自己的位置,才能告诉我自己,我是从哪里来的,我将到哪里去。这不是一个哲学诗歌问题,而是一个来自现实的拷问。确定自己在哪里? 是从我们南下昆明的旅行团开始的,每天睁开眼睛,我们要么是在荒野上过夜,要么是栖于村寨小镇和山冈……我们就是这样一路走过来的,每天睁开眼睛所面对的空间都有变化,变化让我们睁眼之后就明白了我是从哪里来的,将到哪里去。

而确定自己所置身的方位在缅北显得特别重要,如果你不知道自己在哪里,很可能你已经迷失在战乱的惊恐交错之下的炮火中,或者迷失在原始森林中。确定位置对于我来说,是为了实现自己来缅北的愿望。我很快已经站在推开的木窗前,我看到了一队马帮正待出发,突然,我看见了一张熟悉的面孔,他头戴毡帽,帽檐几乎盖住了前额,但我仍然叫出了他的名字。

我高兴地叫出了任小二这个名字。

在遥远国度的偏僻之小镇,我重又遇上了这位来自高黎贡山脚下的马锅头,这似乎也是天意,直到今天我仍然重温着与他再次相遇的天意,如果没有他的出现,很有可能我的生命踪迹将被残酷的炮火所彻底湮灭。我穿过阁楼扶梯后,很快就来到了楼下,他的周围就是他的马队,他惊奇地看着我,我们又相遇了,经过两三个小时短促的休整,我身体中潜在的活力重又回来了。我说明了我来这座小镇的重任,谈到将军的高热和母亲的焦虑时,我感觉到自己的眼眶已经开始变得潮湿。

我们的眼眶不可能容一粒沙,因为它是我们生命中的泉穴,只要你遇到欢乐和哀愁,你的眼眶将涌动着潮汐,这些冰凉和滚烫的液体被称为泪水。

任小二带我来到了那家中药铺敲开了门,开铺子的同样是一个华人,任小二叫出了他的名字。任小二似乎熟悉这座小镇上所有的风貌,因为他是途经这里的使者,是将商业文明带进这座隐藏在深山峡谷小镇的过客。很快,我就抓到了退热用的几十服中药,本来,我已经实现了自己的愿望,当我就要离开时,任小二突然做出了一个重要的决定,他说,凭他的感觉战争已经像一窝马蜂倾巢而出将弥漫整个缅北,包括这座深山幽谷中的小镇离炮火已经很近,所以,他决定送我回救护站营地……他没有说出更多的忧虑,然而,我从他眉宇间分明感受到了一种不测的预感……我似乎已经隐隐约约看到了那些倾巢出动的马蜂,像握紧的小拳头那样大,黑色的马蜂,数之不尽的黑蜂像是蓄势待发,将挥舞着充满毒液和仇恨的翅膀,扑向缅北……于是,我跨上了马背,在任小二的陪伴之下,带着救命之草药驰骋在回救护站营地的森林小路上。

正如任小二所预感到的一样,当我们在那天正午抵达营地时,我再也看不到森林中那一顶顶军绿色的帐篷,再也看不到站长和救护人员,再也看不到我的病人,再也看不到穿深紫色中国旗袍的护理员母亲和将军的帐篷……营地消失了,就在我赴小镇的那天午夜……多年以后,母亲向我描述了当炮火开始入侵这座营地时,救护站在黑夜撤离时的情景,当时,根本无法联系上我,站长坚信,我不会消失的,她坚信我骑着枣红色马外出,肯定是有什么重要的事情需要解决,站长坚信,我一定会走出这片原始森林的,并坚信在战火弥漫中我们一定会再度相逢的。

我跟随任小二骑马穿过了许多丛林以后才与他的马队重逢,任小二对我说,跟我回中国吧!除了这条道之外,每一条路都已被日军封锁,在这样的情况下你想寻找到救护站是艰难的……空气中有巨大的炮火声,我看见一群群鸟儿也同时在天空中奔逃……我相信任小二的话,在这里,在动荡不安的局势之下,任小二对于我来说就像时间之神牵引着我的思绪和选择。我也无力再选择第二条道路可走,就这样,我跟上了任小二的马帮开始步入了丛林。

撤离之路,使中国远征军开始了生与死的搏斗和逃亡。

那是 96 师副师长胡义宾、团长凌则民在缅北转战中的阵亡。现在,幕布上出现了著名的野人山,杜聿明所率部队只想尽快地摆脱日军的追击,第 5 军向北绕道,这不是一场幼儿园游戏中的绕道,而是一场生死魔圈,这里是缅北的孟拱,一座茫无边际的热带森林出现在眼前,它最先出现在杜聿明军长面前,他心已疲惫,只想尽快地撤退到雨林深处去,他似乎已经看见了避难之地,透过那一匹匹油绿色的冠顶。不分昼夜的战争阻击和重创,使他开始选择深入蛮荒的时刻。于是,野人山出现在眼前。

孟拱以北就是连绵数百里的亚热带丛林,因为出现了中国远征军的传说,所以,简称为野人山。那一时刻,当杜聿明率部面对这片丛林时,就选择了直奔这避难之所,是因为当空中飞来的追杀令遇到了这人迹渺茫的蛮荒,必在空中失去杀机。因为当滚滚呼啸而来的硝烟弹片遇上了这片巨大的屏障,必被它湮灭和挡住。就这样,杜聿明军长率部面对这浩荡的原始森林,抛下了沉重的车轮,抛下了辎重,我不知道,是谁第一个走进了野人山。我猜不出到底是谁第一个闯进了野人山。那个人开辟出了通往野人山的第一条道路,之后,是中国远征军进入了野人山。

野人山以密织的动植物的羽毛织出了眼前铺天盖地的冠顶,那冠顶有多高,有多深邃?野人山以湍急中的经纬度海拔保持着与人类生活的距离,这距离有多远,有多迷离?野人山以变幻莫测的诡谲捍卫着地球上最大的玄学体系,这玄学有多奇特,有多惊悚?

而我在七十多年前的那个黑暗交织的时刻,也正在撤离缅北,我并不知道,周穆也在同一个时辰中,随同中国远征军朝着野人山撤离。在缅北,很多年以前,我曾在腾冲明光的自治乡,一个暮色凝重的时刻,看到了山那边的野人山。之后,我就来了缅北。穿越时光的缅北,一个漫长的地带,一个奇遇之邦,一个未了的符号学,一个让中国远征军遭遇到磨难的国度。我又来到了缅北,来到了野人山的水深火热中。七十多年以前,巨蟒、野兽们出入的野人山,突然就拥进了那么多人,他们携带着军号、钢盔大刀、帽徽领章胸章、汉阳造的刺刀、驳壳枪等,他们是一支中国军队。起初是雾来了,雾雨中的屏障,根本就看不到天与地的连接线,追杀而来的敌人终于消失了。

他们在雾中前行,这是缅北著名的热带丛林,它后来因中国远征军的到来而名世,因为它的深处有比日军的追杀更残酷的现实。杜聿明率部继续往雾雨深处走,带着突围之后的兴奋,但越往深处走,才发现根本就没有尽头。

从玄学上讲,也许根本就没有人说得清楚野人山到底有多深;从数据上讲,也许根本就没有人说得清野人山有多少种蚊虫;从物种上讲,也许根本就没有人说得清野人山有多少种疫情;从恐怖上讲,也许根本就没有人说得清野人山有多少惊悚事件。

从撤离之路抵达野人山的中国远征军,首次遇上的是玄学中的野人山的无边无际,当你满以为已快到边缘时,却遇到了更大的巨屏,这玄学让人眩晕、疲惫。之后,遇上的将是野人山的物种,那些出入于原始森林中的巨蟒困兽,它让沿途的人马倒下,让人口吐白沫而丧生;之后,是恐怖的穿透力,死亡前的咒语,带给你的将是生不如死的念想,是穿越不透的窒息。

要人命的缅北的雨季早已到来,被数不清的热带雨林中玄学、物种、疫情、恐怖所挟持的中国远征军只带着三天的粮食,在补给断绝后饥饿又来临,这是漫长的饥饿,因为中国远征军在野人山走了近三个月。饥饿于中国远征军,将是怎样的考验,许多人走着走着就倒下了,因为胃里再没有一点食物,于是,胃囊就迅速地萎缩。之后,两眼发呆,供氧结束,血液不再畅流,这就是饥饿致死。

再就是因沉疴而死,当中国远征军染上疫情又将是怎样的状况?空气中到处是动植物和人死亡而腐烂的臭味,这加速了疫情的传播力。人一旦感染,血液将会变黑,眼睛会失明,身体会瘫痪,死神们将会乘虚而来。还有寒气弥漫,许多将士在这寒气中,遇上了死神的手再也无力脱身而出,还有因雨季而爆发的电闪雷鸣。整个野人山只要一失去阳光普照,就像地狱之色使视觉变得如此灰暗。

杜聿明军长同样染上了疫病,他在疫病通体时不断让电台寻找向外联络的信号,他们依赖居住于山林中的土著,也称野人,寻找着路线。终于,在最为绝望的时刻,电台向外界发出了求救指令,空援飞机从高空向中国远征军投下了一个星期的粮食和地图。中国远征军从 5 月 10 日到 7 月 25 日,在野人山经历了地狱般的大撤退后,终于抵达了印度阿萨姆邦的雷多,结束了让后人无法细诉的苦难从而抵达了目的地。

野人山,每个进入野人山的中国远征军都被蚂蟥吮吸过,因为雨季,是蚂蟥们在密林深处猖獗挡道的时刻。再就是蚁群,很多士兵被饥饿折磨而昏倒时,往往是蚁群蜂拥而上的时刻,它们用强劲的吞噬术瓜分了肉身,只留下成堆的白骨……野人山,是我社会调查中最为忧伤的背景。1942 年 8 月,最后一名中国远征军终于走出了黑色的布满魂灵的丛林,抵达了印度的雷多。据资料载,中国 10.4 万名远征军,战后不到 4 万人幸存,其中,有 1 万人死于战场,此外 5 万人都消失于野人山丛林,活下来的中国远征军,以万劫之后的重生,再一次又让嘴唇喝到了野人山外的泉水。

而此刻,我的殇歌,我的嗓带都已沙哑,缅北野人山,给中国远征军带来了太多的悲劫和苦难。不久以后,我再次看到了中国远征军的第二次远征,那些漫长的热带雨林蜕变成了日军的墓陵,这就是历史。我所辗转处,也是最后一名中国士兵走出野人山的丛林口,我站在出口处,仿佛感知到了那名士兵咬破双唇后所迎来的曙色,尽管漫长的煎熬,让他的身心只剩下了一副骨架,我仍看见了他的生,那命若弦弓的生之后,是奔向印度雷多的聚集号,是众生的拥抱。

在不同的国度里,我们都在逃亡中将故事继续进行下去。又历经了漫长的跋涉后我跟随任小二的马帮,终于穿越了一座座避开日军轰炸和追杀的丛林……时间总是会过去的,时间也总是要到来的,在不同的时间里,这本书中的主角配角们都在以不同命运的规则消失或再现。时间在我们的脚下延伸出去就是我的祖国,我不知道时间为什么如此快地改变着命运的履历,那是一条湍急的河流,就是这条河流划分了两国之界,河的北方就是缅北,而河的南边就是中国腾冲境内。我们的马帮正在过河,我牵着我的马儿也在过河……河水漫过膝盖骨,我似乎听到我的骨节在咯咯地响着,人以骨架来支撑身体的潜力,能够听到自己的骨节响,充分说明有魂灵在召唤着我,因为心中存在的魂灵是通向我们骨骼的,它给予了我们通向时间的力量。

时间就在这漫过膝盖骨的湍急之河床上泅渡而去,在两边的河床之上都有来自两个国度的牧羊人,他们赶着羊群正在放牧。任小二告诉我,日军的践踏声很快就会到达此地,幸福无忧中的牧羊人很快将结束他们无忧的生活。

时间已泅渡在河之岸,我们已站在祖国之岸……

我眺望着河对岸的缅北丛林,心中升起更深的一道道无法穿越的雾障,我不知道的事情太多太多,在这样的时间里,最令我纠心的是时间深处中仿佛逃亡着那支中国远征军的救护站的全部人员,在他们之中有我的母亲和她的将军,有周梅花和依恩,有我的一号和三号病人,还有站长和众多的伤兵……我完全陷入了新一轮的忧思弥漫之中去,还有周穆,在缅北我们为什么总是无法相遇?直到后来,我才知道了,在我们蹚过河川时,也是中国远征军进入野人山的时辰,而周穆也是其中之一。

我的忧思从这一刻开始回到我的祖国,一群黑色的山羊欢鸣中来到了河边饮水,我靠近它们弯下腰,伸出手抚摸着它们的脊背,牧羊人笑着,完全不知道战争即将到来。他从怀里的口袋里抓出一把盐巴摊在手心里,喝够水的羊们开始伸出粉红色舌尖品尝着人类之盐。

与世界上一切美如幽灵的人于此相遇,是为了完成自我在破开黑夜之梦时的梦魇之谜。与苍茫视野间一切美如狐狸葵花露水的事物相遇,是为了让自己的前额抵达那些召唤你前行的箴语。与君子和小人相遇,是为了完成你命运中的修行,是为了看见皎洁的月光穿透了你的肉身。

我期待着与你相遇,是因为我在打开的镜面中又看见了你。

一切有待时间去复苏更新。春天,我的桌面上又落满了玫瑰凋零时的花瓣,它们的形态就如波浪中的意识形态。一切未知有待语言去探索覆盖或揭穿。春天,所有未知的就像芽胚已在树上隐现,它们的命运有待风雨阳光去蜕变。

从缅北到腾冲高黎贡山脚下的时间,是幽暗的迷途,路上,我一直走在那匹红马的身边,我知道与它相伴的日子已经越来越少,它的伙伴,那匹黑色马匹已经随同卫生救护站从我的眼前消失,但我深信救护站的每一个人包括那匹黑色马儿都已经寻找到了撤离缅北的路线,在战乱中路线尤为重要,如果你在神谕的指引下恰好寻找到了一条摆脱追杀的道路,那么你就赢得了求生的时间,反之,你如果陷入的是一条危机四伏的道路,那么将有无数死亡的劫难在等待着你。我遇上了任小二,他是将我牵引出缅北战乱的朋友,现在,我走在马儿身边,它真是精灵,在需要驰骋茫茫丛林的时候,它的四蹄下是乱云飞渡,是渡我寻找心中信念的精灵,而当我们以均衡之力穿越缅北再回到祖国的路上,它似乎理解了我们的疲惫和归乡的心情,总是能与我们保持着步调一致的节奏……这节奏,像风语中默默的深情,只有在这一刻,我又一次感知到了它那精灵般的魔法,它一直走在我身边,仿佛已经感觉到我即将离开,有时候,每每需要蹚过河川时,它总是抬头看我一眼,仿佛在暗示我说,快要到家了,快要到家了,我们已经摆脱了身后追杀我们的敌人。

我也会走在任小二身边,他会在不经意之间给我讲述他的故事,在那些故事里有高黎贡山脚下的一座村庄。他说那座村庄看上去很小,就像是一只甲壳虫,尽管很小,这座小村庄却有他的爷爷奶奶和父母,他们都是种地的农夫,可以把土地耕耘得像绣花一样美,土地上应有尽有,在四个季节中变换出花样,凡是大地上有的稻田、麦地和瓜果在他故乡的小村庄里都会像风景一样冉冉升起;他还说到了他的两个妹妹,在花一般美丽的年龄却纷纷穿上了绣花的红袍,分别嫁到了邻近的两座村庄,不久之后就开始了生儿育女;最后,他还说到了他的妻儿,他说,在他决定做一个赶马人到缅甸去经商时,他已经二十岁,他的父母对他说,如果你一定要去缅甸,那么你一定得先结婚。于是,父母为他挑了邻村一个会绣花会染布纺织也会种农田的姑娘,就这样选择了一个吉日他就完成了婚礼;他说,待会儿,我们就会进入一座叫江左的小镇,你会看见那里有古老的石板路,那些石板路已经有几百年的历史了,你也会看到店铺林立……他说,他就是在那里看见了途经江左小镇的赶马人,那年他才17岁,他从小村庄往前走,这是他人生中第一次往前走……在 17 岁以前的日子里,他的生活从没有离开过我那座甲壳虫式的小村庄,是的,他我在小村庄的河流里捉鱼虾,他们跑到林子里追赶麋鹿和野兔子,他们跑得飞快,但总是追不上森林中的那些麋鹿和野兔;他说,17 岁那年春天,他走出了村庄,他仿佛灵魂出了窍,我想,什么叫灵魂出了窍,就是那种像小鸟一样自由得想飞起来的感觉,就这样他沿着一条土黄色的小路,路两边是青麦激荡,他在风中嗅着青麦的味儿往前走……就这样,他来到了江左小镇;他说,自从他的脚走在江左小镇的那些石板路上时,他的灵魂就仿佛真的出了窍……他看到了那么多的马背上驮着的东西,那些东西并不陌生,有茶叶、布匹……而自从他听到马铃声声时,我的魂仿佛再无法安定下来……从 17 岁开始他就不断地从家里出发,沿着那条土黄色的小路走到江左小镇,看上去他显得游手好闲,实际上,他是为了让脚落在小镇的石板路上,因为只有让他的脚落在石板路上,他才能看见那些戴着毡帽的赶马人,他也才能听到马铃儿声声……

江左,就是任小二故事中的江左,也是传说中著名的南方丝绸之路所途经的一座小镇,我们终于来到了江左。任小二向我口述过的古老青石路出现在脚下,我们的脚在之前已经丈量过了多少距离,人之生,就是为了用脚一步步地走,走的过程就是丈量,就像缝衣线下一针针的丈量……我们抵达了传说中的江左,因为战乱江左已经变得很冷清。任小二告诉我说,空中的小鸟们已经在之前从缅北飞往赶马人的梦乡,并呈报了战事将绵延数百里而抵达腾冲的消息……你知道的,日本人很快将到来,或许这真是我最后一次做赶马人……之后,是战斗……不过,我深信终有一天,战争一定会结束的,到时候,我有一个梦想,想在我们村庄外的土地上建一座小学,让邻近村庄的孩子们都能到小学来念书……

　　我突然被任小二的这个关于教育的梦想所感动着。当时,我们正沿着小镇的青石板路往外走,两边是店铺,但许多店铺已经关闭,看上去,因为战争将到来,这座昔日热闹的小镇显得有些寂寞。战争将改变人们的世俗生活,因为飞袭来的子弹已经随同日本人的铁靴声开始逼近滇西。

　　沿着那条土黄色的小路我看见了水牛,它们正在路边的小河中沐浴,也有的水牛正站在田野外,我又看见了白鹭,它们栖在田野水边,仿佛并不知道战乱将到来。眼前出现了任小二描述过的一座甲壳虫似的村庄,我知道,地球上的每一座村庄无论有多大有多小,都是神安置的大地居所。神来过这里又走了,神不仅安置了人类居所,同时给予了我们土地星空,之后,人出现了,凡有心灵史的东西都会滋生出朝露和死亡……死亡和生命近在咫尺,近些日子,这些东西使我纠结忧伤,而就在这样的时空中间,我遇上了任小二,是他和他的马帮引领我来到了高黎贡山脚下的村庄。

　　这是一座二三十户人家的村庄,说小也不小,说大也不大。之所以这样说,是因为当我走进村庄时,看到了一座又一座有庭院的屋宇,大凡将庭院种植上花朵植物之地,无论它多么细小,都呈现出了天堂的迹象。在大小间,只要有人存在,就有了五谷杂粮,从某种意义上讲小就是大,大就是小。任小二将我引到了一座有四合院的房屋,我见到了他的妻儿正站在门口,手里拿着纺织线棒,看样子在我们进屋之前,她正在纺织,果然,走进四合院后就见到了一架纺织机,看上去,他的妻子很贤惠,心灵手巧,模样儿也很俊俏,一对儿女七八岁。看见马锅头的丈夫再一次平安归来,对于她来说悬在心头的那种牵挂终于尘埃落地了。那夜我品尝了纯粹的来自高黎贡山脚下村寨的白米饭、南瓜汤和烟熏过的腊肉……好久没有品尝过这样好吃的饭菜了,这些日子,我已经习惯了缅北艰苦的生活,更多时候,只要喝上一碗白米粥就已经很满足了。我还见到了任小二的爷爷奶奶,看上去他们都还很健康,如果没有遇上战乱和天灾人祸,他们应该还会活很长的日子。任小二的父母从田地里回来了,他们50多岁,由于经常在田地里干活,皮肤完全呈褐色,很像大地上的雕塑。

　　我的一个梦在高黎贡山脚下的一座村庄里正在上升着,我睡在马锅头任小二的妻子绣出的白底红花的枕头上,晚饭后,她亲自为我到楼上的客房中铺好了干净的床单,并为我亲自端来了洗脚水。这一夜,本不应该做梦的,因为有那么多的忧心忡忡未能放下,亦不可能放下。只有寻找到忧心忡忡的踪迹,才可能让忧心飞越山川河流。然而,在脚盆里烫过脚后,身体仿佛要在巨大的疲惫中寻找一个睡神,亲爱的时间,无所不在的时间,我亲密的时间之盟友,请你宽恕我吧!也许只有梦神的降临,会让我拥有一个通向窗户外的黎明。

　　我梦见了一行行白鹭在飞,在梦中我一直沿着白鹭飞行的方向往前走,我终于走到了我的联大校园……这个梦催促我醒来,于是,我就醒来了。推开窗,我看到了菜田中栖身的白鹭,这是梦中的白鹭吗?我奔向楼梯,奔向后花园再出一道小门就看到了菜园,一排排茄子架上,深紫色的茄子早已成熟垂挂而下,深紫色的茄子色调又让我想起了我的母亲,不知道身穿深紫色的中国旗袍的她和她的将军是否已经撤离了缅北。所有的牵怀念想突然在这一刻重又升起……而我计数了一下出门的时期,三个多月的社会调查时间早已过去,现在已进入第四个月的半旬,我正视着时间,只有它让我滋生了归校的焦灼之情……在高黎贡山脚下的村庄,我站在任小二种满了青菜、萝卜、茄子的菜园,这座田园让我忘却了战争的追杀和炮火弥漫的战场,同时也让我暂时放下了卫生救护站的生活和逃亡……然而,这只是一个小小的休止符号而已,它的到来只是让我像美丽而纯白的白鹭们飞行千万里后,栖于这安静祥和的田野,休整着漫长的旅途。我将出发,这将是我眼下最为重要的选择。

任小二来到了我身边,他低声说:"你睡得怎么样?睡一个好觉很重要,有时候我们出发在路上时,走了很远很远,似乎就是为了睡一个好觉……所以,当疲惫袭来时,我可以在任何地方睡觉,行走在原始森林中当有雾气弥漫时我们也会迷路,而且是经常迷路,这时候天黑了,我们会遵循天道的安排,不急于往前赶路,我们会点燃一堆柴火,依倚在柴火边睡觉,很多时候,几十米之外就是野兽,它们很容易就会嗅到我们的气味,之后,会循着气味走过来,幸好有了柴火,野兽们都惧怕柴火,因为柴火哪怕相隔几十米距离,也会充满明亮和滚烫的法咒,我的爷爷曾告诉我说,行路人一定要带上火柴,有了火可以煮茶煮饭,可以在黑暗中驱除魔兽……我牢记了爷爷的话……确实,哪怕睡在原始森林里,只要有了火,野兽们就不会想吃我们的肉,当然,它们在几十米外窥伺着火的燃烧,它们似乎也在研究着火的走向,但只要火一直燃烧下去,我们就赢得了睡眠。我说了这么多,是想让你留下来休整几天再走……"

任小二是一个来自民间的智者,在与他相处的有限时光里,他总是能不动声色就捕捉到我的思绪,而此刻,我想我已经选择了回校。我是固执的,也是认真的,天空呈现了蓝色的趋向,它的色彩暗示我说,生活总是要回到初始,故事总是要往下续篇章的。那天早晨,吃过了油茶面饼,我将面临着出发,任小二的一家人将我送到路口,在他们为我准备的一只绣花布袋里装满了米糕等食物,在那个战乱和饥荒的年代,随身携带的食物同样很重要,它可以让我们缓解远行中的饥饿。

任小二陪我往前走,他一边走一边指着村庄外的那片田地告诉我说,当战争结束之后,他会将埋在后花园沉土下罐子里的金条挖出来,在自己的土地上为附近的村庄建一所小学校……我伫立了片刻,聆听着他的声音,内心禁不住升起一种美好的向往,我深信,马锅头任小二会实现他的梦想的。当战争有一天结束后,他一定会在村庄外的土地亲自下脚石,用他历经艰辛的马帮之路所收藏的金条,铸造梦中的小学校。而此际,我知道战争将在近期前来袭击这座高黎贡山脚下的一座座村庄……我们往前走着,我们已走了很远。突然,我听到了马儿的奔跑声,我回过头,那匹枣红色的马儿奔跑着已经来到了我身边,临出发时,我曾经动了念头,想与马儿去告别,然而,我后来忍痛掐断了这个梦想,我不敢再去与我的马儿告别,这是因为我无法坚强地面对它,我无法伸出双手再去抚摸它的脊背,那样我们会再一次面临着通灵……因为通灵意味着它将知晓我离别的方向。

马儿来到了我身边,任小二说道:"我就知道它会来的,它不是一般意义上的马儿,它是属于你的精灵,所以,让它陪伴你离开吧!"我拒绝道,这是不可能的,这里已不再是缅北战场,我也不需要它带领我穿越缅北的原始森林……任小二打断了我的声音说道,可你此次将是孤单一人,你不知道往下走会遇上什么,我的马儿知晓去省城昆明的路,早些年,我曾带它去过昆明,只要走过一遍的路,马儿就会有记忆,让它陪同你去昆明吧,如果到了昆明,你不再需要它时,只须你告诉它,马儿就会自己回故乡的……我没有理由再拒绝这匹马儿……我同样没有理由拒绝任小二的愿望,面对着高耸入云的高黎贡山,也面对着这座盆地村庄,我接受了马儿,为了让任小二放心和尽早回家,我要尽快与马儿通灵。

与马儿通灵后,我的双手获得了某种启示,从高黎贡山绵延出去的这条马道,将使我获得通往省城的路线,那儿有我亲爱的西南联大,有我的校舍和记忆。我跨上了马背,我知道,这幅现实图像正是任小二所需要看到的,只有看到我跨上马背,他的心才能安定。这种情感我早已透过他深邃的眼底看到。他的情感正像这片土地一样隐藏着底部的褐色元素,我们在缅北相遇,因为战乱流离而相遇,也因为这个背景而告别。

我跨上了马背,任小二在我回头的刹那已随同距离而消失……我们生命中的许多东西总需要消失的时候,那些游离开你的人或事都在寻找与命运相关联的东西,每个人都是相对独立的,都需要回到自己的命运中去,任小二只应该属于高黎贡山脚下的村庄,无论他走得有多远,最终还是要回到他的老家,而我则是属于西南联大的学子,马儿了解我的路线,我们经过了怒江边岸,天气又开始热起来,我和马儿站在江岸的木棉树下休息了片刻,马儿低下头去咀嚼着木棉树下的青草,我将手搭在它脊背上,我们的旅途开始迎来了夕阳下的余晖。

经过了几天的时间,马儿将我带到了省城昆明,马儿只要走过一次的路线,都会像地图般保存在它的记忆中,地球上的万灵都拥有强大的记忆体系,因为有记忆,万灵无论置身何处都可以找到家族的脉络跳动,也会因记忆而寻找到食物和生存之地。我发现了马儿一直在沿着它记忆中的那条属于赶马人的古道在驰骋着,它通常以两种速度在穿梭时间,在它展开四蹄自由而勇敢穿行的时间里,这通常是黎明和黄昏两个时段,拂晓前夕,我们会离开客栈,这一座座客栈从群山峻岭和盆地中脱颖而出,我不用担心住哪一家客栈,因为我的马儿总会解决我们在旅途生活中所遇到的问题,它会带我抵达前方的某座客栈,我认定这一定是它跟随任小二走马帮时住过的客栈。黎明早起时,它一定是睡足了觉,马儿的眼睛明亮,身子舒朗,简言之,人在黎明时具有的一切特征,在马儿身上都会有,黎明中我们出发了,马儿开始驰骋起来,休整过了的马儿,是穿梭时间的一匹精灵,在它四蹄的纵横穿越中风景哗哗地变奏着,我们忽而穿过了沟渠却又已经来到了林子里,而转眼间马儿已经又带领我穿过了滇西盆地上的一座座白墙青瓦的村庄……也有放慢速度的时候,这通常是黄昏,当夕阳西垂之后,马儿的四蹄慢了下来,就像田野山川的风景开始暗淡下来,农夫们赶着水牛正在回家,天空中已看不到飞鸟们的翅膀,黄昏中马儿的脚落在了通往客栈青石板的路上……

就这样,马儿将我带到了滇池岸,当我们站在碧鸡关岸时,蔚蓝色的滇池跃入眼帘,我终于重又回到这座城池,那正是落日即将来临的时辰,我们疲惫艰难的旅途已抵达终点,我拥抱了一下马儿的头颈,我能充分感觉到它身体中的疲惫以及开始释然的舒怀,我牵着马儿来到了一二·一大街,重返联大路时,黑暗已经降临了……确实的,黑暗中又出现了一道道屏障,我想找到一座离校区最近的马店,我想在马店中找到马儿的口粮,我想让我的马儿好好休整几天。然而,马儿似乎已经理解了我的用意,它用头蹭着我的手,我们的目光对峙着,突然,马儿将头转向了面朝滇西的方向,它在摇晃着尾巴和用恳切的目光看着我。亲爱的马儿,它在不倦中仰起头来,面朝神秘而辽阔的滇西……

我的泪水终于忍不住而涌湿了汗淋淋的面颊,亲爱的马儿,你是想马不停蹄地回家吗?是的,我理解了马儿的愿望,我无法阻挡它的这个愿望,我只是用力地拥抱着它,我知道在此告别,对于我与马儿来说,应该是长离别……马儿不让我悲伤,它要尽快地斩断这些悲伤之缘离别之苦,所以,马儿挣脱了我的拥抱,刹那间,在联大的校园里一匹枣红色马扬起了四蹄,那些正在校园中散步的学子们看见了这匹精灵之马,他们纷纷让道,于是,我的马儿已经奔出了联大校园,已经在黑暗中寻找到了回滇西老家高黎贡山脚下的道路……

　　我奔出联大校园，在一二·一大街上目视着马儿的消失，它真是一匹精灵，认定了的方向就永不回头，我只看见了它枣红色的影子就像幻象转瞬之间就再也无影无踪。

　　我重回西南联大校舍时已是午夜……我的魂灵仿佛依然辗转于从滇西到缅北的路上，我无法割舍那些生与死的现实。寂寥的校园中，我坐在一块冰冷的石头上，我知道时间重又返回校园，已经结束了社会调查的我，眼下最为重要的一件事就是回到我们的女生宿舍……而我的魂灵，仿佛仍然在缅北幽转不息……终于，我的手从包里掏出了钥匙，现在我才发现，那把钥匙竟然不离不弃一直伴随着我。钥匙的响动惊动了已经睡下的吴槿之，她在床头划燃了火柴，我看见一团火从她手心散发出来……吴槿之揭开被子下来，我们什么都不想说，在烛光的照耀之下，我们什么都不想说，语言这东西在我们四眸对视拥抱时显得那么无力……在深深的透不过气来的拥抱中我们可以减轻身体中所经事件对于我们的折磨，也可以用另一个词，它叫历练。在拥抱中我们可以默默地感知到在离别的这段时间里，我们的身心都经历了太多的事件……然而，我们在这已接近午夜零点的时间里，却什么都不想说，我看到了床头吴槿之的行李，看得出来她是在我之前跨进宿舍的，我们松开了拥抱，吴槿之为我铺好了床……是的，烛光有限，我们要省下蜡烛，也叫洋烛，除此外，我们要省下力气，迎接又一轮曙光的降临。

　　在我简单洗漱之后，我们就吹灭了洋烛，重又躺下来……只有在这时候，我才感觉到在某种意义上说这间宿舍就是我们的家。我终于又躺在了自己的被褥中，宿舍里有我们的气息和味道，我们沉默，并非是无话可说，而是因为我们有太多的语言，就像水库堤坝，一旦拉开水闸门，可想而知，那些蓄势待发的水将漫过整个黑夜。

人是需要睡眠的,马锅头任小二曾跟我说过睡眠在长期旅途中的重要性,人只要睡上一觉,就获得了再生的黎明。所以,我们忍住了倾诉的欲望,谁都没有在这样的夜晚挑开语言的迷津,尽管如此,我们都知道在三个多月的社会调查实践中,我们从校舍走向社会,这社会也就是民间,芸芸众生生活的地方。我躺下来了,心里很踏实,仿佛从枕头边所延伸出去的都是梦中的场景。梦,是一个虚幻的载体,也是我们所践行的现实。枕头,是为梦的缔结而造的,它可以沟通我们与外在世界的关系。我要睡了,我要暂时忘却世界上所有的忧伤和牵挂……

我要暂时忘却我身体中曾历经的来自缅北的一场场记忆,为了活过这一夜我将可以抵达的黎明,我要暂时忘却在缅北丛林中坠落的那架飞机上织网的黑色蜘蛛……

无论多长的夜都是短暂的,当我醒来以后,重将回到现实的触碰中去……首先,是尽快地投入联大校园的生活,我又进了有铁皮屋顶的教室……因为我和吴槿之都是最后归校的,所以我们也是最后两个站在教室的台阶上,向台下的老师和同学汇报三个多月社会调查的心得体会。我来到了教室里的台阶上,之前,每个同学都口述过了社会调查的经历,我很遗憾没有赶上聆听他们的演讲。但我还是很幸运地赶上了吴槿之的演讲。

吴槿之上台了,外面起风了,铁皮顶上不时地哗哗地响,仿佛在伴奏……现在,我又可以清晰地看见吴槿之了,在过去的三个多月时间里,她的容貌当然不会有多大的变化,只是她的眼神已变,在她近一个多小时的关于自己社会调查的演讲中,我听到了这样的故事:吴槿之的社会调查选择了蒙自,这是一次投奔滇越铁路火车站的社会调查。吴槿之曾告诉过我,她喜欢碧色寨已经很长时间,在她生命中最值得珍藏和回忆的无疑是乔尼骑着法式自行车,载着她从蒙自到碧色寨的过程。这个因爱情而沿着铁轨枕木而前行的过程,让她发现了碧色寨。

在吴槿之的口述中,碧色寨除了是一座特级火车站外,最重要的是她不厌其烦想投入的社会和自然生活的舞台。吴槿之重返蒙自后,所做的第一件事就是让法国青年乔尼骑着自行车带上她沿着枕木铁轨重返碧色寨。这一次他们住在了碧色寨,吴槿之想从碧色寨的特级火车站开始,研究并记录一座火车站的纽带,并寻访碧色寨附近的村庄。尽管碧色寨在战乱中的繁荣已经开始衰落,很多外国人已经在飞机的轮回轰炸中悄然地撤离了火车站,但仍然有一些法国人坚守此地。其中有一位法国妇女在此开了诊所,并为来自附近的村民治愈疾患。吴槿之曾亲眼目睹一个邻村的妇女来到了法国妇女开的诊所后,产下了一对双胞胎。更有意义的是这位蓝眼睛黄头发的法国妇女还经常身背药箱到更远一些的村寨里免费为村民治病。

一个愿望突然诞生了,在乔尼的陪同下,吴槿之花了几天的时间走访了附近的村庄后,发现每一座村庄都没有学校的现状。那一天,他们看见了坐在一座村庄草垛上的几十名孩子,吴槿之和乔尼爬上了草垛,并与孩子们交流着。尽管孩子们讲的是当地方言,吴槿之仍然在猜测和理解中走近了孩子,面对那些天真无邪根本就不知晓学校是怎么一回事的孩子们,吴槿之的一个理想诞生了,她想与乔尼在碧色寨附近为孩子们建一所小学校。当她坐在草垛上当即把这个愿望用耳语告诉给乔尼时,乔尼兴奋地说道:"太好了,这也是我正在产生的愿望。"为了建校,乔尼在碧色寨附近租下了几亩地,建房开始了,为此,吴槿之掏出了所有节省下来的零花钱,乔尼则将在蒙自开澡堂所盈利的费用全部用来投资建筑碧色寨小学……在三个月的时间里,吴槿之和乔尼住在碧色寨,眼前穿梭而来的蒸汽式小火车在碧色寨停下又开走了,她和乔尼的碧色寨小学按照自己的设计方案在下了石脚以后又开始了筑墙和立下几根木梁,青瓦是从几里外用牛车拉来的,而就在屋顶开始盖青瓦时,飞机来了,日军的飞机又一次来到了碧色寨的上空,是的,飞机说来就来了……吴槿之和乔尼当时正赶着牛车拉来了最后一批青瓦,飞机突然朝着碧色寨沿线抛掷了黑色的炸药,吴槿之和乔尼所乘的牛车距离正在修筑中的碧色寨小学只有200多米时,只见从天空中落下的黑色之物像一只乌黑的不明飞行物,落在了碧色寨小学正在修建的青瓦屋顶之上,一声巨轰后腾起了一团团旋风般的呼啸……吴槿之和乔尼开始绝望中往前跑……正在修建中的碧色寨小学的屋顶全部坍塌,只留下来了断墙残壁……乔尼绝望地跪在地上仰望着苍天,吴槿之背靠着一堵断墙……飞机走了,碧色寨重又归于平静,吴槿之和乔尼站在被轰炸之后的碧色寨小学的断墙残壁前,乔尼安慰吴槿之说,等到战争结束之后,我们再重新筑造碧色寨小学……

之后,是我的口述,这是我第一次站在西南联大文学院教室的讲台上演讲我前往缅北所经历的故事。一个人的故事经过口述之后就有了温度和情感,刚上台时我有些紧张,因为在短暂的三个多月时间里,我经历了那么多的个人史,我不知道应该从何处开始复述……屋顶的铁皮在风中一直在响着,它是在为我而伴奏吗?倏忽间我在铁皮屋顶的伴奏中似乎寻找到了某个词……这个来自我胸口最灼热之地的词汇,也许是爱情,不错,最初源生去缅北与我的爱情有关,因为爱情,我拥有了方向感,这个在乱世之恋中所诞生的方向,没有加速的列车速度,没有飞机的翅膀,没有巧克力和可乐,没有手机没有牛肉串没有诺言……它的方向并不笔直而是在隐现出来的地平线上看到了弯曲起伏的道路。除此外,这个词汇来自母亲,如果没有母亲直抵滇西再抵缅北战场的故事,我可能会寻找到另外的社会调查,是穿着深紫色中国旗袍的母亲的行为牵引我充满激情地来到了缅北……

口述曾经被我的身心所收藏的那些故事,它不仅是我三个多月的社会调查,更是注入我时光中的光影,无论这些光影暗淡或忧伤,将陪伴我将来的岁月。在我口述这些故事的时候,我渐渐地开始重返缅北之路,从搭上一辆中国远征军的货运车开始的那一天,我就看到了远方的灌木和丛林,以此开始了我对生与死的在场者的体验。

我和吴槿之以两个完全不相同的融入时代背景中的亲身经历的故事,验证了我们是那个时代的理想主义者,尽管乱世茫茫,我们仍然没有辜负青春,勇敢地探索。

而黄昏给予我的那种安静,无人可以给予。世间存在着很多力量,最为神秘的力量取自内心的冰山和炉火。

在某个黄昏的宿舍里,我开始了写作。一个词引领了另一个词……所有世间物景。没有企图,只有存在。每天都要在街景中与人擦肩而过。人的陌生带给我们的是更自由的前行。更多时辰我们是依赖于充盈于芸芸众生的影像气味获得了世界的安抚。就像盐、矿泉水、辣椒、葱姜味、红糖与白糖的关系。

我是从某个黄昏开始写作的……因为写作可以让我寻找到母亲的行踪,现在到了我该揭开又一轮回序幕的时辰,我到底在这座舞台上已走了多长时间?你们知道的,这本书虽然是一个人的联大梦呓录,但它最为重要的不是一个人在独舞,因为这座舞台上活跃着无数的生死之灵。当我出场时,其他人也同时在出场……凡是出场的人都很重要,一个人都不可能落下,所以,当我又一次出现在舞台上时,我首先又遇到了母亲,这意味着又要回到缅北的丛林中去……丛林也很重要,因为第二次世界大战亚洲主战场之一的缅北,就是一场场诞生在丛林中的战争和逃亡史。那天晚上因我没有赶回那座丛林中的卫生救护站,而撤离却已经开始了,来自中国北方的母亲因为战争在很短的时间里就已经适应了在缅北丛林中救护伤病员,而她所需要救护和陪伴的最后一个中国远征军伤病员就是她的将军。这也是中国远征军的最后一次大规模的撤离,站长接到上级指令,救护站的所有成员将沿着丛林古道撤离到离缅北最近的腾冲……这条线路也是我跟随马锅头任小二走过的道路,只不过我们是在两个不同的时间中撤离缅北的,所以我们注定无法相遇。

无法相遇也同时意味着我偏离开了卫生救护站撤离的时间……时间就像是孩子们手中的魔法玩具,只要差一点点距离,就无法衔接……时间改变着每一个人的命运和方向,在魔法般的无法衔接中使我们不得不相互错过,多年以后,我终于与母亲再次相遇,写作让我重回出生后成长的那座中国北方的城市,一方面是为了寻找母亲,因为我们失去音讯已经多年。另一方向是为了重访我穿着蓝花布裙出发的地方。我的记忆如此的清晰,沿着火车站往外走,是直走1000米,再左转200米再右转300米,就可以回到我的老家了。这是战争结束后的第六年,一个春意暖暖的日子,我沿着火车站外的街景往前走,所有场景依旧,站在街景中叫卖着锅贴和糖葫芦的商贩们仍然是一幅北方城市一景,我终于又将手放在了木门上并轻叩着门环,此刻,我的心是如此的忐忑而激动,如果母亲没有住在这座天井的老房子里……这就意味着寻找母亲的路线将变得复杂起来了。

　　战争的逃亡录中已经使许多人失去了音讯,在这不长不短的六年时间里,我曾通过许多种方式想搜寻到母亲的踪迹,但终因历史时代的原因而失败。那一场战争结束后,新的战争史开始了,历史动用了生命的一场场生死之搏斗,解决了人类的种种冲突后,从而落下了帷幕。当我的手重放在大门的环扣中央时,这是一个将等待和希望的漫长焙炼聚于火焰绽放的又一个时刻,突然,我在一道细小的门缝中看见了院子里晾绳上的旗袍了,多年过去了,那深紫色的旗袍依旧陪伴着一个女人,她就是我的母亲。只要这旗袍存在,就意味着母亲早已经回到了她的老家。这时,我耳边的右侧突然就响起了一阵阵熟悉而亲切的高跟鞋的声音……很显然,这脚底下发出的声音已不再是在战争中逃亡的声音,而是来自生活的平静而有秩序的声音。

　　我们的生活终于恢复了秩序,在战争结束以后,逃亡者重新回到了老家……而在这些充满平静而有秩序的生活中,又隐藏着多少创痛? 脚穿黑色高跟鞋的女人已经来到了身边,她就像一团深紫色的光束已飘渺过了时光的轮回,而我则穿着那条蓝花布裙轮回到了我的老家。

　　老家如果没有来自母亲的气息,就意味着已经衰败和失传。而我的母亲在她历经了一系列的命运的周转和劫难以后重又回来了。她厮守着与母亲的重逢让我感觉到了她厮守的意义,仿佛晾衣绳上母亲的旗袍证明了朝上天空的时间是真实的,庭院深处月季花香的味道是真实的。真实的东西就显得很具体,我们的这一次见面使我除了看见晾衣绳上的深紫色旗袍,更重要的是找到了穿旗袍的女主人。通过屋子里的床单、厨房和窗户,叙事重又开始寻找到了源头……

　　这源头就是我们的缅北之分离……那一夜,救护站的全体护理工作人员带着伤病员开始撤离,我不在场,是唯一的缺席者……战争时期的撤离不可能停留下来等一个人,因为一旦滞留就意味着失去了时机。母亲告诉我说,在昆明联大校园看见我时,就像看见了阳光下迅速成长的松树,我已经不再是当年拎着箱子前往北大求学的女孩,所以,在撤离中不见我时,她猜测我的不在场肯定是有原因的,而且她坚信我会用我自己的方式走出缅北的。追忆撤离之夜时,母亲已经可以平静的叙述:那一夜救护站的全体人员携带着伤病员撤离时,天上没有一颗星星,那天空之黑仿佛是一道道巨大的屏障,已经挡住了日军的追杀⋯⋯他们在黑暗丛林的马道上奔走时,不敢做片刻的歇息⋯⋯终于来到了中缅边境,也终于蹚过了我曾经蹚过的河流⋯⋯终于抵达了河流那边腾冲县境内的一座小村庄⋯⋯当他们歇息下来时,便迅速安顿伤病员休息,而此时此际的将军脉搏已开始减弱,无法停下来的高烧已经烧坏了将军身体中的器官⋯⋯就在天色近拂晓时,将军的心脏停止了跳动。人们折下松枝覆盖在将军的遗骸之上⋯⋯从这一刻开始母亲就将肩负着另一项重任,这就是护送将军的遗骸回故乡的遥远之路。

时间开始向着将军的故乡迁徙,又历经了很长时间以后,将军的遗骸之骨装进了一只檀香木盒中,由母亲亲自护送到了安徽黄山脚下的一座村庄里。母亲在那座村庄见到了将军幼年时成长的宅院和乡土。在完成了一系列的安葬仪式之后,母亲重又回到了北方老家⋯⋯推开老家的大门,从这一刻开始,母亲漂泊的心灵终于有了归宿感,她决定在此安居⋯⋯多年过去了,战火硝烟终于结束了,母亲抚摸着我的长发⋯⋯她的目光深情而镇静,我本想将母亲带到昆明,让她与我生活上一段时间,然而,母亲果断地拒绝了,她说,我可以自己飞起来了,而她自己则是属于北方老家的。

正像母亲所言,我可以自己飞起来了吗?我重又回到了昆明,现在让我平静地叙述与我生命相关的几个人几件事,没有他们,我就无法像母亲所说的那样飞起来,当然翅膀是人无法从身体中长出的,没有翅膀的人类如果想飞起来,只有从时间的天空中去借一双翅膀。这样一来,你会感觉到哪怕身临无底深渊,你的灵魂也会因此而飘起来。重回昆明,是必然的,因为我的根须已留在昆明,在经历了联大校园生活以后,几年时间又过去了,我已经以写作来谋生。我曾在前面隐约透露过,我毕业后就在曾经跑警报的路上,发现了一幢有院落的老房子,我起初是租下了那座不大不小的庭院,后来有了一笔积蓄下来的稿费再加上母亲给我汇寄的一笔费用后,就买下了那座可以让我有藏书阁和庭院的二层楼的房子。

房屋对于我之所以重要,是因为它可以栖居而安魂。自从我拎着箱子随同北大学子们开始南渡之夜时,我的魂灵就从没有安顿下来过,即使是在联大的校园里,我的灵魂也在铁皮顶下的教室里跟随着教育之梦在流亡或飞翔中成长。多年以后,战争终于结束了,当人们在修复破碎的城市之梦时,我拎着箱子租下了那座民居,这时候的我,箱子里有未完成的作品……那些使用母语来叙述的故事中仿佛有一片浩荡无尽的汪洋,它在不分时段的荡漾中飘忽着人生的帆影,以此唤醒我因疲惫和忧伤而显沉滞的心灵。

现在,已到了我复述几个人几件事的时刻,我之所以将他们放在这本书即将结束的篇章之中,是因为在很长时间里我自己也一直在黑暗中摸索着生命的常态。

首先,让我寻找到我的一号病人,直到如今,我还不知道他的名字,这似乎也并不重要。一号病人是一个在第二次世界大战中的缅北,在战火弥漫中被烧伤的病人,直到如今,我仍然记得他干裂而扭曲的嘴唇,他身体中唯一没有烧伤的就是他的眼睛,那是一双异常明亮的眼睛。寻找他很艰难……你们知道的,在一个没有任何数据和资讯的世界里,要寻找到一个人全凭偶遇和执念,而且我也不知道他的故乡在哪里。因为他因烧伤而无法用声音与我交流,我记忆中无法保存来自他的任何蛛丝马迹。尽管如此,该相遇的就该遇见,那已经是二十一世纪的某一天,在一次滇西抗战老兵的相聚中我发现了一个老人,他坐在最后一排,我恰好也就坐在最后一排……那是一个天气显得有些寒冷的冬天,在相隔几个座位的空隙中,我的目光偏向右边时,突然就发现了一张脸,在这个老兵的帽檐下我发现了烧伤的痕迹,一块块疤痕脱离以后的粉红色,最重要的是我发现了帽檐下面的这一双眼睛……将近六十多年的时光已经过去了,我一号病人那双烧伤的眼睛虽然已经不再像昔日那么明亮,却仍然保持着昔日的那种灵动,他意识到了旁边的我在注意他所以向我点头时,我们的目光就在此相遇了……凭着有限的记忆,这记忆犹如无数碎片在经历了漫长黑夜之后,碎片上因黎明而闪烁着一点点晶亮的露珠,正是这点滴中的露珠让我们彼此认出了对方,经过无数时间的疗伤和自然痊愈,他的嘴已经可以说话了。他说他的家在滇西洱海边的一座村庄里,他又回忆起了那次大撤离,他说他一直在找我,并且为我着急,他无法说话,也无法开口问别人我到哪里去了。后来,在中国远征军大撤离后,他最终又回到了老家,六十多年以来,他有了孙子,并一直在老家做一个农民。他平静地讲述着,我也同样平静地倾听着,只感觉到时间像一只果实,在一个异常炎热的时空中,早晨还是翠绿的,中午已变黄,而黄昏时已垂临在萎缩中……

二号病人从一开始就有地址,这就使我的寻找有了依据。从昆明到个旧,只是一段距离,但终因各种各样的时空阻隔,更为重要的是在多种意识形态中的魔幻主义所隔离,使我放慢了脚步前去寻找我的二号病人。直到进入二十一世纪,我才有了勇气去面对二号病人的存在,那一年,我来到了个旧,来到了著名的锡都……这时候我可以通过查询中国远征军的个旧籍的老兵录,前去寻找二号病人了,我的手显得有些颤抖,因为我终于查询到了一个名字,而且是唯一的一个名字……尽管我已查询到了他的名字,我却更愿意称他为我的二号病人。坐在金湖边的茶馆里,我在等他的到来……他来了,他坐下,今天的他已装上了假肢,他一坐下就告诉我说,他读过我写的许多书,起初他并不知道是我写的,只是到了后来在一本书上他发现了我年轻时候的照片,于是他坚信写书的那个人就是我……关于缅北战乱中的回忆,他说,走上那片丛林古道后他就跟上一队来自大理洱海边的马帮,于是,他顺利地来到了大理,后来又辗转到了个旧,之后,他就成了矿主,一直守候着一座矿山,近些年他感觉到自己老了,他便开始服老……服老的过程也就是他当年撤退的过程……他离开了经营了四十多年的矿山企业,住在金湖岸边的一座房子里开始了养老……尽管老了,他总是会回到过去,回到他参战的缅北,回到因冲锋陷阵而倒下的那片硝烟弥漫中的阵地……他还说,他一直收藏着那副拐杖,他知道那副拐杖是我舍尽全力帮助他找来的,也就是因为有了那副拐杖,他下了床重新找回了大地,从而寻找到了归家之路……

三号病人始终未能联系上,我想起他的昏迷过程……在我兼做护理工作时,始终未能将他唤醒……这是一个非常遗憾的梦,我无法在这个世界寻找到他,但坚信他已醒来,无论用哪种方式,我都祈望他已醒来。

等待,其实是一场短暂而漫长的虚构,如同悲伤在悄无声息中推动着一场个人史的变革。此刻,合上窗帘,夜晚真好,无论是虚构还是变革,都需要面对黑夜,并在时间的深度秘密中谋求新的玄机。

在无尽的人世间,我们寻找的只是可以安稳睡觉的一个空间,一个做梦后可以看见鸟飞,葡萄垂枝,月牙儿开始渡过银河的地方。我累了,手放在胸前,枕头面朝东方,这是睡觉的一个姿态。感恩帮助我造梦的心灵史故事包括所有的亲眷和亲爱的朋友们。

尾
声

我们所有的一切都是为了诞生梦境

回到时间中去的七十多年前,那一天夜里我梦见我又穿上了蓝花布裙,裙子下摆仿佛在白色的浪尖上奔跑,而我手里捧着的仿佛是一团白浪花,又像是纯色的白菊花。早晨醒来,竟然感觉到面颊上有泪水,凝视铁皮屋顶上的天空,灰色中有蓝,蓝色中有灰色。起床后,便执意想穿上那条蓝花布裙,待我整理好衣裙后,仿佛又在等待着什么。布裙上有少许的皱褶,仿佛有一种潜在的波澜相互推动,似乎有人在叫我的名字,我奔出宿舍,脚仿佛踏上了尖锐的碎石。我呼吸急促,站在联大路上,风挟持着我,有人向我奔来,我倾尽全力将身体送往时间中的巨谷。这一天,在又蓝又灰白的天空下,我手里注定要捧着赴缅北战场的一份阵亡书,上面写着周穆的名字,他曾是西南联大的学子,后参加了中国远征军,在从野人山撤离时殉难。

现在,我该回到另一个现实中去,我之所以在尾声部的低诉中面对他,是因为在这部书中,他是最后的安魂曲。回忆之所以存在,就像波涛滚滚,唯有浪尖之上的白,是永恒之沧桑,也是祭奠之词,它无法随同岁月消失,哪怕我的生命终结,它仍然是我的心魔。

周穆的阵亡书是白色的,那是云朵的白,其白色的消息告诉了我,周穆是一个孤儿,在参加中国远征军之前,他唯一的亲人奶奶已去世。所以,当中国远征军从缅北野人山撤离时,他就立下了遗言,如他无法走出野人山,就请将他的阵亡书寄交给我。

死亡,再一次将生命化为虚无之境,我开始将阵亡书捧在手心中,它是一团火在剧烈燃烧之后化为的灰烬,它是所有音符中滑入黑键的最低音。我的空气时间仿佛都已经静止在这一刻,不再向前递嬗。

之后,我就住在离西南联大原校址最近的一幢老房子里,那支弥漫出蓝色墨水的钢笔陪伴着我。在很长的时间里,我对钢笔着了魔,在它的弥漫下任何逝去的时间都会像四季般重又轮回。

我写作,小说之所以相伴我的日常生活,是因为我在人类制造的垃圾中看见了我自己和他人的世界,层层叠叠的垃圾之上是天空之蓝,垃圾被我们亲手分类焚烧或埋葬遗弃,因为唯有生命是可以再生之花,所以小说中这个穿蓝花布裙的女孩,来自七十多年前的南渡之夜,来自逃亡和战争遗梦,来自时间的汪洋和从垃圾中重生的人类故事。

生活真好,所有日复一日的故事在此都有机缘重现。

早安,就是彼此关怀看见分享生命中存在的问题或艰涩,并完成一天中的因果链环。窗外有细雨,也必然潜在着无数细节,这就是生活。热爱生命,源于此中的哀愁与孜孜不倦中的欢乐。我手腕上有周穆送我的银手镯,它或许阴暗过,因为有明亮,它们相互抵触,却又相互轮回。它是念想,每当它在我手腕上滑动时,仿佛是周穆的手在牵着我。我们要蹚过许多暗滩才可能抵达时间的另一彼岸,我们就是这样前进的。

此刻,我要续人生中的后故事片断,它们与我血脉相连,在我曾经的生命中出现时只是梦幻的演奏,时间到底如何在变幻故事的旋律。

　　这是在高黎贡山脚下的一座小村庄,在战争结束的多年以后,我又穿过了怒江岸上有木棉花的村庄,这里的温度仿佛火一样在燃烧,将目光仰向天空,木棉花依然硕大艳红,但已经不再是昨天开过的那朵花冠。向前走,就看见了高黎贡山的云雾,往云雾深处的村庄走,我不需要向导,这条路我记得很清楚,是因为那匹枣色马儿,对于我来说它就是我的精灵。如果没有它,在撤离的日子里,我不可能那么快就回到昆明,这次我几乎都是沿着它带领我行走的足迹,当然不是骑马,而是步行……我力图寻找马儿留下的脚窝,那些脚窝很深,我深信它曾经留下过枣红色马的脚窝,有些事情一旦你深信不疑,就会是真实的。我也想住当年的客栈,但有些客栈依然存在,有些早已消失。经过很长的辗转之后我终于看见了高黎贡山脚下的村庄……经过很多实践证明了一种现实:在广袤无垠的地球上许多东西被摧毁了,但村庄依旧在,因为村庄在地理学中的位置基本上是遥远的偏壤,这使得工业和文明的革命运动难以抵达这些地方。

　　高黎贡山脚下的村庄,也就是任小二的村庄,它已经存在很久并将一直存在下去。我又看到了村寨外的田野上盛开的油菜花,这是春天,白鹭们依然栖居在田野上,看上去它们很幸福。自然界的幸福无处不在,几乎以我视觉下的常态存在着。任小二的老家外有一条小路,这是我曾经走过的,如今再次走近它时才发现世界并没有多少变化,小路两边是菜园,油绿色的瓜果,红色的西红柿,所有常态都在随自然天气而变化。我似乎已经嗅到了任小二的气息,那是马锅头的气味吗?每人均附其灵魂一种气息,它区别了动物猛兽,区别了河流山川,使其存在充满质朴和传说之谜。我寻找中的任小二充满山野长旅之气味,也同时充满了高黎贡山云雾的气息。任小二出现在屋檐下的庭院,他家的老屋没变,这应该是任小二的前辈留下的老宅。观一座房屋可以测度人心栖息地的时间,从形而上的意义上讲时间是流动的,转瞬的也是隐蔽的。时间给予了我们生命的过程,而一座房屋的存在也是一种过程,面对一座房屋,你足可以寻找到一个家族史的迁徙和繁衍的过程。

任小二不再是三十四五岁的年龄,这是战争结束之后的许多年,任小二大概进入了50多岁的年龄,我之所以在相隔如此漫长的时间里前来寻找任小二,是因为我给予了自己足够多的时间用来历练生活的多种滋味和勇气,同时也给自己和他人留下空白和幻念,有时候空白可以变成云图,你尽可以在其中追逐并变幻世界的面貌。

任小二站在屋檐下是在发愣吗?而我已经走进了宅院,他回过头来,我的脚步声很轻,但他已经闻到了另一种气息,他转过身来,这一时刻是真实的,我又看到了任小二,他看似并没有惊讶我的降临。他说昨晚上梦见我来了,刚才他一直站在屋檐下回忆梦中的场景,自我离开之后,他是头一次梦见我,所以他相信我会出现的。梦,确实推动着现实,很多人对梦没有信赖感,是因为他们抵制着梦。

我们又见面了,这个世界上能活下来并再度重逢者,都是幸福的人。接下来,任小二带我去了田野上,我又看见了那匹枣红色马儿,然而,任小二告诉我说,那匹马儿已经在几年前自然老死,这匹枣红色马是它的孩子……多少年来我一直在想着送我回昆明的那匹马儿,并坚信它一定会回到故乡。它确实已经回到了高黎贡山脚下的村庄。我将手放在马背上,内心涌动着一阵阵的潮汐,眼眶开始又变得模糊,时光给予了我们记忆,是因为我们有爱的权利。

爱是什么?任小二带我来到了一座有白色围墙的小学校,这座名为高黎贡小学的学校,无疑已经实现了任小二生命中最为重要的梦想。任小二告诉我说,在我离开村庄后,日军占领了腾冲,村里的百姓都躲进了深山老林,他和几个男人则参加了地方组织的抗日游击队。战争终于结束了,百姓们走出了深山老林,他又回到了村庄,之后,在战争结束后的多年时间里他就一直在践行自己建校的梦想。如今,梦想已经实现了,面对今天的任小二,我有一种难以表达的思绪,我只希望那些力图造梦的心灵,都能像当年的任小二一样实现自己的梦想。之后,我在这座小学校住了半个多月,并每天给孩子上一节课,我没有讲课本知识,我只是讲述梦想,在我讲课的时间里,任小二也一直坐在教室里。我对梦想的述说是从黑夜中南渡的故事开始的,在讲述中我会回到很多细节中去,在长沙晒衣绳上的那只受伤的绿翅膀小鸟很受孩子们的欢迎。他们充满稚气的眼眸里有跟随我声音的想象和飞翔,我发现,孩子们是喜欢时间之精灵的,因为精灵是自由和独立的象征,它们可以带领孩子们越过现实,在那一时刻,我同时也发现孩子们关心那只小鸟的命运超过了关心战争的命运,也可以这样说,一只小鸟的遭遇是萦怀于战争背景中的个体,孩子们从这只小鸟身上同时也感受到了我们所言说的战争黑暗史。

后来,我又讲到了那匹枣红色马的故事……当然,这是另一匹精灵,它与人类的故事息息相连,我讲到了我与那匹白马的通灵,讲到了马儿奔驰的速度……就这样,我的马儿又回到了人间……任小二似乎从来没有听我讲过这么多的话,他一直注意倾听我的声音……我们又回到了从前……

从前意味着我们用身心经历的一系列战乱,都在一个特定的历史时间中结束了。然而,记忆并没有结束,它或许会停顿在某一时刻,它停顿只是为了休冥而已,就像人需要睡眠一样。而一旦人唤醒它,它就会奔跑不息……这奔跑中有我们曾经的惊魂未定,仿佛那匹马儿的脚蹄下破开的屏障让我们寻找到了命运中该抵达的地方。

而不管你在哪里,漆黑、明亮还是桃色已妖娆,我都要告诉你,在底蕴的波澜下,那场战役已足够让我们休整,已足够我们像枕木般通向长夜。

在枕木般延伸出的碧色寨附近,有一座碧色寨小学,战后的无数年里,吴槿之和乔尼一直在建构碧色寨小学,他们早已成为夫妇,婚礼是在碧色寨举办的,我曾乘小火车前去参加过他们的婚礼……小火车从越南海防到昆明,这趟火车曾经护送过我们西南联大的教授和学子,也曾运载过战争时期的军用物资。我乘火车前往碧色寨,当然还有周梅花和她的依恩……我们坐在小火车的窗口,白色镂空的法式窗帷下是我们的面孔,出了昆明城,我们会拂开双层窗帷,远眺着窗外平静的山水……面对碧色寨火车站,也面对这条历尽时间洗礼过的铁路。吴槿之和乔尼举行了简朴的婚礼仪式,乔尼的父母从法国巴黎到越南再乘小火车来到了碧色寨来参加儿子的婚礼,这对夫妇是最早进入碧色寨的法国人,正是他们将乔尼带到了碧色寨……时光太悠远,在睁眼和闭眼间,是现实和往事的碰撞,在他们的婚礼仪典中我看到了启开了瓶口的法国香槟的白色泡沫朝空中喷溅,我看到了吴槿之和乔尼脸上的笑容,婚礼上他们宣布了建构碧色寨小学的现实和梦想,吴槿之披着纯白色的婚纱与乔尼手牵手带领我们前往建校的地址,在原址上我们看到了战争时期被飞机轰炸的痕迹,吴槿之和乔尼婚后不久,就驻守碧色寨,开始了第二轮回的建校史,这是他们个人的历史,也是碧色寨小学的历史。两年以后,白墙青瓦的碧色寨小学诞生了,那一天,我又一次乘小火车来到了碧色寨。吴槿之成为碧色寨小学的第一任校长,乔尼成为碧色寨小学的教导主任,并教法语和英文。

现在,需要后续的还有周梅花和依恩的故事。在很多年里,我都曾经与周梅花和依恩失去了联系。那场来自缅北的大撤离使我们无法相互看见,面对战乱,任何踪迹都像是失去了魂灵的守护神,我无法寻找到那些亲爱者的任何踪迹,就像无法寻找到那一双双碧绿的翅膀,作为飞翔在空中的精灵,它在我的生命中忽而出现又消失,是在取悦我对世界游戏的智慧和意念吗?我想是的,于是,我的心灵放得平静而悠久,包括对于亲爱者们的杳无音讯……终于有那么一天,周梅花带着她的依恩出现在我的安居之所外……在我听到敲门声时便有了一种隐隐的期待。对于敲门,也是多种多样,有来自居委会的敲门,这样的敲门通常很大声,打开门后会看见门外站着几个中年妇女,她们通常会告诉我又要停电几天了,让我尽快准备好烛火等等。还有就是邮递员的敲门声,因为写作的缘故,总有来自编辑部退稿和采用稿的信件还有我订的文学杂志,所以,邮递员敲门时会叫唤我的名字……那一天,我听到的敲门声是异样的,我正在楼上写作,那应该是一个雨后的下午,空气很湿润。突然间,我想起了某种萦绕不息的正在追索中的旋律,我想起了一首喑哑过的歌曲……我奔向楼梯,这道楼梯早已脱尽了油漆……

　　在我即将拉开门闩的时候,空气中有一阵阵的颤音……门开了,我喜欢这道门是在我已经结束了西南联大文学院学业的时候,那时候,我什么都不想,只想尽早寻找到一间房子,因为写作的愿望已经在折磨着我。通过时间所累积的那种语言,需要孤独和空间去记录。

　　门闩拉开了,周梅花和依恩站在门外……现实终于抵达了我所祈祷中的一个梦幻。在我和周梅花深深的拥抱之后,我们坐在有石榴树的小小庭院之下,我已学会了煮茶咖啡,这种有西式和云南味道的茶咖啡使我们开始追忆缅北……

追忆需要一个点,就像煮茶需要水……同时需要的是火候,煮茶人的心情。在这个时光早已移动过的时间里,我们的共同点就是缅北,只有面朝缅北我们才能寻找到分离之错乱的原踪。那一夜的大撤离意味着我与他们分离,也同时意味着周梅花要带着他的飞虎队员撤离,他们撤回到了印度又回到了美国,在又经过了时间的呼唤以及周梅花的爱情疗理之后,失忆了很长时间的依恩终于又回到了原来的记忆中了……战后的几年时间里,周梅花一直陪同依恩生活在美国,她力图想让依恩摆脱飞机坠落时的噩梦,因为在较长的一段时间里,很多夜晚依恩似乎总是被梦魇覆盖着身体……那是来自缅北天空的噩梦,依恩白天回忆着那个梦并只是申诉着:我为什么要将飞机坠落? 如果我偏离开一点点缝隙,飞机就不可能……这是我一生中最重要的失败。为什么我要将飞机坠落在缅北丛林? 为什么?

这是一个关于为什么的拷问,也是源自第二次世界大战的美国飞虎队员对自己以及对世界的追问。周梅花置身在这拷问中并坚持用柔软之心安抚着曾经驾驶着飞机,驰骋于战乱之天空的依恩,而随同夜与昼的互相搏斗,依恩的心灵也在时间中获得了对于回忆的淡然,他慢慢地又回到了现实中,与周梅花相爱同时也抽时间去陪伴着在美国的父母亲和兄弟姐妹。尽管如此,那架坠落在缅北原始森林中的飞机,仍然是依恩想在此生生命中寻找到的一个终曲和因果。

我写作这本书时,同时也习惯追索因果的链条,这大概也是历尽了一个人的生离死别后诸多经验和磨砺的拷问,所以,我理解依恩,就像又回到了我对自身以及这个世界来往人群的追索。其中,因果链条也是我们人生中难以回避的绳索,我们之所以感受到生命之重生命之轻,是因为在生命的每一个过程中,都有一根根绳索从昨天、今天到未来,自始至终地捆绑着我们的肉体。而昨天就是我们的前世……简言之,所有归之为记忆中的一切都属于前世……

庭院中飘忽着一种薄荷的香味,它直抵舌尖,让我们几个人的追忆和现实变得美好和忧伤……依恩站起来,他高大挺立的身躯中始终铭刻着一个飞虎队员的标志,它就是飞行于战乱之天空中的故事。所以,之后,周梅花和依恩将从昆明抵缅北,他们重又踏上了昔日的空中和地下的航线,并将去寻找坠落在缅北原始森林中的那架飞机,他们终于找到了那架飞机……我没有陪同他们前往缅北……我想把那个独有的空间留给他们去探索,我在冥冥中又看见了依恩曾经驾驶过的那架飞机,不知道多年以后,那只黑色的蜘蛛是否还率领着它们的家族,在飞机上织网? 之后不久,我同样又踏上了前往缅北的路,并且踏上了前往野人山的道路……

这条道路曾经是中国远征军大撤离的道路……然而,战争结束多年以后的探索之路,也不再是当年中国远征军的撤离路,那一年我们组织了一支探险队,里面有医生,马帮驮着足够多的粮食、饮用水,我们有指南手册、向导,最重要的是在我们身后没有来自第二次世界大战中的追杀令。在和平年代重返野人山的探险,对于我来说是在寻找到青春恋人周穆曾经弥留在野人山的气息。

一只绿翅膀的小鸟从我进入了野人山的那一时刻就开始盘旋在我头顶,我生命中的绿色精灵重又回来了。它与我在半空中对视,它曾经栖居过我的肩头,我们走过了那么多艰难的时间,更多时间我们不得不分离,而在关键的时间里我们总是会相遇。正是这只精灵陪同我穿过了野人山……其过程仿佛在陪同青春的恋人周穆在行走,并感觉到了他的温度就在我手心中央扩散,这一刻,我深信他并没有离我远去……生死之界,有待人类更深地去探索或体悟,有时候,只要你愿意和心怀虔诚就总是会与阴阳相隔的人们相遇。

我分明感觉到周穆的手一直在携我前行,他是亡灵,但我深信他已经转世又回到了我身边。夜里我钻进了帐篷中的睡袋,只要一想起他来,我就再不会害怕野人山的老虎和豹子。

　　天空很窄,有时候,我不需要太多的辽阔,从卧房到露台,洗干净的衣服已经吹干了,西红柿应该是里外都红透了。在所有的日常生活中,如果你恰好听到了那首音乐,就像为自己突然间已治疗好了疾患,如果你不出远门,却已经看见了自己云游的原始森林,就在触碰中离一头云豹也只有咫尺之遥。

　　而此刻,许多事已经交代过。

　　走吧,走吧,除了缠绵,还有荆棘中的玫瑰,除了爱情、凋谢和诵经,还需要抵达那个称之为理想主义者的梦乡。

　　梦乡,犹如我的西南联大……

　　在微颤的云幕之下,我又走到了校园中的联大路,它隐藏着无限的可能……在微尘中,我发现了一只蝴蝶在飞,在它晶亮的一双翅膀下,我又开始变得虚幻,当所有的虚幻主义之梦,修补着我们的忧伤之怀时,路,仍然来到了我们的脚下,我低下头,目视着这一条联大路,它不宽不窄,正好可以让我回首一路上行军似的旋律,当我的脚越来越缓慢时,我知道优美轻快的旋律早已离我远去,尽管如此,回首脚下发出的旋律是一件美差事。当我低下头看见那些头扎马尾巴,以及披着长发的女学生奔跑在校园深处时,我安慰自己说,我也曾年轻过,上帝是公正的,我的青春史中有手拎箱子穿着蓝花布裙的画面,我的青春随同南渡的队伍在乱世中撤离,撤离对于青春来说,就是在战火铁蹄下手拎箱子,跟随我们的教授学子们在奔逃。我用我的青春见证了西南联大的前历史。

　　而教育,发源于从拥有文字符号所开始的编年史。对于我来说,我身体中所接受的教育就是当我满怀激情时,前去迎接的一个人给予我从低矮屋宇前,开始陪同我成长的一个个来自世界的寓言,里面有金黄的落日也有月光的皎洁。我身体中所接受的教育就是当我在人生之旅开始时,与我相遇的那些美好的,穿越在我人生中的村舍、古刹、流云和辽阔的地平线。我身体中所接受的教育就是那些扑面而来的满山遍野的自然之时序,那些轮回再生之美。我身体中所获得的教育告诉我,醒来,不是为了赶路,而是为了栖息,就像书一样在书柜中寻找到位置。现实中,一万册书的位置,看似相同,却隔着田野山川、急流暗滩。醒来,有多少人在赶路,路的形状千奇百态,你所走过的路,正在走着的路,将告诉你前方有什么,也同时叙述了你的一天或一生的命运。我身体中所接受的教育告诉我说,在这苍茫的世景中,唯有从低处到高处,再从高处到低处的人生境遇,值得我们去倾力相爱。我身体中所接受的教育告诉我,生命是值得瞩目的,它也许是波澜和荒草相互缠葛之心,然而,它自始至终有一个飞的理由,它绕开了忧伤,或者在忧郁之中飞翔。在我们的身心里有许多个转瞬即逝的时刻,是属于飞翔的,唯有从苦难中历练出来的理想,带给我们纯粹的痛苦和快乐。我身体中所接受的教育告诉我,时光,这亲爱的时光,如果你肯为我而留下来,我愿意是风化岩,我愿意是一架缝纫机的密织声,我也愿意轮回为风或燕子。我身体中所接受的教育告诉我,时间可以是美的,有时也可以是丑的,也可以是自由而禁锢的。就像诗歌的意义,诗人的再生与死亡,就像历史和空气,扑动羽翼,就像种子落向大地。

　　我身体中所接受的教育告诉了我,当一个人,面对着那么多,那么多失去的时间和爱,无眠是美妙的,因为可以在广大深远的黑暗之天宇仰头细数星神。

从枝叶繁茂到重回老家，重回停顿，回到人渐次老去的地方，重回窗口的云，写作的无边，重回早晨的一杯茶，一次历程……人生就这样过下去，无论多美的风景结束后再换一个风景，无论多壮美的路都会回到初始，回到一个人孤寂，重返，往事如烟的地方。

长相忆，精神之所以美如屏息间的变幻莫测或绚烂如初，是因为我们拥有自由而忍受时间磨砺的翅膀。推窗远望，昨日之美从深秋寒瑟中又抵达眼帘，今日之光像烛火般将照亮未知的路。梦中人你们在哪里轮回？我现在突然明白了，书中的每个人每件事包括天上飞的地上奔跑的精灵，都将是我的梦中人，简言之，我们曾经在昨日相遇，也将在梦中或醒来后的黎明再次相遇。

我的叙事将在此刻结束，而梦书的另一面正待翻开，在这个初秋的季节，梦书的另一面也许是空白，如果是这样，我正好可以用色彩和语词去填补它，色彩和语词的功效是缔结魔力四射的时间之神；而如果梦书的另一面是写满了符号的文字，那么我将在分行的母语结构中寻找到梦中人的神秘轨迹。